밀지 마세요, 사람 탑니다

밀지 마세요, 사람 탑니다

지하철 앤솔로지

ⓒ 전건우 정명섭 조영주 신원섭 김선민 정해연 2022

초판 1쇄   2022년 7월 27일

지은이   전건우 정명섭 조영주
          신원섭 김선민 정해연

출판책임   박성규   펴낸이   이정원
편집주간   선우미정   펴낸곳   도서출판 들녘
편집진행   이동하   등록일자 1987년 12월 12일
디자인진행 고유단   등록번호 10-156
편집   이수연·김혜민
마케팅   전병우
멀티미디어 이지윤   주소   경기도 파주시 회동길 198
경영지원   김은주·나수정   전화   031-955-7374 (대표)
제작관리   구법모   031-955-7381 (편집)
물류관리   엄철용   팩스   031-955-7393
                                    이메일   dulnyouk@dulnyouk.co.kr

ISBN   979-11-5925-218-1 (03810)

밀지 마세요, 사람 탑니다

사람 탑니다

지하철 앤솔로지

전건우

정명섭

조영주

신원섭

김선민

정해연

들녘

목차

공항철도: 호소풍생_전건우   7

2호선: 지옥철_정명섭   51

6호선: 버뮤다 응암지대의 사랑_조영주   73

4호선: 4호선의 여왕_신원섭   119

5호선: 농담의 세계_김선민   169

1호선: 인생, 리셋_정해연   197

3호선: 쇠의 길_정명섭   245

공항철도

호소풍생_전건우

호소풍생:

범이 울어 바람이 일어나니, 영웅이 때를 만나 떨쳐 일어나다

못 마땅하다. 못 마땅해.

편 관장은 속으로 혀를 찼다. 맞은편에 앉은 새파랗게 어린 두 놈 때문이었다. 이제 갓 스물이 되었을까 싶은 솔봉이 둘은 뭐가 그리 좋은지 열차에 오르자마자 한껏 떠들기 시작하더니 자리에 앉아서도 입을 다물지 않았다. 게다가 말 끝마다 욕을 섞었다.

"걔가 진짜 연락할 것 같아? 등신이냐?"

"씨발. 연락 오면 어쩔 건데? 졸라 빡돌게 하네."

"농담이다. 새꺄. 정색은. 크크."

인천공항 제2터미널 행 지하철은 서울역에서 대기 중이었다. 출발을 기다리는 사람들 모두 불편한 표정으로 둘을 힐끔힐끔 바라봤다. 그럼에도 두 놈은 아랑곳없이 목소리를 높였다.

"아 씨발. 근데 왜 출발을 안 하나?"

"졸라 설레나 봐? 비행기 시간 넉넉하니까 걱정 마."

"흠흠!"

참다못한 편 관장이 드디어 헛기침을 했다. 단음의 낮은 소리였지만 지하철 마지막 칸에 탄 사람들의 주의를 끌기에는 충분했다. 내공이 실렸기 때문이었다. 당연하게도, 맞은편의 두 솔봉이도 쉴 새 없이 떠들던 걸 멈추고 편 관장을 바라봤다.

노기를 담은 은은한 눈빛으로 편 관장 역시 둘을 노려봤다. 누군가는 편 관장의 눈빛에 범이 들어앉아 있다고 했다. 눈빛만으로도 상대방의 오금을 절이게 만들 수 있다는 뜻이었다. 물론, 그것도 어언 30년 전에 들었던 말이었다. 지방 조폭들을 맨주먹으로 일망타진 했던 그 시절, 편권도의 창시자이자 진정한 협객을 자청했던 편 관장은 두려울 게 없었다.

"꼰대 영감. 뭘 꼬나 봐?"

두 놈 중 코에 피어싱을 한 녀석이 편 관장을 향해 대뜸 한마디 했다. 아무래도 눈빛 속 범은 사라진 모양이었다. 그것도 꽤 오래 전에.

"야! 하지 마. 할아버지 겁먹잖아. 크크."

다른 놈이 그렇게 말하며 낄낄거렸다.

편 관장은 벌떡 일어나 두 놈 앞으로 다가갔다. 그 기세에 둘 다 당황한 표정으로 편 관장을 올려다봤다. 일흔다섯이

라는 나이가 무색하게 편 관장은 꼿꼿한 자세에 덩치까지
제법 컸다. 그가 물끄러미 내려다보자 두 애송이는 겁에 질
려 얼굴이 파랗게 변했다.

"뭐, 뭐야? 왜 그러세요?"

"무시해. 노망이라도 났나 보지."

"갈!"

편 관장은 피어싱의 대갈통을 수도로 내려쳤다.

"윽!"

피어싱이 머리를 부여잡고 고꾸라졌다. 다른 한 놈이 놀
라서 벌떡 일어난 순간 편 관장은 솥뚜껑 만 한 주먹으로 놈
의 턱을 후려쳤다. 그놈 역시 무릎부터 꺾이며 맥없이 쓰러
졌다.

"오오!"

마지막 칸 사람들이 일제히 탄성과 박수를 보냈다.

편 관장은 별 것도 아니라는 듯 제자리로 돌아가 지그시
눈을 감았다.

"야! 저 꼰대 좀 봐. 너랑 눈 마주치니까 자는 척 눈 감는
다. 씨바. 졸라 웃기네. 크크."

반사적으로 눈썹이 꿈틀거리긴 했으나 편 관장은 눈을 뜨
지 않았다. 참다못해 헛기침을 하고는 대번에 후회했다. 낯
선 서울에서 괜히 시비라도 붙었다가는 골치 아픈 일을 피
할 수 없다. 게다가 아들을 만나러 가는 길이지 않는가. 몇
년 만에 보는 아들과 경찰서에서 대면하기는 싫었다. 무엇

보다, 다시는 주먹에 피를 묻히지 않으리라 맹세하지 않았던가. 그리하여 편 관장은 일순간 일었던 분노를 잠재우며 모른 척 눈을 감았다. 물론 꽉 그러쥔 주먹을 부들부들 떨면서.

"열차 출발하겠습니다. 출입문 닫겠습니다."

안내 방송이 나오고 지하철은 드디어 움직였다. TV에서 자주 보던 서울 지하철 풍경과 달리 공항철도는 깨끗하고 쾌적했다. 정차역도 몇 개 없어서 아들 동네인 검암역까지는 금세 갈 것 같았다.

100번 넘게 낙방을 거듭했던 아들은 결국 취직에 성공했다. 그러고는 인천에 작은 원룸을 얻어 회사원 생활을 시작했다. 편 관장이 운영하던 편권도 도장이 폭삭 망한 것도 그때쯤이었다. 아무리 지방 소도시라도 한 건물 건너 하나씩 헬스장이며 이종격투기 체육관이 생겨났다. 누가 저 따위 근본 없는 곳에서 수련을 할까 싶었으나 다들 그런 곳을 택했다. 심지어 지난달까지 도장에 다니던 제자 한 명도 예쁜 PT선생이 있다며 근처 헬스장으로 옮겨 버렸다. 그가 마지막 제자였다.

"무운을 빌겠네."

편 관장은 떠나는 제자를 향해 그리 말했지만 실은 화가 잔뜩 났다. PT를 받다가 허리라도 삐끗했으면 좋겠다는 저주를 퍼부으며 편 관장은 자신의 생명과도 같은 도장 간판을 내렸다.

감았던 눈을 슬며시 떴다. 까불거리던 두 놈은 요즘 젊은 것들이 언제나 그렇듯 이제는 핸드폰에 코를 박고 있었다. 아무래도 자신의 기에 눌린 탓이겠거니 생각하며 편 관장은 슬쩍 미소지었다. 지하철에는 평화가 찾아왔다.

아들이 함께 살자고 말했을 때 편 관장은 잠시 생각 좀 해 보겠노라 답했다. 어렵게 고시원 생활을 청산하고 이제 막 자리를 잡아가는 아들에게 신세를 진다는 건 그의 자존심이 허락하는 일이 아니었다. 그럼에도 결국 상경을 결심한 것은 외로움과 적적함 때문이었다. 건강은 괜찮았다. 비록 일찍이 머리가 세어 백발이 성성하긴 했으나, 전립선이 안 좋아 오줌발이 영 약하긴 했으나, 위에서 신물이 자주 올라와 겔포스를 달고 살긴 했으나 이만하면 괜찮았다. 팔굽혀펴기 백 개쯤은 단번에 할 수 있었고 약수터까지 쉬지 않고 달려 올라가는 것도 가능했다. 무엇보다, 편권도의 꽃이라 할 수 있는 권풍일타의 위력은 여전했다. 각목 하나 두동강 내는 건 우스운 일이었다.
돌주먹, 투신, 야차, 최후의 협객….
권풍일타의 위력은 줄지 않았지만 한때 편 관장이라는 이름을 대신해 불리던 그 많던 별명은 모두 사라졌다. 그렇게 불러주던 이들 대부분이 죽거나 다른 곳으로 떠났기 때문이다. 편 관장이 창시한 편권도의 이름 역시 점점 희미해져 갔다. 도시 외곽부터 아파트가 점령해가는 속도만큼 제자의 수도 빠르게 줄었다. 아내와는 일찍이 이혼했다. 편권도의 계승자가 되리라 기대했던 아들 녀석은 회사에 취직해 번듯이 살겠다며 떠났다. 좁디좁은 집이었으나 혼자 사니 그리 적막할 수가 없었다. 소싯적에는 동생과 후배와 제자들에 둘러싸여 외로움 같은 건 느끼지 못하고 지냈는데 이제는 상황이 달라졌다. 찾아오는 사람이라고는 가스검침원이 유일했다. 외로움 앞에는 장대한 기골도, 수십 년 간 쌓은 내공도 다 쓸모없었다. 그 고약한 감정은 속에서부터 갉아먹었다. 결국에 편 관장은 공황장애라는 진단을 받았다. 세상이 무너지는 기분이었다.

"도움이 될 만 한 분과 함께 지내세요. 안 그러면 큰일 납니다."

의사의 그런 말을 들은 다음 날, 편 관장은 짐을 쌌다. 협객의 길이야 위쪽 지방에서도 얼마든지 걸을 수 있으리라 생각하며.

"어르신."

옆자리에서 말을 걸어오는 바람에 편 관장은 옛 생각을 멈추고 감았던 눈을 떴다. 옆에 앉은 이는 중년 사내였다. 윤기가 좌르르 흐르는 비싼 양복을 입고 있었다. 안경도 금테였다. 소가 핥아놓은 듯 뒤로 빗어 넘긴 머리카락이 유독 눈에 들어왔다. 한 마디로, 재수 없는 꼴이었다.

"뭡니까?"

편 관장이 물었다. 예리한 눈빛으로 사내를 살피면서. 서

올 것들은 함부로 믿으면 안 되니까.

"실례가 안 된다면 부탁 하나 해도 되겠습니까?"

부탁?

문득 아들이 했던 말이 떠올랐다.

"아버지. 서울에서 인상이 좋다느니, 잠시 부탁 좀 들어 달라느니 하면서 접근하는 사람 있으면 무조건 무시하세요. 사기꾼이니까."

"인상이 워낙 좋으셔서 제가 큰 도움을 받을 수 있을 것 같습니다."

"됐소."

편 관장은 다시 눈을 감았다. 과연, 아들 말이 맞았다.

"호랑이 상인 데다가 기운까지 대단하시니 어르신께서 딱 적임자이십니다. 국익을 위한 일이니 꼭 좀 도와주십시오."

"국익?"

국익이라 하니 대번에 마음이 약해졌다. 편 관장은 스스로를 애국자라 생각했다. 자신을 야차라 불렀던 이들은 다름 아닌 일본 야쿠자였다. 그놈들이 항구에서 세력을 확장하며 무자비한 폭력을 휘두를 때 혈혈단신으로 맞선 이가바로 편 관장이었다. 바다 건너온 그 무뢰배들을 목숨 걸고 상대한 이유는 단 하나, 애국심 때문이었다. 똑같이 나쁜 놈이라도 국익을 해치는 놈들은 특별히 더 용서할 수 없었다.

"도와주시겠습니까?"

사내가 반색하며 물었다.

"무슨 일인지 제대로 설명을 해 보시지요."

"그러면 귀를 좀 가까이…."

편 관장은 사내 쪽으로 몸을 기울였다. 사내에게서는 희미하게 알코올 냄새가 났다. 술에 취한 것 같지는 않았다. 반들반들하게 치장한 것과 달리 싸구려 향수를 쓴 모양이었다.

"저는 국정원 비밀 요원입니다."

"국…."

사내가 조용히 하라는 신호를 보냈다. 편 관장은 재빨리 입을 다물었다. 아무렴, 국정원이라면 비밀 엄수가 제일 중요하겠지. 편 관장은 바로 납득했다.

"지금 이 지하철에 산업스파이 한 명이 타고 있습니다."

사내의 말에 편 관장은 바로 주위를 둘러봤다. 다른 이의 심중을 단번에 꿰뚫는 심안을 발동했지만 마지막 칸에는 수상한 사람이 보이지 않았다.

사내는 낮은 목소리로 다시 말을 이었다.

"그자는 지금 국가 경쟁력의 핵심이 되는 기밀 자료를 훔쳐낸 뒤 인천공항으로 향하고 있습니다. 거기서 중국행 비행기를 타면 현실적으로는 체포할 방법이 없습니다."

"기밀 자료라면 어떤…."

사내는 고개를 저었다.

"기밀이니까요."

"아!"

편 관장은 이번에도 납득했다. 다만 자신에게 무얼 원하는지 알 수 없어 답답했다. 그놈을 잡아 족치라는 건가? 그런 거라면 직접 해도 될 텐데.

"지금부터가 중요하니 잘 들어주십시오."

사내의 목소리가 더 은근하게, 아니 숫제 기어들어가듯 변했다. 편 관장은 고개를 끄덕였다.

"저도 그자가 누구인지는 정확히 모릅니다. 남자인지, 여자인지도. 다만 그를 호위하는 중국 쪽 요원들이 동승하고 있다는 건 확실합니다. 그자를 무리하게 체포하려 한다면 몸싸움이 벌어질지도 모릅니다."

"아! 그러면 이 몸이 그걸 도우면 되는 거겠소."

그런 거라면 자신 있었다. 편 관장은 단전에 힘을 모으고 내공을 끌어올렸다. 그때였다. 사내가 편 관장의 팔에 손을 얹었다. 소름이 끼칠 정도로 찬 기운이 흘러들었다. 편 관장은 새삼 사내의 얼굴을 쳐다봤다. 사내는 식은땀을 흘리고 있었다. 피부는 허옇다 못해 투명해 보일 정도였다. 방금까지 멀쩡했는데 지금은 소가 핥아 놓은 게 아니라 소똥에 빠진 것처럼 보였다.

"무서운 놈들입니다. 방심하다가 저도 이렇게 당했습니다."

사내의 목소리는 가늘게 떨렸다.

"어딜 심하게 다쳤소?"

"아무래도 독에 당한 것 같습니다. 몸이 점점 굳어가고 있습니다."

사내는 점점 거칠게 숨을 몰아쉬었다.

"그, 그러면 다음 역에서 경찰과 구급대가 오도록 신고를…."

"아닙니다. 어르신. 그러면 그자는 완전히 도망가 버릴 겁니다. 그 전에 그자부터 꼭 막아야 합니다. 시간이… 시간이 없습니다. 서울역에서 인천공항 제2터미널까지는 한 시간 6분이 걸립니다. 이제 공덕역에 가까워지고 있으니 한 시간밖에 남지 않았다는 소립니다. 그 사이에 놈의 정체를 파악해야 합니다. 전 생명에는 지장이 없겠지만 몸을 자유로이 움직일 수 없는 상태라…."

"그러면 내가 그자를 찾아내면 되는 거요?"

사내는 힘겹게 고개를 끄덕였다.

"찾아내셨다면 무리하지 마시고 이 번호로 바로 신고를 해주십시오. 제 동료 번호입니다."

사내는 그렇게 말하며 명함 한 장을 편 관장에게 건넸다. 그 사소한 동작에도 사내는 무척 힘들어했다.

"알겠소. 내 그리 하리다. 그런데 그자의 특징이나 이런 걸 알 수가 있소?"

편 관장이 물었다. 아무리 심안이 있다한들 수많은 승객 사이에서 딱 한 명을 가려내기란 불가능한 일이었다.

"그 자는… 검은색 여행용 가방을…."

사내의 말은 거기서 끊어졌다.

"이보시오!"

편 관장이 몸을 흔들었지만 사내는 미동 없이 눈을 감고 고개를 푹 숙일 뿐이었다. 마치 깊은 잠에라도 빠진 것 같았다. 자신을 희생해서라도 나쁜 놈을 잡으려는 진정한 애국자의 모습을 편 관장은 숙연한 표정으로 바라봤다. 더불어 가슴 속에서 뜨거운 무언가가 끓어오르는 느낌을 받았다. 실로 오랜만에 찾아온 느낌이었다.

국익을 위한 일이니 꼭 좀 도와주십시오.

편 관장은 사내가 했던 말을 떠올리며 자리에서 일어섰다. 송충이 눈썹 아래 자리 잡은 커다란 두 눈이 형형하게 빛났다.

협객의 도는 약자를 돕고 정의를 실현하며 나라를 지키는 데 있다.

젊은 시절, 전국 팔도를 돌며 각종 무술을 익히고 정신 수련을 한 끝에 얻은 깨달음이다. 그 이후 편 관장은 줄곧 협객의 삶을 살았다. 불의에 굴하지 않고 돌주먹을 휘둘렀으며, 백 마디 말보다 한 번의 행동으로 모든 걸 보여줬다. 돈에 연연하지도 않았다. 의리에 살고 의리에 죽었으며 정의에 죽고 정의에 살았다. 그 결과 아내는 떠났고 경찰서에는 수시로 드나들었으며 팔십을 바라보는 나이에도 모아놓은 재산 하나 없게 되었다. 편 관장도 알았다. 앞에서는 멋지다, 진정한 협객이다 하면서도 뒤에서는 손가락질 하는 인간들이 많다는 사실을.

허나, 오늘의 일을 잘 마무리해 이 위대한 대한민국을 위기에서 구해낼 수만 있다면 사람들의 시선도 분명 달라질 것이다. 어쩌면 방송국에서 인터뷰를 하자고 할지도 모른다. 그럼 다시 도장을 열 수 있을지도 모르고, 돈도 좀 벌지….

"다음은 공덕, 공덕역입니다. 내리실 문은…."

지하철 안내 방송 덕에 편 관장은 퍼뜩 정신을 차렸다.

이러고 있을 때가 아니지.

편 관장은 정신을 가다듬고 이동하기 시작했다. 목적지는 앞쪽 칸이었다. 마침 지하철이 정차하며 문이 열렸다. 승객들이 몰려들어왔다. 듬성듬성 비어 있던 자리가 금방 채워졌다. 공항철도라 그런지 대부분 여행용 가방을 끌고 있었다.

"어르신. 여기 앉으세요."

막 앞쪽 칸으로 가려는데 누가 가볍게 팔을 잡으며 말을 걸어왔다. 훤칠하게 생긴 청년이었다. 청년은 미소를 지으며 노약자석을 가리켰다. 마침 한 자리가 비어 있었다.

"아! 난 괜찮네."

보기 드물게 예의바른 청년이라 생각하며 돌아서려던 찰나, 편 관장의 눈에 무언가가 들어왔다. 그 청년은 검은색 여행용 가방을 옆에 두고 서 있었다.

설마?

"왜 그러세요? 혹시 뭐 도움이 필요하십니까?"

청년이 물었다. 편 관장은 그런 청년을 빤히 쳐다보며 말했다.

"돈 따위에 홀려서 나라를 팔아먹으면 안 되네."

"네?"

편 관장은 청년의 의아한 태도를 보자 앞 칸으로 넘어갔다. 산업스파이라기에는 너무 어렸다. 기껏해야 대학생 정도였고 무엇보다 나쁜 꿍꿍이를 품은 인간으로는 보이지 않았다.

지하철은 빠르게 달리고 있었다. 그럼에도 크게 흔들리지도 않았고 소음이 심하지도 않았다. 아들도 비슷한 말을 했다. 공항철도야말로 수도권 지하철 중에서 제일 쾌적하다고. 김포공항과 인천공항을 지나니 외국인이 많다는 소리도 했다. 과연, 지하철에는 여러 외국인이 탑승했다.

아까 그 사내의 말을 떠올리며 편 관장은 중국인으로 보이는 사람을 찾아봤다. 우선 단체 관광객은 제외했다. 가족들도 뺐다. 그런 식으로 하나씩 경우의 수를 줄여가며 편 관장은 다음 칸으로 이동했다.

기밀을 빼돌린 그자와 그를 보호하는 중국인들은 모여 있을 확률이 높았다. 그렇다면 의외로 쉽게 찾을 수도 있겠다 싶었다. 검은색 여행 가방, 수상한 중국인, 그리고….

편 관장은 우뚝 멈춰 섰다. 척 보기에도 수상한 차림을 한 남자가 눈에 들어왔다. 얼굴을 절반쯤 가리는 짙은 선글라스는 물론 초조한 듯 자꾸만 입술을 핥는 모습까지 수상하기 이를 데 없었다. 무엇보다 남자는 검은색 여행용 가방의 손잡이를 꼭 쥔 채 앉아 있었다.

천천히, 남자를 향해 다가갔다. 언제든 기를 발산할 수 있게 단전을 열어놓는 것도 잊지 않았다. 언뜻 그냥 걷는 듯 보이겠지만 편 관장은 한 발, 한 발 신중하게 내딛었다. 엄지발가락부터 바닥에 대고 마치 호랑이처럼 소리 없이, 그러나 힘 있게 걷는다 하여 편 관장은 이 보법을 '호행법'이라 불렀다. 물론, 편 관장이 직접 만든 보법이었다.

남자와 눈이 마주쳤다. 아니, 마주친 것처럼 보였다. 선글라스너머의 눈빛을 읽기는 힘들었다. 다만 남자가 고개를 홱 숙이는 모습은 놓치지 않았다. 편 관장은 호행법 대신 잰 걸음으로 다가가 남자 앞에 섰다.

"네놈이지?"

다짜고짜 물었다.

"네?"

남자는 그제야 고개를 들고 편 관장을 올려다봤다.

"다 알고 있으니까 그 가방 열어봐."

"무슨 말씀이십니까?"

남자가 고개를 갸우뚱하며 물었다.

"열어보라니까!"

편 관장은 가방을 잡아당겼다. 남자는 화들짝 놀라며 가방 손잡이를 더 꽉 쥔 채 버텼다.

"갑자기 왜 이러십니까?"

승객들이 웅성거리며 편 관장과 남자를 바라봤다. 남자 옆에서 꾸벅꾸벅 졸고 있던 여자는 움찔 놀라며 눈을 떴다. 편 관장은 남자의 가방을 당기는 한편 주위를 살피는 일도 게을리 하지 않았다. 언제, 어디서 공격해올지 모른다. 지금 은 살기를 느낄 수는 없었다. 적이 주위에 없거나, 아니면 살 기를 숨길 정도의 상당한 고수라는 뜻이었다.

"내 심안은 못 속이지! 태연한 척 하고 있지만 입술이 마 르고 심장이 벌렁댈 게다. 매국노의 시커먼 속이 훤히 보이 는군. 순순히…."

"영감님. 말씀이 너무 지나치네요. 왜 이러시는지는 모르 겠지만 진정하시죠."

남자는 의외로 부드럽고 정중하게 나왔다. 당황한 쪽은 편 관장이었다. 스파이 짓이나 해대는 인간이라면 무릇 서 생원 같은 성격일 터. 그렇다면 겁을 집어먹고 벌벌 떨거나 괜스레 바락바락 소리를 지르거나 해야 할 텐데 남자는 그 중 어느 쪽도 아니었다.

"오호라! 그 시커먼 안경으로 눈을 가리고 있으니 네놈이 그리 자신 있게 나오는 거겠지."

그렇다. 답을 찾았다. 자신의 안광과 마주한다면 아무리 면상에 철판을 깐 작자라 해도 사실을 고하고 말 것이다. 그 리 생각한 편 관장은 턱짓으로 남자의 선글라스를 가리켰 다. 벗으라는 뜻이었다.

그때쯤 승객들은 노골적으로 편 관장을 쳐다보며 수군대기 시작했다. 노망, 치매, 틀딱 같은 단어들이 얼핏 들렸으나 편 관장은 무시했다. 오직 남자만 노려봤다.

"허허. 그것 참."

남자는 난처하다는 듯 웃으며 선글라스로 손을 가져갔다. 그때였다.

"어르신. 그만하고 앉으세요."

남자의 옆에 앉아 있던 여자가 그렇게 말하며 손을 뻗어 왔다. 순간, 날 것 그대로의 살기가 날아들었다. 뱀이 독니를 드러내고 몸을 날리는 것 같았다.

"갈!"

편 관장은 수도로 여자의 손을 쳐냈다.

"아!"

여자가 큰 소리로 신음을 내질렀다. 편 관장은 그것이 엄살이라는 걸 단박에 눈치 챘지만 승객들은 달랐다.

"뭐하는 겁니까?"

"하지 마세요!"

"누가 신고 좀 해요!"

여기저기서 그런 외침이 들렸다. 동시에 지하철은 홍대입구역에 도착했다. 이번에야말로 사람들이 우르르 탔다. 통로 가운데 서 있던 편 관장은 사람들에게 떠밀렸다. 만근추를 시전하기 전이라 속절없이 밀릴 수밖에 없었다.

"저기, 저 놈이 산업스파이야! 중국으로 기밀 기술을 빼돌리려 한다니까!"

편 관장은 간신히 균형을 잡으며 목소리를 높였다. 방금 탄 승객들은 어리둥절한 표정으로, 원래 타고 있던 승객들은 적의 어린 시선으로 편 관장을 쏘아봤다. 남자는 아무 일도 없었다는 듯 태연하게 앉아 있었다. 그 옆의 여자도 마찬가지였다. 그리고… 편 관장은 봤다. 찰나의 순간, 둘이서 슬쩍 미소 짓는 것을.

저것들이!

편 관장은 남자를 향해 다시 다가갔다.

"이놈! 어디서 뻔뻔하게 개수작을…."

음성에 내공을 실어 사자후를 내지르려는 순간 속에서 뜨거운 기운이 확 올라왔다.

편 관장은 짧은 신음을 흘리며 멈춰 섰다. 오장육부가 뒤틀리는 듯했다. 눈앞이 흐려졌다. 다리가 굳어왔다. 입안과 혀도 얼얼했다. 목덜미에 식은땀이 맺혔다. 열기와 한기가 동시에 덮쳐왔다. 날카로운 통증과 묵직한 통증이 교대로 들쑤셨다. 편 관장은 더 버티지 못하고 지하철 바닥에 주저앉았다. 온몸에서 힘이 빠져나갔다.

독.

한 단어가 편 관장의 머릿속을 스치고 지나갔다.

하지만 언제?

도대체 누가?

미처 생각을 가다듬기도 전에 편 관장은 모로 쓰러졌다.

아득히 먼 곳에서 비명이 들렸다. 웅성거리는 소리도 들렸다. 기가 흐트러져 단전에 힘이 모이지 않았다. 의식이 멀어졌다. 편 관장이 정신을 잃기 전 마지막으로 들은 건 누군가의 한마디였다.

"죄송합니다. 저희 아버지가 치매를 앓으셔서요."

당신은 그 허세를 버리지 않으면 평생 불행할 거예요.

어린 아들을 두고 집을 나가기 전, 아내가 마지막으로 했던 말이었다. 편 관장은 인정할 수 없었다. 아니, 인정하기 싫었다. 자신의 삶이 허장성세 그 자체라는 사실을. 협객은 커녕 가족조차 지킬 수 없는 한심한 인간이라는 사실을, 그는 끝끝내 인정하지 않았다.

한때는 정말 협객이라 불리던 시절도 있었다. 좋은 시절이었다. 건달 생활을 해도 악독하게 뜯어먹지만 않으면 존경을 받았다. 편 관장은 아예 뜯어먹는 일조차 하지 않았다. 오히려 조폭들로부터 시장과 부두 쪽 상인들을 보호해 줬다. 타고나길 강골에다가 힘까지 장사니 웬만한 주먹에게도 밀리지 않았다. 젊었고, 자신만만했다. 겁이 없었다. 사람들이 협객이라 치켜세워 주는 것도 좋았다. 정말로 정의의 주먹, 그 옛날 무림을 휘어잡던 영웅이 된 것만 같았다.

편 관장은 젊은 시절 내내 그렇게 살았다. 스스로를 협객이라 칭하며 애써 협객처럼…. 딱히 직업도 없었고 그렇다고 기술도 없었다. 친구들이, 후배들이, 혹은 도움을 받은 상인들이 조금씩 보태주는 돈이 주 수입원이었고 그랬기에 살림이 곤궁했다. 그래도 편 관장은 괜찮았다. 마흔 넘어 만나 식도 제대로 올리지 않고 살림을 차린 아내가 공장에서 늦게까지 일을 해 기저귀 값을 벌건 말건 관심도 없었다. 협객은 그런 사사로운 일에 신경 쓰지 않아야 한다고 굳게 믿었다.

협객으로 살려면 적당한 허풍과 허세가 필요했다. 사람들은 조미료가 잔뜩 들어간 그런 일화에 열광했으니까. 그리하여 술에 취해 몸조차 못 가누는 고등학생 다섯을 혼내준 일은 각목 든 조폭 열일곱과 싸운 일화로 둔갑했고, 태권도와 합기도 등을 찔끔찔끔 배웠던 사실은 전국을 돌며 유명 무도가와 싸워 이긴 것으로 부풀려졌다.

자신의 성을 따 '편권도'라는 간판을 내걸긴 했으나 실은 도장에서 가르치는 무술은 짬뽕 그 자체였다. 그 사실을 누구보다 잘 아는 건 편 관장 본인이었다. 한편으로, 자신을 제일 잘 속이는 이 또한 편 관장 본인이었다. 나중에는 거짓말도 서슴없이 하게 되었다. 그런 뒤에는 자신이 한 거짓말조차 사실이라 믿어버렸다.

덜컹덜컹. 덜컹덜컹.

몸이 흔들리는 걸 느끼며 편 관장은 가늘게 눈을 떴다. 창문으로 푸른 하늘이 보였다. 눈부신 햇살이 쏟아져 들어왔다. 지하철이 지상 구간으로 접어든 모양이었다. 풍경이 빠르게 지나갔다.

"이야. 금세 눈을 뜨셨네요? 대단하십니다."

옆에서 목소리가 들렸다. 귀에 익은 목소리였다. 고개를 돌리려고 했지만 그 간단한 동작도 할 수가 없었다.

"걱정하지 마세요. 독을 많이 쓰진 않았으니까. 몸이 마비 됐다가 풀릴 거예요. 시간이 좀 걸리겠지만. 그 국정원 요원도 그렇고, 어르신도 그렇고 죽어버리거나 하면 너무 성가신 일이 되잖아요. 안 그래요?"

편 관장은 그 목소리를 들으며 눈동자만 움직여 주위를 살펴봤다. 아무래도 자신은 노약자석에 앉아 있는 것 같았다. 여전히 지하철 안이라는 사실은 다행이었다. 놈들을 일망타진할 수 있는 마지막 기회가 있으니까. 문제는 굳은 몸이었다.

"지금 막 디지털미디어시티를 출발해서 마곡나루로 가고 있어요. 거기에 구급대원들이 대기하고 있을 거랍니다. 어르신은 조용히 병원에 실려 가면 돼요. 의식이 온전히 돌아오고 움직이고 말까지 할 수 있을 때쯤엔 우린 중국행 비행기에 앉아 있겠죠. 그 전까진 헛소리 하는 치매 노인 역할을 좀 해 주셔야겠어요. 흐흐."

기억났다.

편 관장은 옆에서 떠들어대는 놈이 누구인지 기억해냈다. 더불어 꽉 막힌 단전을 여는데 성공했다. 허풍 속 세상에 살았으나 수련만은 게을리 하지 않았다. 허세를 부리려면 최소한의 근거는 있어야 했다. 묵묵히 정권 찌르기 연습을 하고, 기공 수련을 하고, 몸에 근육을 붙였던 건 그런 이유에서였다. 그 정도는 해야 자신마저 완벽하게 속일 수 있었다.

"제가 말이 좀 많죠? 사실 저도 엄청 긴장했어요. 이런 일, 처음이거든요. 저도 한 때는 애국심에 불타던 시절이 있었어요. 어르신 앞에서 이런 이야기하긴 뭣하지만 지금보다 한참 어렸을 때는 정말 그랬다니까요. 그땐 이 나라를 대표할 천재로 불리기도 했어요. 그래서 국방과학기술원 최연소 연구원이 됐는데… 뭐, 결국 이런 결말이 되고 말았네요. 박한 대우, 경직된 조직문화 뭐 이런 걸 다 떠나서 중국 쪽에서 제시한 액수가 워낙 컸거든요. 흐흐. 액수를 들으면 누구나 고개를 끄덕일 걸요? 어떤 불법도 합법이라고!"

놈은 계속 기분 나쁜 웃음을 흘렸다. 편 관장은 단전을 통해 몸 구석구석으로 기를 흘려보냈다. 차츰 감각이 돌아왔다. 손가락에 힘을 줬다. 오른손 새끼손가락이 움직였다. 다음은 손목, 그 다음은 팔이었다.

"다음 정차할 역은 마곡나루, 마곡나루역입니다."

안내방송이 흘러나왔다. 지하철은 다시 지하 구간으로 들어갔다. 이번에야말로 진짜 시간이 없었다.

"그 국정원 아저씨가 어르신한테 속삭이는 걸 보고 설마 했는데 진짜 이렇게 적극적으로 움직이실 줄은 몰랐어요. 급한 사정이야 알겠지만 그 국정원 요원도 참 무책임해요. 그렇죠? 어쩌자고 어르신한테 이런 이야기를 했는지 몰라. 하긴 그렇게 무능하니 제 정체도 파악하지 못했겠죠. 그럼

전 다른 칸으로 갈게요. 제가 여기서 내릴 순 없잖아요. 흐흐. 지금도 비행기 시간이 빠듯하거든요."

그렇게 말한 후 놈은 일어섰다. 그 순간 편 관장이 놈의 손목을 잡았다.

"엇?"

놈이 편 관장을 내려다봤고, 편 관장 역시 고개를 들어 놈을 올려다봤다.

맞았다!

아까 마지막 칸에서 말을 걸어왔던, 아니 그 전에 슬쩍 팔을 잡았던 바로 그 청년. 그놈이 믿지 못하겠다는 표정으로 편 관장을 보고 있었다.

"어, 어떻게 움직여?"

"어린놈이 어디서 반말을!"

편 관장은 그리 외치며 놈의 손목을 잡아당겼다.

"아!"

균형을 잃으며 쓰러지는 놈의 얼굴에 편 관장은 그대로 박치기를 먹였다. 놈은 신음도 내지 못하고 뒤로 나뒹굴었다. 코에서 쏟아진 피가 금세 지하철 바닥을 적셨다. 누군가가 비명을 질렀다.

"칼이다! 총이다! 폭탄이다!"

편 관장은 큰 소리로 외치며 벌떡 일어났다. 모든 승객의 시선이 편 관장에게로 쏠렸다.

"뭣들 하는 거요? 빨리 다른 칸으로 피해!"

승객들은 주춤주춤 뒤로 물러났다. 쓰러졌던 놈도 슬그머니 일어나 도망치려 했다. 편 관장은 그 얌생이, 매국노, 떠버리 새끼의 뒷덜미를 낚아챘다. 그러고는 꽉 틀어쥐고 놓아주지 않았다.

"피! 이 피 좀 봐! 이게 끝이 아니야! 폭탄이 터질 거라고!"

편 관장이 다시 한 번 소리치자 승객 중 누군가가 비명을 질렀다. 그게 신호였다. 모두 뒤쪽 칸으로 피하기 시작했다. 공항철도 지하철에는 칸과 칸 사이가 뻥 뚫려 있었다. 승객들은 뒤쪽과 앞쪽 칸에서 불안함과 호기심이 반반씩 섞인 표정으로 편 관장을 엿봤다. 누군가는 신고를 하는지 전화기를 들고 있었고, 누군가는 아예 노골적으로 편 관장을 찍어댔다. 그런 건 아무래도 좋았다. 이놈을 잡을 수만 있다면.

이 기회를 놓친다면 놈은 잠시 후 정차하는 마곡나루에 내려 다시 도망칠 게 틀림없었다. 편 관장을 미친 영감 취급하면서. 그런 건 나중에 설명하면 될 일이지만 쥐새끼가 중국으로 튀는 일만은 막고 싶었다.

한 번쯤, 진짜로 자랑할 만한 일을 만들고 싶었다.

"이놈 새끼. 너 같은 놈은 콩밥을 먹어야 해!"

편 관장은 놈의 뒷덜미를 잡은 손을 놓지 않고 나머지 손으로 주머니에서 명함을 꺼냈다. 국정원 요원이 동료의 번호라며 준 명함이었다. 핸드폰까지 꺼내 어렵게 전화를 걸었다.

"여보세요?"

잔뜩 경계하는 듯 소리를 죽여 누군가가 전화를 받았다.

"내가 잡았소. 그 산업스파이 내가 잡았소. 여기가 어딘가 하면 공항철도 지하철 안인데, 곧 마곡나루라는 곳에 도착⋯."

"도와주세요! 이 사람 미친 사람이에요! 절 죽이겠다고 해요! 도와주세요!"

놈이 고래고래 소리를 질렀다.

"조용히 해!"

편 관장이 소리를 지른 순간, 무언가가 그의 얼굴을 향해 날아왔다. 아직 제대로 회복하지 못한 편 관장은 피할 수가 없었다. 딱딱한 물건이 편 관장의 이마를 그대로 때렸다.

"윽!"

통증이 상당했다. 손을 대보니 이마에서 피가 흐르고 있었다. 바닥을 내려다봤다. 싸구려 라이터였다.

고작 라이터로 이런 공격을?

편 관장은 퍼뜩 고개를 들어 정면을 바라봤다. 선글라스를 낀 남자와 옆자리 여자가 천천히 걸어오고 있었다. 젊은 놈은 그들 쪽으로 도망치는 중이었다. 지하철은 곧 멈추려는 것 같았다. 이대로라면 놈들을 놓칠 게 뻔했다.

결단을 내렸다.

편 관장은 노약자석 바로 옆에 달린 비상 긴급 통화 장치를 꺼내 들었다.

"네. 기장입니다. 무슨 일이십니까?"

바로 응답이 왔다.

"마곡나루에 멈추지 마시오. 멈추면 안 돼! 인천공항까지 계속 달리는 거야."

편 관장은 자신을 향해 점점 다가오는 남자와 여자를 노려보며 말했다.

"네? 장난치시면 안 됩니다. 그런 요청은⋯."

"장난이 아니야! 여기에 나쁜 놈들이 탔어. 지하철을 멈추면 폭탄이 터진다니까 그냥 계속 달려!"

"이것 보세요. 확실한 이야기입니까? 누가 난동을 부린다는 신고가 들어오긴 했는데요."

"그거야. 난동 부리는 놈들이 폭탄도 가지고 있으니까 내 말 들어!"

아마도, 난동을 부린다고 지목된 이는 자신일 거라 생각하며 편 관장은 통화 장치를 내려놓았다.

"영감님 참 일을 어렵게 만드시네. 그냥 못 본 척, 못 들은 척하셨으면 될 텐데."

남자가 말했다.

"지금도 안 늦었어요. 얌전히 노약자석이 다시 앉으세요. 몸도 성치 않을 텐데."

이번에는 여자가 말했다.

둘이 한패일 거라고는, 게다가 저 둘이 바로 그 중국인일 거라고는 천하의 편 관장도 눈치 채지 못했다. 중국인이라기에는 한국말을 너무 잘했다. 편 관장의 생각을 읽은 듯 남자가 씩 웃으며 다시 말했다.

"명색이 스파이인데 이 정도는 해야죠. 안 그래요, 어르신?"

"네놈들은 중간에 도망도 못 가! 이 지하철은 안 멈출 거야. 인천공항에서 경찰들이 탈 테니 각오들 하고 있어."

편 관장은 셋을 쏘아봤다. 사냥감을 앞에 둔 호랑이의 눈처럼 안광이 번들거렸다. 흐트러졌던 기가 제자리를 찾아가면서 더운 기운이 단전을 중심으로 퍼져나갔다. 힘이 돌아왔다. 편 관장은 그걸 느낄 수 있었다.

"그럼 어쩔 수 없이 노망난 노인네를 제압하는 정의의 사도 역할을 해야겠네요."

"저 영감님이 지하철에 불을 지르려하는 걸 우리가 막았다고 하면 되겠네!"

여자는 그렇게 말하면서 손으로 라이터를 가리켰다.

"말만 하지 말고 빨리 해치워 버려요! 씨발."

애송이 놈이 코를 감싼 자세로 중얼거리듯 말했다. 아무래도 뒤쪽과 앞쪽 칸에서 지켜보는 승객들을 의식하는 듯했다. 편 관장도 그들의 존재를 느끼고 있었다. 과연 그들이 누구의 편을 들어줄 것인가. 그에 따라 이 싸움은 달라질지도 모른다.

"운동 좀 하셨나본데, 한 번 붙어볼까요?"

남자는 한 발 앞으로 나서며 선글라스를 벗었다. 검은자위가 지나치게 넓은 기괴한 눈이 드러났다. 선글라스를 벗으니 비로소 괴물처럼 보였다.

편 관장은 호흡을 가다듬었다.

놈들은 고수임에 틀림없었다. 지금껏 상대했던 잔챙이들과는 기운부터가 달랐다. 편 관장은 주름진 손을 쫙 폈다가 다시 쥐었다. 강한 자 앞에서는 더욱 강하게 나가야 한다. 편 관장은 제자들에게 그리 가르쳤다.

그 말을 실천할 때가 바로 지금이었다.

"핫!"

편 관장은 짧은 기합과 함께 앞으로 달려 나갔다.

보법을 시전하면 땅이 진동하고, 주먹을 뻗으면 일대광풍이 불며, 발차기를 하면 섬광이 번뜩인다. 편 관장이 그토록 좋아하는 무협지 속 주인공들은 다들 그런 무공을 펼쳤다. 허공을 딛고 날아다니며 장풍을 쏘았다. 팔을 한 번 휘두르면 적들이 우수수 나가 떨어졌다.

절대고수.

한평생 그런 자가 되기를 바랐다.

"무영각!"

그림자가 보이지 않을 정도로 빠른 발차기. 편 관장은 소리 높이 외치며 남자를 향해 무영각을 날렸다. 한 번, 두 번, 세 번. 연속으로 발차기가 들어갔지만 남자는 모든 공격을 피했다. 그것도 너털웃음을 터트리며.

"무영각? 제법 괜찮은 솜씨지만 이 정도야!"

"이놈!"

편 관장은 오른쪽 다리를 접자마자 재빨리 왼쪽 다리로 돌려차기를 했다. 무영각과 연계하는 비장의 연속 기술, 회전각이었다.

회전각은 남자의 복부에 제대로 꽂혔다. 허나 남자는 꿈쩍도 하지 않았다. 오히려 편 관장의 발목을 잡고는 휙 밀어버렸다.

"어이쿠!"

자기도 모르게 그런 소리를 내며 편 관장은 볼썽사나운 꼴로 넘어졌다. 기껏해야 주먹질 좀 하는 놈이라 여겼는데 아니었다. 남자야말로 고수였다. 편 관장은 내장마저 파괴할 수 있는 자신의 발차기를 멀쩡히 받아내는 남자를 보며 아득한 두려움에 휩싸였다. 남자가 구사한 것은 순간적으로 기를 이용해 몸을 보호하는 환상의 기술, 철근법이었다. 철근법은 오직 소림사에서만 전해졌다. 즉, 남자는 소림사 출신이라는 뜻이었다.

"소림이군."

편 관장이 그렇게 중얼거리자 남자가 씩 웃었다.

"보는 눈은 있군요. 하지만 당해낼 수 있을지."

남자는 성큼 거리를 좁혀왔다. 그러면서 오른쪽 다리를 높이 들었다. 편 관장을 그대로 밟아버릴 기세였다.

"쇠침각?"

쇠로 된 말뚝처럼 땅을 뚫어버린다는 그 기술이 날아든 순간 편 관장은 간신히 몸을 돌려 피했다.

지하철 바닥에 움푹 들어갔다.

그 순간 안내 방송이 흘러 나왔다.

"마곡나루역 무정차 통과합니다. 승객 여러분의 양해 부탁드립니다. 사태를 정확히 파악하는 즉시 다시 안내하겠습니다."

남자가 안내 방송을 들으며 인상을 찌푸렸다. 편 관장은 그 빈틈을 놓치지 않았다. 튕기듯 일어나 그 추진력 그대로 몸을 날렸다. 그러면서 남자에게 어떤 기술을 먹일지 고민했다. 수십 가지 공격 기술이 편 관장의 머릿속을 스치고 지나갔다. 그야말로 찰나였고 편 관장은 그 짧은 순간에 마음을 굳혔다. 잔인하기 짝이 없는 금지된 기술을 꺼내기로.

"낭심파괴!"

편 관장의 발이 남자의 사타구니 가운데를 정확히 가격했다.

같은 남자라면 누구나 몸서리칠만한 기분 나쁜 소리가 울려 퍼졌다.

"으악!"

처절한 비명과 함께 남자가 주저앉았다. 놈은 눈물을 줄줄 흘렸다. 고통에 못 이겨 발버둥치는 남자를 보며 측은함과 미묘하게 미안한 마음이 들었지만 지금은 한눈을 팔 때가 아니었다. 편 관장은 재빨리 정면으로 몸을 틀었다. 아니나 다를까, 이번에는 여자가 공격해 왔다. 호리호리한 몸매와 체격이라 위압감은 없었다. 편 관장은 두 다리를 바닥에 딱 붙이고 방어태세를 취했다. 금강불괴를 시전한 것이다. 그러고는 달려오는 여자를 향해 물었다.

"어느 유파냐? 너도 소림이냐? 아니면 화산?"

"지랄하네. MMA다!"

여자는 그 말과 함께 재빠른 몸짓으로 파고들었다. 편 관장은 옆구리로 공격이 날아들 것에 대비했지만 아니었다. 여자는 편 관장 등으로 돌아가 훌쩍 뛰어올라서는 그대로 목을 졸랐다.

아뿔싸!

여자는 타격가가 아니었다. 편 관장이 그 사실을 깨달았을 때는 이미 여자의 조르기 기술이 완벽하게 들어간 뒤였다. 여자의 팔이 경동맥을 조이기 시작했다.

밭은 숨이 터져 나왔다. 어떻게 해서든 여자를 떼어내려고 몸을 흔들었지만 소용없었다. 여자는 매미처럼 착 달라붙어 있었다. 팔이 점점 더 목덜미를 파고들었다. 숨이 막혔다. 다시 의식이 멀어지려 했다. 마지막이라는 생각으로 팔을 위로 꺾어 여자의 머리카락을 잡아챘다. 절대고수라면, 협객이라면 절대 하지 않을 행동이었으나 지금은 그런 걸 따질 때가 아니었다.

"아악!"

편 관장이 온힘을 다해 머리끄덩이를 잡아당기자 여자는 참지 못하고 비명을 질렀다. 숨통을 조여오던 팔의 힘도 조금 풀렸다. 편 관장은 머리카락을 잡은 그대로 엎어치기하듯 여자를 바닥에 내리꽂았다.

떨어진 여자는 허리를 쥐고 뒹굴었다. 편 관장의 손가락에 머리카락 뭉치가 잔뜩 끼어 있었다.

참았던 숨을 토해내며 몸을 가누려던 그때 다른 공격이 날아들었다. 이번에는 제대로 피했으나 위기는 끝나지 않았다. 낭심이 파괴당한 남자가 칼을 들고 있었다.

"어어! 칼은 안 되죠!"

애송이 놈이 당황한 듯 더듬거렸다.

"시끄러워! 진짜로 죽여 버릴 테다. 늙은이 새끼."

아무렴, 그곳을 맞으면 독이 오를 데로 오를 수밖에. 편 관장은 이해하는 한편 남자의 공격을 피하기 위해 정신을 가다듬었다. 호흡이 돌아오지 않았다. 제자리를 찾았던 기도 다시 요동쳤다. 심장이 세차게 뛰었다. 온몸이 말해 주고 있었다. 예감이 좋지 않다고.

"권拳으로 이길 수 없으니 도刀를 꺼내는구나! 치사한 놈."

"급소를 찬 주제에 나보고 치사하다고?"

남자는 발끈하며 달려들었다. 그 순간 편 관장이 옆으로 걸음을 옮겼다. 적의 공격을 재빨리 회피하는 보법, 게걸음이었다. 남자의 칼이 허공을 갈랐다. 편 관장은 그때를 놓치지 않았다. 남자의 품으로 파고들었다. 둘 사이의 거리는 한없이 좁혀졌다. 편 관장은 어퍼컷, 아니 편권도 제4초식 호립격을 시전했다. 편 관장의 주먹이 호랑이가 일떠서듯 위로 솟구치며 남자의 턱을 강타했다.

"윽."

남자가 신음을 흘렸다.

이겼다!

편 관장은 확신했다. 낭심과 턱 둘 다 부서진 남자가 다시는 일어서지 못하리란 사실을. 그는 마지막으로 남은 놈, 그 매국노를 찾아 주위를 두리번거렸다. 그때였다. 빨간색 물체가 머리로 날아들었다. 피하려고 허리를 젖혔지만 굳은 허리는 제대로 말을 들어주지 않았다.

애송이 놈이 휘두른 지하철 용 소화기가 편 관장의 머리를 때렸다. 눈앞이 번쩍했다. 통증보다 의식이 날아가기 직전의, 멍한 느낌이 먼저 찾아왔다. 쓰러지지 않으려고 본능적으로 지하철 손잡이를 잡았다. 편 관장은 정육점에 매달린 고깃덩어리처럼 그 자세 그대로 빙글빙글 돌았다.

"이건 정당방위에요! 보셨죠? 저 노망난 영감이 제 일행을 무자비하게 폭행한 거. 그러니까 오해하지 마세요."

놈이 씨불이는 소리를 듣자 분노가 차오르며 정신이 번쩍 들었다. 매국노 주제에 천하의 편 관장을 벽에 똥이나 처바르는 노인 취급하다니!

편 관장은 괴성을 지르며 놈에게 달려들었다. 초식이고 보법이고 아무래도 좋았다. 저 썩을 놈을 잡아서 실컷 팰 수만 있다면 개가 되어서라도 싸울 것이다. 마음과는 달리 편 관장은 멈출 수밖에 없었다. 머리에서 흘러내린 시뻘건 피가 눈에 들어갔기 때문이었다. 앞이 보이지 않았다. 언제, 어디서 다시 소화기가 날아들지 모르는 일이었다.

"알려드립니다. 앞 차와의 간격 때문에 이 열차는 검암역에서 멈추게 됩니다. 그곳에 정차해 문을 개방할 예정이니 승객 여러분은 질서를 지켜 대피하시기 바랍니다. 검암역에는 현재 경찰 병력이 대기 중입니다. 다시 한번 말씀드립니다. 이 열차는 곧 도착하게 될 검암역에 정차합니다. 승객 여러분. 부디 안전하시기 바랍니다."

안내 방송이 울려 퍼졌다.

벌써 검암역이라니….

편 관장은 필사적으로 피를 닦아내면서도 온 신경을 귀에 집중했다. 시끄러운 동시에 고요했고, 적막한 동시에 와자지껄했다. 사람이 죽기 직전의 위기와 마주하면 각기 다른 감각이 동시에 엄습한다고, 그 옛날 읽었던 무협지 속 누군가가 이야기했다. 편 관장은 지금이 아마 그때일지도 모른다고 생각했다. 그러자 아들이 전화로 했던 말이 떠올랐다.

"아버지. 제가 매일 이용하는 공항철도는 참으로 이상합니다. 번호가 붙은 다른 호선과는 분명 다릅니다. 1호선이 인과 예가 사라진 아사리 판이라면, 2호선은 정의라곤 찾아볼 수 없는 무뢰한들의 세상입니다. 그뿐만이 아닙니다. 공항철도와 연결되는 9호선은 출근 시간에 지옥도가 열립니다. 인간이 어디까지 쪼그라들 수 있는지, 어디까지 치사할 수 있는지, 어디까지 막돼먹을 수 있는지를 보려면 고시원에 살면서 9호선 오전 급행을 타보면 됩니다. 그에 비해 공항철도는 놀랍도록 깨끗하고 평화롭습니다. 가끔 자전거 족들이 민폐를 끼치기는 하지만 1호선의 예수쟁이나 2호선의 앵벌이에 비하면 양반입니다. 고약한 냄새도 나지 않습니다. 그럼에도 저는, 이 못난 아들은, 공항철도가 불편합니다. 여행용 가방을 끌고 공항을 향해 가는 사람들의 천진하고 설레는 표정을 보는 것도 불편하고, 여행에서 돌아오는 길에 피곤에 절어 꾸벅꾸벅 졸며 서울역으로 향하는 걸 보는 것 역시 불편합니다. 왜냐하면 그것이 제 삶과는 너무도 거리가 먼 풍경이기 때문입니다. 한 번도 비행기를 타보지 못한 제가 공항철도를 이용해 출퇴근을 합니다. 수많은 사람이 저랑 비슷하게 공항철도를 이용한다는 사실을 잘 알지만, 그럼에도 뭔가 맞지 않은 옷을 입은 것 같은 느낌은 지울 수 없습니다. 언제쯤 공항철도가 편하게 다가올까 궁금한 한편, 그런 삶을 누려오지 못한 지난 시간들이 후회로 남기도 합니다. 아버지. 저는 아버지를 원망하지 않습니다. 아버지는 편권도를 가르치며 이런 말씀을 하셨지요. 편권도의 강력한 주먹으로도 무너뜨릴 수 없는 게 딱 한 가지 있는데 그것은 바로 사람의 마음이라고. 아버지. 올라오셔서 함께 사셨으면 좋겠습니다. 아버지와 함께 공항철도를 이용해 공항에 가보기를 소망하고 있습니다. 그리하여 비행기에 오르기를 또한 소망하고 있습니다. 아버지가 생각날 때면 묵묵히 정권 찌르기를 합니다. 백 번, 천 번 계속 합니다. 그럼에도 무너지지 않았습니다. 아버지에 대한 그리움은요."

그래. 오냐. 알았다. 같이 살자.

오른쪽에서 바람을 가르는 소리가 날아들었다. 편 관장은 마치 보기라도 한 듯 정확하게 피했다.

"어어!"

소화기를 휘두른 힘을 못 이겨 애송이 놈은 앞으로 고꾸라지고 말았다. 그 순간 편 관장의 시야가 희미하게 밝아졌다. 편 관장의 눈과 놈의 눈이 마주쳤다.

"이제 그만 포기하거라."

편 관장은 조용히, 그러나 근엄하게 말했다.

"포기? 지금 포기하면 뭐가 달라지는데? 이쯤 왔으면 끝까지 가야지! 지하철 멈추면 도망칠 거야. 그, 그러니까 제발 방해 좀 하지 마!"

놈은 그렇게 외치며 벌떡 일어났다. 마침 지하철이 속도를 줄이기 시작했다. 김포공항역을 지난 이후 한 번 더 지상 구간으로 나오면서 천진할 정도로 맑은 하늘이 다시 모습을 드러냈다. 햇살이 비쳐 들어와 편 관장의 주름진 얼굴에 맺혔다. 피와 땀에 범벅이 된 그 얼굴에는 이제 분노의 감정도, 고통의 표정도 떠올라 있지 않았다.

"불쌍한 놈이구나."

편 관장은 놈을 향해 뚜벅뚜벅 다가갔다.

"비켜! 저리 가!"

놈은 소화기를 휘두르며 앞쪽 칸으로 도망쳤다.

놀란 승객들이 좌우로 갈라지며 놈을 피했다. 편 관장은 그 사이를 지나 놈과의 거리를 좁혔다. 지하철이 멈췄다. 놈은 맨 첫 칸까지 달려가 편 관장을 향해 몸을 홱 돌렸다.

"미친 노인네야. 꺼져!"

지하철 문이 열리는 것과 동시에 놈이 편 관장을 향해 소화기를 던졌다.

편 관장은 자신을 향해 날아오는 새빨간 소화기를 보며 나지막이, 그러나 한 글자 씩 또박또박 읊조렸다.

"권. 풍. 일. 타."

힘차게 주먹을 뻗으니 바람이 몰아친다.

편 관장이 내뻗은 주먹, 편권도 제1초식 권풍일타가 날아오는 소화기를 그대로 때렸다.

맑은 소리가 크게 울리며 소화기가 튕겨나갔다. 그리고….

주먹과 함께 뻗어나간 한 줄기 묵직한 바람이 애송이 놈의 복부를 강타했다. 열린 문으로 도망치려던 놈은 헛바람 소리만 남긴 채 푹 쓰러졌다.

놈이 꿈쩍도 못 한다는 걸 확인한 후 편 관장은 차분히 호흡을 골랐다. 몸에서 진기가 빠져나가 금방이라도 주저앉을 것 같았지만 꼿꼿이 버텼다. 그 사이 무장한 경찰들이 지하철 안으로 들어왔다.

"움직이지 마세요!"

경찰들은 편 관장을 향해 총을 들이대며 소리쳤다. 편 관장은 그들을 가만히 바라봤다.

"빨리 체포해!"

책임자로 보이는 사람이 지시를 내리자 경찰관 서넛이 우르르 달려왔다.

그때였다.

"아니에요."

뒤에서 누군가가 외쳤다. 편 관장은 조심스레 고개를 돌렸다. 서울역에서부터 무례하게 굴었던 솔봉이 두 녀석이 경찰과 편 관장을 번갈아 보며 흥분한 듯 씩씩거리고 있었다. 다른 녀석이 목소리를 높였다.

"저 할아버지가 잘못한 게 아니에요. 지하철 사람들 다 봐서 알 거예요. 저도 동영상 찍었거든요."

"맞아요! 무슨 일인지는 정확하게 모르겠는데 저 남자랑 저기 뒤 칸에 쓰러진 다른 사람 두 명이랑 해서 저 할아버지를 공격한 거예요!"

솔봉이들의 말이 끝나기가 무섭게 다른 승객들이 맞장구를 쳤다.

"그래요."

"우리도 똑똑히 봤어요!"

"저기 쓰러진 저 사람을 잡아요. 빨리!"

경찰들은 당황한 표정으로 엉거주춤 서 있었다. 편 관장은 딱히 입을 열지 않았다. 그저 희미하게 미소 지을 뿐이었다. 걱정스런 표정으로 지켜보는 승객들 틈에서 국정원 요원이 모습을 드러냈다. 그는 비틀거리면서 책임자에게로 다가가 수첩 같은 걸 꺼내 보였다.

"오해는 풀리겠군."

편 관장은 그리 중얼거리며 경찰들을 지나 지하철 문으로 향했다.

"저기요. 어르신!"

국정원 요원의 부름에 편 관장은 고개를 돌려 슬쩍 바라봤다.

"성함과 연락처 좀 가르쳐 주십시오. 제가 정식으로 감사의 표시를 하고 상부에 보고⋯."

편 관장은 아무 일도 아니라는 듯, 그런 것쯤은 상관없다는 듯 무심히 손을 들어 보인 후 밖으로 걸어 나갔다. 사람들의 시선이 느껴졌지만 다시는 돌아보지 않았다. 아들이 걱정하며 기다리고 있을 것이다. 아들이 보고 싶었다. 아들에게만은 오늘의 이야기를 해줄 생각이었다. 이야기의 마지막에 덧붙일 말도 방금 떠올렸다.

"아들아. 진정한 협객은 이름을 남기지 않는 법이란다."

작가 후기

저는 공항철도 라인에 살고 있습니다. 공항철도를 이용하면 서울에서 공항까지 빠르게 이동하는 것이 가능합니다. 인천에서 서울까지의 접근성도 훨씬 좋아지죠. 거의 매일 공항철도를 이용해 서울로 나가면서 많은 사람들과 마주합니다. 서울에서 공항으로 향하는 사람들의 설렘 가득한 표정, 공항에서 서울로 가는 사람들의 피곤한 표정, 그리고 일터에서 일터로 향하는 일상의 삶을 살아가는 사람들의 무심한 표정까지, 공항철도 전철에는 수많은 표정이 교차합니다.

처음 이 앤솔로지 제안을 받았을 때 제일 먼저 떠올린 지하철 라인이 바로 공항철도였습니다. 익숙했기에 그런 것도 있지만 다양한 표정의 사람들 사이에서 음모가 싹트고 사건이 벌어지면 꽤 흥미롭겠다는 생각을 했기 때문입니다. 게다가 그 사건을 해결하는 이가 공항철도와는 가장 거리가 먼 사람이면 더 좋겠다 싶었죠. 그리하여 '편 관장'이라는 캐릭터가 나왔습니다. 눈치 빠른 독자라면 아시겠지만, '편 관장'은 제 장편소설 『고시원 기담』에 등장한 '편'이라는 캐릭터의 아버지입니다. 언젠가 한 번 편 관장을 주인공으로 한 소설을 쓰고 싶었는데 그게 바로 이 작품이 되었습니다.

무뚝뚝하고 외골수인 이 늙은 사내가 쾌적하고 화려한 공항철도에서 어떤 활약을 펼칠지 기대하는 마음으로 저도 소설을 써내려갔습니다. 그 결과 기대만큼 재미있는 이야기가 나왔습니다. 언젠가 편 관장을 주인공으로 한 또 다른 소설을 쓰게 될 날을 고대하며 저는 또 공항철도를 이용해 어딘가로 향합니다.

2호선

지옥철_정명섭

그의 직장은 옛 지하철 2호선 신도림역 지하 1층이다. 70년대 새마을 운동 때 입던 칙칙한 황색 재킷에 허벅지까지 올라오는 두툼한 고무장화를 껴입고 하얀색 안전모, 낡은 장갑이 지하철 감시원인 그의 작업복장이다. 어깨에 짊어지고 있는 커터의 무게 때문인지 그의 어깨는 한쪽으로 약간 기울어져 있었다. 대한민국의 수도 서울의 지하를 가로지르던 지하철은 "대공포" 이후 폐쇄되었다. 그리고 평범한 직장인이었던 전준우 씨는 이곳을 지키고 있는 중이다.

많이 피곤해보이시네요.

"20시간 연속 근무 중이거든요. 원래는 반나절 일하고 하루 비번을 돌아야 하는데 돈도 안 되고 위험하니까 말도 안 하고 빠지는 사람들이 많아요."

그는 쓸쓸한 표정으로 지하 2층으로 내려가는 계단을 쳐다봤다. 끝자락을 제외한 계단 전부가 물에 잠겼다. 한때 수백만 명을 실어 날랐던 지하철은 물과 쓰레기로 가득 찬 거대한 호수가 된 것이다. 예전에는 하얀색이었을 것 같은 벽면의 타일들은 이끼와 얼룩으로 가득했다. 까치산 방향이라고 적힌 녹색 띠가 물속을 가리켰다. 마지막 계단까지 차오른 오물투성이 물 위에는 낡은 손가방, 그리고 파리바게트라는 글씨를 겨우 알아볼 수 있는 케이크 상자가 사이좋게 떠다녔다.

"그날 전 여기 있었죠. 저쪽 시청으로 가는 쪽에요."

그날이라고 하면?

"신도림 대참사라고 부르는 날이요. 정말, 정말 평범했죠. 사람들은 넘쳐났고, 지하철은 뜨거웠죠. 잘 달궈진 후라이팬처럼요."

그는 앉아서 얘기하자며 계단 턱에 자리 잡았다. 윗주머니에서 담배를 꺼낸 그가 라이터를 찾아 자기 몸을 더듬거렸다. 잽싸게 지포라이터를 꺼내 불을 붙여주자 그의 얼굴에는 흡족함이 떠올랐다. 그의 이야기는 기억으로부터 시작되었다.

"모든 게 다 기억나요. 저기 바로 옆에 작은 가판대 보이죠. 담배랑 로또 같은 걸 파는 데였는데 로또 명당이라고 큼지막하게 써 붙였죠. 안이 너무 좁아서 주인아줌마는 항상 문을 열어놓고 옆에 앉아 있었죠. 그 뒤편으로는 음식들을 파는 가게들 자리가 있었고요. 아, 그날 얘기를 듣고 싶다고 했죠."

힘껏 담배를 빨아들인 그가 눈을 감았다.

"뭐랄까. 아까는 평범한 날이라고 했는데 거짓말이에요. 힘든 날이었죠. 사람들도 유난히 많았고, 지하철은 냉방이 고장 났는지 완전히 사우나였거든요. 짜증내는 사람에 이어폰도 꽂지 않고 휴대폰 소리를 크게 해서 듣는 사람까지 아수라장이었다니까요. 빨리 신도림역에 도착해서 1호선으로 갈아탈 생각으로 버텼죠. 여기서 사람들이 많이 내리니까요. 그러다가 들렸어요."

뭐가 들렸습니까?

"처음에는 비명소리였어요. 반쯤 졸고 있다가 들어서 긴가민가했죠. 전 또 어떤 변태새끼가 앞에 있는 아가씨 엉덩이를 만진 거라고 생각했어요. 그런데 비명소리가 멈추지 않았어요. 전 그때 두 번째 칸 제일 마지막 출입구 문 옆에 서 있었죠. 원래 잘 안 나는 자린데 가산디지털단지에서 파란 치마 아가씨가 내려서 바로 자리 잡았죠. 아, 아까 어디까지 얘기했죠?"

비명소리가 들렸다는 얘기까지 했어요.

"맞아요. 비명소리. 요즘은 나이가 들어서 그런지 깜빡깜빡 한다니까요. 지하철 사이에 있는 연결통로 있잖아요. 그 아코디언 주름같이 생긴, 거기 문이 열려 있었는데 옆 칸에서 소리가 들렸어요. 비명소리, 처음에는 그냥 그런가보다 하고 넘어갔는데 계속 들리니까 신경이 쓰였죠.

거기다 나중에는 남자가 내는 소리까지 들렸어요. 그땐 무슨 일인가 하고 관심이 생겼어요. 이어폰으로 뭘 듣거나 보던 사람들 빼고는 저처럼 다들 웅성웅성 거리면서 건너편 칸을 쳐다봤어요. 그때까진 다들 위험하거나 아니면 그놈들이 나타날 거라고는 상상조차 못했죠.

왜 전혀 생각하지도 못했을까 지금도 의문스럽긴 해요. 경고는 충분히 받았거든요. 죽은 사람이 되살아난다는 얘기요. 인터넷에서 봤는데 다들 긴가민가하고 넘어갔잖아요."

그랬죠. 처음에는 다들 믿지 않는 분위기였어요.

"비명소리가 좀 줄어드나 싶더니 다시 들렸는데 정말 크게 들렸어요.

바로 옆에 있던 키 작은 아저씨랑 눈이 마주쳤어요. 나이는 저보다 많이 보이진 않았는데 노가다 같은 거 하면 나이보다 많이 들어 보이잖아요. 제가 그랬죠. 무슨 일일까요? 그랬더니 아저씨는 어깨를 으쓱거리고는 '뭐 어떤 변태가 돌아다니나봐'라고 대꾸하더군요. 그러고 얘기를 주고받는데 이번에는 정말 크게 비명소리가 들렸죠. 불안감이 안개처럼 제가 있던 칸을 뒤덮었어요. 사람들은 서로에게 무슨 일이냐고 묻기 시작했죠. 대체 무슨 일이죠? 옆칸에 무슨 일 있어요? 그러다가 빨간 티를 입은 청년이 조종석과 연결된 마이크를 잡았죠. 왜 있잖아요. 무슨 일 있으면 연락하라고 붙어 있는 거요.

그걸 집더니 부산 사투리로 '기관사 아저씨, 옆 칸에서 비명소리가 들려요'라고 물었어요. 다들 대답을 들으려는지 입을 다물고 지켜봤는데 아무 소리도 안 들리더군요. 청년이 다시 한 번 물었지만 여전히 묵묵무답이었고, 앞에 앉아 있던 할아버지가 버튼을 누르고 해보라고 끼어들었죠. 청년이 버튼 눌렀다고 짜증냈고, 할아버지가 자기가 해보겠다며 마이크를 뺏었죠. 그리고는 무슨 군대무전 치는 것처럼 당소 어쩌고 하는데 이번에도 대답이 없었어요. 그때 옆에 있던 그 땅딸막한 아저씨가 문을 닫으라고 소리쳤어요."

문을 닫으라고요?

"맞아요. 지하철 칸 사이에 있는 문 말이에요. 아까 열려 있었다고 했잖아요. 안 그래도 옆 칸에 있던 사람들이 몇 명 넘어왔거든요. 아저씨가 빨리 문을 닫으라고 하니까 문 옆에 엉덩이를 붙이고 껄렁거리던 녀석이 툴툴대면서 문을 닫아버렸죠.

그게 시작이었어요.

처음에는 그냥 유리를 탕탕 치면서 문을 열라고 했는데 이쪽에서 꼼짝도 안하니까 발길질에 욕설 같은 게 들렸어요. 그러다 밀릴 것 같으니까 이쪽에서도 남자들 몇 명이 등으로 문을 눌렀죠.

그리고 유리창 너머로 평생 기억에 남을 광경을 보게 되었죠.

예쁘게 화장한 아가씨가 눈물 콧물 다 흘리면서 손바닥으로 유리창을 두드리는데 소름이 쫙 끼쳤어요. 처음에는 애

원하는 것처럼 보였는데 몇 번이고 뒤를 돌아보더니 그 다음에는 차마 입에 담지 못할 욕설이 나오더군요. 곧 다른 남자들이 그 아가씨를 떠밀어버리고는 문을 열려고 했어요. 거의 열릴 뻔 했는데 아까 마이크 어쩌고 하던 할아버지가 문고리에 지팡이를 걸어서 당기니까 꽉 닫히더라고요. 이제 장난기는 사라져버렸어요. 문 저쪽은 계속 밀어대는지 사람이 유리창에 완전 끼어 버려서 무슨 코미디 영화에 나오는 것처럼 눌러버렸죠.

하지만 이쪽은 아무도 안 웃었어요. 못 웃었죠. 닫힌 유리문 저쪽에서는 계속 비명소리랑 울음소리 같은 게 들려왔고, 살려달라는 소리도 들린 것 같아요. 웅성대던 뒤쪽에서 누군가 그러더군요."

뭐라고요?

"혹시 좀비 아니냐고요.

신문과 방송에서는 우리나라는 검역 체계가 완벽하기 때문에 위험하지 않다고 했지만 그딴 헛소리를 믿는 사람은 별로 없었어요. 하지만 인터넷에 떠도는 대로 물리면 그대로 좀비가 된다는 말도 다들 안 믿는 분위기였죠. 뭐 코로나바이러스 같이 세상이 이상해지면 한 번씩 나타났다가 사라지는 그런 병 일거라고 생각했죠. 인터넷에서 좀비가 되면 편리한 열 가지라는 식의 댓글도 돌았어요. 먹고 살 걱정 안 해도 된다. 마누라 바가지 따위는 안 들을 수 있다. 공부 안 해도 된다는 내용들이었죠. 저도 거기에 ㅋㅋ같은 댓글 달면서 놀았다고요….

어이없게도 그게 현실이 된 거죠. 완전 겁이 나서 심장이 터질 지경이었는데 그건 시작에 불과했어요."

시작에 불과했다는 게 무슨 뜻인가요?

"다들 어쩔 줄 몰라 하는데 설상가상으로 지하철이 멈춰 버렸죠. 그 시커먼 지하통로 한 복판에서요. 뒤쪽은 물론이고 앞쪽에서도 비명소리가 파도타기처럼 넘어왔죠.

빨간 티를 입은 청년이 다시 마이크에 대고 '아저씨 무슨 일이에요. 왜 멈췄어요.'라고 물어봤어요. 이번에는 금방 응답이 들려왔어요. 앞차가 신도림역을 출발하지 못해서 멈췄다고요. 좀비인지 뭔비인지 하는 괴물이 저쪽 칸에서 당장이라도 넘어올 것 같은데 지하철은 오도 가도 못하고 정말 환장하는 거죠. 사람이 긴장하면 땀이 흠뻑 나오잖아요. 사람들이 쓴 안경에 뿌옇게 서리가 내려앉을 정도였으니까 그 안이 얼마나 더웠는지 짐작이 가겠죠.

아무튼 지하철은 꼼짝없이 멈춰 서 있고, 유리문 저쪽에서는 계속 열라고 아우성이고. 맨 먼저 나가떨어진 건 여자들이었어요. 젓가락 같은 팔다리를 한 젊은 여자가 그대로 기절했죠. 그때 연결 통로 유리창이 쩍 하면서 금이 갔어요."

금이 갔다고요?

"소화기로 찍어서 금이 간 거에요. 노약자석 옆에 있는 그 빨간색 소화기 있잖아요. 떡대 좋은 대머리 아저씨가 그걸로 유리창 찍는데 쩍쩍 소리를 내면서 갈라졌죠. 유리창은 무슨 젖은 휴지조각마냥 떨어져나갔어요. 우린 유리조각들을 피해 옆이나 뒤로 물러났고, 결국 그 대머리 아저씨는 유리창을 다 깼어요. 우리 쪽으로 소화기를 통 던져놓고는 넘어오려고 했는데 뒤쪽에서 그 아저씨를 잡아당겼어요. 못 넘어가게 한 거죠.

서로 먼저 넘어가겠다고 싸움을 벌이다니 정말 웃기지 않아요? 여자들은 서로 머리를 잡아당기고, 남자들은 주먹을 휘둘렀죠. 그러다 아까 얘기했던 그 키 작은 아저씨가 소화기를 집어 들더니 저쪽에다 대고 쏘더군요. 소화기 맞아본 적 없죠? 난리도 아니었어요. 저쪽 사람이 우웩 구역질했죠. 그러다 그 소리를 들었어요."

어떤 소리요?

"처음에는 무슨 멧돼지가 우는 소리인줄 알았죠. 〈인베이전〉인가 뭔가하는 영화에서 들었던 쇳소리 같기도 하고, 암튼 그 소리를 들으니까 온몸에 힘이 쭉 빠져서 툭 주저앉았죠. 사람들은 앞쪽으로 다 몰려갔는지 우리 쪽은 텅 비어 있더라고요. 어차피 보이는 것도 없고, 에라 모르겠다 그러고 있는데 옆에서 소화기를 쐈던 아저씨가 출입문 쪽으로 기어가더니 비상 밸브함을 여는 게 보였죠. 그 노약자석 아래쪽에 있는 거 말이에요. 뚜껑 열고 왼쪽인가 오른쪽으로 밸브를 돌리면 문이 손으로 열리게끔 되어있는 거 있잖아요. 아저씨가 나보고 반대쪽을 열라고 하더군요. 엉겁결에 출입문을 열었는데 누가 뒤에서 떠밀었는지 그대로 바깥으로 나뒹굴었죠. 팔로 막기는 했는데 머리부터 떨어지니까 장난 아니게 아프더라고요.

제 위로 몇 명 더 쓰러졌어요. 이대로 있다가는 압사당하겠다 싶어서 앞쪽으로 엉금엉금 기어갔죠. 지하철과 벽의 틈이 좁아서 일어서기도 힘들었어요. 전 지하철 바퀴가 그렇게 크고 무섭게 생긴 줄은 처음 알았다니까요. 철로 위를 한참 달려서 그런지 쉭쉭대면서 열도 나고 윤활유 같은 걸 썼는지 기름 타는 냄새도 났어요. 그러다 공구박스 같이 생긴 데를 지나자 공간이 좀 생기더라고요. 허리가 아파서 등을 펴고 뒤를 바라봤는데….”

전준우 씨는 침을 꿀꺽 삼키고는 말을 잊어버렸다. 절반도 태우지 않은 담배를 휙 던져 버린 그는 계단의 난간을 따라 출렁거리는 물을 바라봤다. 나는 그의 시선을 따라가면서 물었다.

뭘 보셨나요? 거기서.

“어떻게 그 유리들을 깼는지 모르겠어요. 그거 정말 단단하잖아요. 지하철 유리 말이에요. 깨진 유리창 밖으로 팔들이 나와 있는 게 보였죠. 물에 빠진 사람처럼 지하철 바깥에다 대고 허우적댔어요. 피투성이 팔도 보였고, 비싸 보이는 시계랑 팔찌를 찬 손도 있었어요.

그러다 그걸 봤죠.

어떤 남자가 상체를 유리 밖으로 내밀었어요. 그대로 빠져나올 생각이었던 것 같은데 워낙 뚱뚱해서 잘 못 움직였죠. 처음에는 발버둥을 치느라 찡그린 줄 알았는데 정말 거짓말처럼 뚝 떨어지더군요."

떨어졌다고요? 바깥으로요?

그는 껄껄 웃으면서 고무장화로 덮여진 허벅지를 손으로 쳤다. 물에 젖은 철썩거림도 그의 껙껙거리는 웃음소리를 완전히 지우지는 못했다.

"맞아요. 나처럼 지하철 밖으로 나오기는 했는데 그게 상반신만이었어요. 한 배꼽쯤까지? 패트릭 스웨이지가 나왔던 사랑과 영혼이라는 영화에서 보면 악당이 깨진 유리창에 절단 나는 장면이 나오잖아요. 딱 그거였어요.

나처럼 바깥으로 빠져나온 사람들이 비명을 지르며 소리쳤죠. '좀비다!' 그러고는 전염이라도 된 것처럼 지하철 안에서도 좀비라는 외침이 메아리쳤죠. 지하철은 당장이라도 넘어질 것처럼 좌우로 요동쳤고, 그때마다 비명소리에 울음소리가 장난 아니었어요. 무슨 락 콘서트에서 하는 떼창 같았다니까요.

난 도망쳤어요. 다행히 방향은 잘 잡았어요. 내가 탄 쪽이 앞에서 두 번째 칸이었으니까 앞쪽으로 가면 지하철역이 나올 거라고 생각한 거죠. 멈춰 있는 전철을 빠져나오니까 비상등이 있어서 쉽게 뛰어갔어요. 빛이 보이더라고요. 씨발 살았다 싶었는데 거기도 지하철이 떡하니 버티고 있는 걸 봤죠. 지하철역에 지하철이 있으니까 올라갈 구석이 없었어요. 거기다 이상하게 그쪽만 레일이 하나뿐이라서 반대편으로 넘어갈 수도 없었죠. 완전 돌아버리는 줄 알았다니까요.

뒤에서는 좀비들이 으르렁대는 소리가 들려오더라고요. 그러고 있는데 같이 뛰어왔던 키 작은 아저씨가 지하철 운전석 유리창을 가리켰죠. 저길 깨고 들어가서 지하철 안으로 들어간 다음에 역으로 빠져 나가자고요. 발판 같은걸 딛고 기어 올라가긴 했는데 유리창을 깰 만한 게 없었어요. 팔꿈치로 쳤는데 무슨 깨질 리가 없잖아요. 운전석에서 객차로 들어가는 문이 열려 있는 게 보이니까 더 미치는 거죠.

거기서 제가 뭘 했는지 알아요?"

뭘 했는데요?

"문을 쾅쾅 두드리면서 제발 살려주세요 라고 애원했어요. 지금 생각해도 정말 어이가 없죠. 이번에도 키 작은 아저씨가 답을 찾아줬어요. 뭐라고 했는 줄 알아요? 앞쪽으로 가라고 했어요."

앞쪽으로요? 거기에 출구가 있었나요?

"어떻게 설명해야 될지 모르겠는데 그 지하철은 정상적으로 멈출 때보다 조금 더 뒤쪽에 서 있었어요. 그러니까 앞쪽에 그 만큼 공간이 있을 거란 얘기였죠. 허리를 굽히고 거기까지 가야 하는 게 좀 끔찍하긴 했는데 뒤따라오던 사람들이 좀비가 온다고 계속 소리치니까 다른 방법이 없었죠. 그 빌어먹을 지하철 틈새를 기어갔어요. 진짜 영원히 이어지는 줄 알았다니까요. 더 이상 못 가겠다 싶었는데 딱 끝이 보였어요.

스크린 도어로 막혀 있는 승강장을 보고는 얼마나 눈물이 났는지…. 그 아저씨한테 받쳐달라고 하고는 스크린 도어를 밀고 올라갔죠. 살았다 싶으니까 꼼짝도 하지 못하겠더라고요. 잠깐 그러고 있다가 아저씨가 잡아달라고 해서 그 아저씨랑 뒤따라온 사람들 몇 명 끌어올려줬어요. 다들 좀비! 좀비 그러면서 거품을 물었죠. 그러다 그 생각이 들었어요."

무슨 생각이요?

"여기도 좀비가 있으면 어떡하지? 해외토픽 같은데 잘 나오잖아요. 죄수가 기를 쓰고 땅굴을 파서 탈출했는데 알고 보니까 간수들 사택이더라 뭐 이런 식으로요.

그제서야 정신을 차리고 주변을 둘러봤는데 딱 두 종류 사람들이 보이더라고요."

두 종류 사람이요?

"완전 겁에 질려서 부처님, 하나님, 알라신 찾는 사람이랑 뭐가 뭔지 모르고 그냥 음악 듣던 사람들이요. 심지어는 어떤 치렁치렁한 머리를 한 젊은 애는 저보고 누가 또 자살했냐고 묻더군요. 어이가 없어서, 한 대 콱 쥐어박을까 하다가 일단 살고 봐야겠다는 생각에 밖으로 나가는 출입구 쪽으로 뛰었죠. 2번 출구로 나가려고 했는데 개찰구부터 사람들이 늘어서 있는 게 보였죠.

하나같이 파랗게 질린 얼굴로 연신 뒤쪽을 돌아보면서 어떻게든 앞으로 나가려고 안간힘을 써댔죠. 공포가 사람을 지배하니까 그 어떤 이성도 자리를 찾지 못했어요. 다들 울고불고 난리도 아니었죠. 어떻게 개찰구를 넘어갔는지 기억도 안나요. 벗겨진 하이힐이랑 핸드백들이 파편처럼 흩어져 있었고, 떠밀려서 다친 아가씨들이 우는 것도 보였어요. 그렇게 지상으로 빠져나왔죠. 마지막으로 나온 사람들과 함께요."

마지막으로 나온 사람들이요? 그럼 좀비가 미처 못 빠져나온 사람들을 습격한 겁니까?

"그랬으면, 차라리 그랬으면…. 아직도 그 때 출입문 셔터를 누가 내렸는지는 밝혀지지 않았어요. 공익이라는 얘기도 있고, 역장이라는 말도 있긴 한데 어쨌든 셔터가 내려갔고, 남은 사람들은 셔터 사이로 손을 내밀고는 울부짖었죠.

그렇게 운명이 갈린 겁니다. 단 몇 센티미터 차이로요.

아수라장이 된 광장으로 나오니까 온통 정신 나간 사람들뿐이었죠. 부모님한테 전화를 했는데 안 받으시더라고요. 광장에 나온 경찰들은 일단 집으로 귀가하라고 했는데 어떻게 집으로 돌아가겠어요. 사람들 따라서 바로 옆에 있는 테크노마트로 갔죠. 계단을 올라가는데 몸속에서 뭔가 부서져 나가는 게 느껴졌어요. 알아요? 그 심정?"

음… 다시 예전 생활로 돌아갈 수 없다는 그런 것 말인가요?

"직감 같은 걸 했어요. 가족들과도 다시는 만날 수 없고, 터미네이터에서 나온 것처럼 어두운 땅굴 속에서 숨어 살아야 한다고. 물론 상봉센터에서 부모님들을 만났고, 좀비들을 피해 지하도를 전전하지는 않았지만 삶이 파괴된 건 맞아요. 친구나 친척들 중에 사라진 사람도 많았고, 다른 것 보다 더 가슴 아픈 건 그날 신도림역에는 좀비가 없었다는 거죠."

좀비가 없었다고요? 그럼 그 소동들은 뭐였죠?

"다들 겁에 질려서 도망치다가 벌어진 일이었어요. 그런 상황에서 좀비보다 더 무서운 공포가 우리들을 덮친 거죠. 그날 신도림 대참사에서 죽은 사람들의 거의 대부분이 압사나 질식사로 죽었어요. 만약 그때 우리가 좀 더 차분했다면 그렇게 많은 사람들이 죽을 이유는 없었죠. 하지만 우린 어리석었고, 혼자만 살겠다는 이기심으로 발버둥 쳤어요."

하지만 당신이 그 일에 책임을 느낄 필요는 없지 않을까요?

"살아남은 자의 슬픔 쯤으로 해석해요. 대공포 이전에 우린 지하철을 흔히 지옥철이라고 불렀잖아요."

맞아요. 지옥철이라고 했죠.

"출퇴근 시간에 사람들이 너무 많아서 지옥 같았다고 말이에요. 그런데 지금은 진짜 지옥철이 되어버렸죠. 여기 감시단원들 중에는 그날 대참사의 생존자들이 많아요. 우린 일종의 연대책임감 같은 걸 느껴요. 신참들은 절대 이해할 수 없는 그런 거 말이에요."

여기서 하시는 일은 뭔가요?

"내가 하는 일은 두 가지에요. 하나는 지하철역으로 들어오는 떠돌이들을 통제하죠. 지하철역은 예전부터 노숙자들한테 인기 있는 보금자리였거든요. 지금은 여러 가지 이유로 재이주와 재정착 프로그램에 들어가지 못한 사람들이 들어오려고 해요. 잠재적인 감염자일 수도 있는 데다가 자신들이 보호를 받지 못했다는 사실 때문에 무작정 분노를 터트리죠. 그리고 짝좀도 처리 대상이죠."

짝좀이요?

"좀비 흉내 내는 가짜들 말이에요. 짝퉁 좀비를 줄여서 짝좀 이라고 부르죠. 그런 놈들도 여길 어슬렁거려요. 그런 놈들을 처리하고 떠돌이들이 지하철역에 자리 잡지 못하게 하는 게 우리 임무죠. 두 번째 임무는 좀비들을 처리하는 거죠."

실제로 지하철에 좀비들이 많나요?

"좀비들이 나타났을 때 상당수의 시민들이 지하철에 있었어요. 저는 운이 좋았지만 그렇지 못한 사람들은 영락없이 좀비의 먹잇감이 되었죠. 그리고 지하철 안을 내내 돌아다니고 있어요. 어차피 죽은 존재라 숨을 쉴 필요는 없었거든요."

그때 물속에서 이상한 소리가 들렸다. 그는 까치산 방향이라고 쓰여진 화살표가 물속으로 향한 계단 쪽을 쳐다봤다. 아까 봤던 파리바게트 종이 상자가 눈에 띄게 요동쳤다. 옆에 내려놓은 대뇌 절단기를 조용히 집어든 그가 엉덩이를 뗐다. 어디서 나타났는지 모를 그의 동료들이 물이 가득 찬 계단 주변에 몰려들었다. 손가락으로 수신호를 주고받던 그와 동료들이 일사불란하게 움직였다. 그의 동료들이 갈색 얼룩들이 잔뜩 묻은 알루미늄 돗자리를 계단 뒤쪽에 벽처럼 세웠다. 한쪽 무릎을 꿇은 그가 끝이 휘어진 톱날이 달린 대뇌 절단기를 어깨에 걸치고는 마스크를 썼다. 그가 준비를 마치자마자 물속에서 좀비가 나타났다. 앙상한 갈색 몸통의 좀비는 물을 다 벗어나기도 전에 머리가 박살났다. 부서진 머리조각들이 알루미늄 돗자리에 후드득거리며 달라붙었다. 머리를 잃어버린 좀비가 꾸르륵 물속으로 가라앉자마자 두 번째 좀비가 모습을 드러냈다. 작은 체구의 좀비는 줄무늬 교복의 흔적이 남은 옷 조각을 걸치고 있었다. 전준우 씨는 인정사정 보지 않고 대뇌 절단기를 휘둘렀다. 그렇게 계단을 따라 물 밖으로 나오려던 좀비 열다섯 마리가 전준우 씨와 동료들 손에 죽었다.

인터뷰를 마치고 밖으로 나온 나는 옛 신도림역 광장 한 켠에 마련된 대참사 기념관에 잠깐 들렀다. 작년 마지막 남은 폐쇄구역이었던 부산 남구를 수복한 기념으로 세워진 것이다. 기념관은 조출했다. 역에서 끌어올린 지하철 한 칸이 전부였다. 그 안에는 대참사 이후 발견된 실종자들—물론 대부분 사망자들이지만—의 소지품들이 발견 당시 상태 그대로 전시되어 있다. 선반 위의 서류 가방과 핸드백들, 알이 빠진 안경, 핸드폰, 카드로 가득 찬 지갑, 접이식 우산, 지팡이, 동전지갑들. 그날 주인과 이별한 물건들이 자리 잡은 전시관 안은 샛노란 포스트잇으로 덮여 있다.

대부분 신도림역 대참사에서 가족들을 잃은 사람들이 남겨 놓은 글귀다. 이별의 아픔이 절절하게 담긴 글을 바라보다가 밖으로 나왔다. 한 쌍의 노부부가 서로에게 기댄 채 눈물짓고 있는 게 보였다. 이들의 기억은 멈추지 못한 셈이다. 방금 전 인터뷰한 전준우 씨처럼 말이다. 잠깐 고민하던 나는 마이크를 꺼내서 스스로에게 질문했다.

이들에게 그날의 기억이란 무엇일까?

단순한 죽음뿐만이 아니다. 가족들의 소멸은 그들이 공유했던 기억들이 모두 증발되어버린 것을 의미한다. 가족이 죽었다는 것은 자신이 기억될 공간이 소멸되었다는 것을 의미한다는 사실을 잘 알기 때문이다. 살아남은 자의 서글픔이라고나 할까.

예전에 직장생활을 할 때 지옥철을 종종 경험했다. 특히 사람들이 많기로 악명 높은 1호선과 2호선을 주로 타고 다녀야 했기 때문에 더더욱 뼈저리게 경험했다.

사람들 사이에 끼어서 숨도 제대로 못 쉬는 상태에서 누군가가 뿜어내는 정체불명의 냄새는 정말 끔찍했다. 어서 빨리 목적지에 도착하기만을 바라지만 늘 연착하거나 출입문이 제대로 닫히지 않아서 뒤늦게 도착하곤 했다. 그럴 때마다 짜증이 늘어나고, 냄새와 부대낌은 더욱 심해졌다.

좀비를 좋아하게 되고 그걸 주제로 글을 쓰게 되면서 반드시 지하철을 소재로 글을 써보고 싶었다. 사람들이 잔뜩 타고 있는 지하철에서 좀비가 나타나면 어떤 일이 벌어질지 상상한 적이 한두 번이 아니었다. 좀비는 상상속의 괴물이고, 지옥철은 현존하는 괴물이라고 할 수 있다. 둘 다 인간이 발전시킨 문명의 그림자들이기도 하다.

서양인들이 아이티에 도착해서 사탕수수를 재배한답시고 원주민들을 노예로 쓰다가 일손이 부족해지자 서아프리카의 흑인들을 끌고 왔다. 졸지에 멀리 낯선 섬으로 끌려온 그들은 가혹한 노동에 시달렸고, 비참한 현실을 잊기 위해 부두교에 매달렸다. 그리고 그 부두교에서 탄생한 것이 좀

비였다.

지옥철 역시 마찬가지다. 사람들을 좀 더 빨리 일터로 옮기기 위해 지하철을 만들었다. 그걸 타야만 가족들을 먹여 살릴 수 있는 사람들은 매일 매일 그곳이 지옥인줄 알면서도 몸을 실어야만 한다.

그러니까, 지하철에 나타난 좀비는 어쩌면 현대 문명이 만들어낸 악몽일지도 모른다.

6호선

버뮤다 음암지대의 사랑_조영주

5월의 첫날, 해환은 오전 9시 2분 출발하는 전철을 타기 위해 집을 나섰다. 청바지에 티셔츠, 모자를 쓴데다 등에는 커다란 등산용 배낭을 멘 모습을 보자면 어디 여행을 가나 싶겠지만, 아니다. 단순한 불안증이다. 해환은 어딜 가든 집에 있는 갖은 잡동사니와 읽을 책을 적어도 다섯 권, 노트북과 핸드폰 보조배터리에 충전기며 심할 때엔 휴대용 헤어드라이어기까지 챙겨야 집을 나설 수 있다.

오늘도 신내역엔 해환보다 먼저 열차가 와 있었다. 신내역은 6호선 종점이라 거의 열차가 서 있다. 대신 배차간격이 넓어 한 대를 놓치면 운이 나쁠 땐 20분을 기다려야 한다. 해환은 정해놓은 목적지가 없었기에 상관은 없었다. 대합실에서 노트북을 펴도 괜찮았다. 그렇게 노트북을 펴고 주변을 관찰하자면 문장이 떠오르기 마련이니까. 문제는 그렇게 시작한 첫 문장이 마음에 드느냐 마느냐다. 남들은 떠나기 위해 전철을 타지만 해환은 사정이 다르다. 스물일곱 살 여자 해환은 첫 문장을 쓰기 위해 전철을 탄다.

해환은 오늘도 8량에서 1량까지 열차를 통과하기로 마음먹었다. 이렇듯 열차를 통과하자면 흥미로운 일을 목격하곤 한다. 봉화산역으로 이동하기 위해 전철에 올라탄 청소 아줌마가 핸드폰을 들고 잠깐 쉬고 있는 모습이라던가, 방금 전 교대를 한 듯한 운전수라던가, 일곱 시 삼 분의 남자를 떠올리게 하는 '얼굴'이라던가.

3년 전까지만 해도 해환은 회사원이었다. 오전 여섯 시면 늘 집에서 나왔다. 당시엔 신내역이 개통 전이었다. 마을버스를 타야 전철역까지 갈 수 있었다. 버스엔 매번 같은 자리 같은 얼굴이 앉아 있곤 했다. 해환 역시 자신의 자리가 있었다. 세 번째 의자 앞에 서서 가는 여자, 윤해환이었다.

반년쯤 반복해서 같은 자리에 서 있자니 세 번째 의자의 남자가 말을 걸어왔다. 저기요, 전화번호 좀. 해환은 당황했다. 사귀는 사람이 있다고 단칼에 거절한 후 출근 시간을 조금 늦췄다. 5분 일찍 혹은 늦게 마을버스를 타자 남자와 마주치는 일을 피할 수 있었다.

해환은 깨달았다. 다른 시간대의 마을버스에도 자신의 자리가 정해진 사람들이 있다는 사실을.

이후 해환은 마을버스의 사람들을 관찰한 결과를 소설로 적었다. 3년 전 해환의 데뷔작인 한 지방신문 신춘문예 당선작 '일곱 시 삼 분의 남자'는 그렇게 나왔다.

요즘 타는 6호선 신내역에도 '일곱 시 삼 분의 남자'를 연상시키는 한 명이 있었다. 해환은 그에게 '1-3 모퉁이의 남자' 줄여서 '13모남'이라는 별명을 지어주었다. 13모남은 30대, 혹은 늙어 보이는 20대였다. 짧은 머리에 뿔테안경, 평범하기 짝이 없는 얼굴의 또래로, 늘 1-3 모퉁이 자리에 앉아 문제집을 풀었다. 7급 공무원 시험 준비생, 줄여서 공시생이었다. 해환의 룸메이트 희정도 공시생이라 단번에 알아볼 수 있었다.

평소 같으면 흘깃 보고 지나쳤으리라. 그런데 오늘은 흥미가 일었다. 딱히 가야할 곳도 없고 첫 문장도 영 진척이 없었기에 해환은 13모남과 대각선으로 마주보는 위치인 1-2 모퉁이에 앉기로 했다. 해환이 노트를 펼치고 오늘의 글쓰기에 도전하기 시작할 무렵, 13모남이 슬쩍 고개를 들었다. 그러고는 해환이 남자를 발견했을 때와 비슷한 표정 '어, 저 여자 또?' 같은 내색을 보였다가 냉큼 다시 고개를 숙였다. 해환은 그런 남자의 모습에서 오늘의 첫 문장을 시작했다.

지하철에 올라타는 사람들 사이에는 한 마디로 정의를 내릴 수 없는 분주함이 있다. 하지만 그런 분주함과 거리가 먼 인간도 있기 마련이다. 예를 들어 청준이 그랬다. 오래 전 인기 있었던 소설가 이청준과 이름이 같은 청준은 어디로 가야 할지, 가서 무엇을 할지 정해놓은 게 없었다. 청준에게 있는 것이라곤 불안과 걱정뿐이었다.

잔뜩 몰입해 적은 문단이었다. 나쁘지는 않았지만 찝찝했다. 해환은 설마, 하는 기분으로 작업 폴더를 열어 '일곱 시 삼 분의 남자'를 클릭했다가 거의 비슷한 느낌의 문장을 발견하고 말았다.

자기 복제였다.

해환은 한숨을 길게 내쉬며 애써 적은 문장을 삭제했다.

잠깐 글쓰기에 집중한 사이 열차는 이태원에 진입했다. 약간 번잡한 차내에서도 여전히 13모남은 문제집을 풀고 있었다.

저 남자는 어디까지 가는 걸까?

해환은 흥미가 생겼다.

13모남이 움직인 것은 지하철이 공덕역에 들어설 무렵이었다. 그는 핸드폰 액정을 한 번 쳐다보더니 문제집을 가방에 넣고 느릿느릿하게 움직여 문 앞에 섰다. 문을 열고 그대로 나갔다. 해환은 조금 아쉬웠다. 13모남이 조금 더 저 자리에 있었다면 뭔가 그럴듯한 이야기가 나올 것도 같다는 상상을 하며 다시 첫 문장에 골몰했다. 쉽사리 이야기를 떠올리는 일은 없었다. 그렇게 쉽게 풀렸다면 이렇듯 6호선을 타고 빙빙 도는 일도, 사람들이 노트북에 집중한 해환을 흘깃거리는 일도 없었으리라. 한참 고민하는 사이 전철은 이른바 버뮤다 응암지대에 돌입했다.

갖은 미스터리 사건이 일어난다는 세계 7대 불가사의 중하나인 버뮤다 삼각지대를 흉내 낸 별명 버뮤다 응암지대.

이곳의 노선도는 다음과 같다.

응암-역촌-불광-독바위-연신내-구산-응암

보통 이런 식으로 노선이 구성되어 있다면 응암에서 역촌으로 가는 것도, 반대방향인 역촌에서 응암으로 가는 것도 가능해야 한다. 하지만 이곳 버뮤다 응암지대에서는 불가능하다. 6호선이 서울 시내 유일 단선 운행을 하는 탓이다.

이런 버뮤다 응암지대에서 '미아'가 되는 사람들은 상당히 많다. 지금 해환이 불광역 문이 열리는 순간 목격한 한 할머니도 그랬다.

"이거 반대방향 어디서 타나? 나 역촌 가야 하는데."

플랫폼에 선 할머니가 이렇게 질문하는 순간, 해환은 차내에 잠깐 긴장이 흘렀다는 사실을 눈치 챘다. 열차에 탄 사람들은 하나같이 '이걸 어떻게 설명해야 하나' 싶었을 것이다.

역촌에서 불광으로 가는 건 단번에 가능하지만, 반대방향으로 갈 때엔 빙 돌아야 한다.

불광-독바위-연신내-구산-응암(환승)-역촌

보통 어른들은 이 설명을 단번에 이해하지 못한다.

"아니 왜 갈아타? 나는 반대방향을 물어본 건데?"

마침 그런 대화가 진행 중이다.

"이건 반대방향이 없어요."

"에이, 그럴 리가 있나. 말도 안 돼. 어떻게 전철이 한 방향으로 다녀."

이 까닭을 설명하려면 6호선의 역사까지 들먹여야 하지만 그걸 다 아는 사람은 얼마 없다.

답하던 이가 잠깐 머뭇거리는 사이 문이 닫혔다. 할머니는 답답한 표정으로 역촌역에 남았다. 해환은 할머니가 계속 고민하고 있을 모습을 상상하자니 죄책감을 느꼈다. 다른 사람들은 목적지가 있다. 내려서 설명할 수 없다 쳐도 해환은 사정이 다르다. 해환은 목적지가 없다. 첫 문장을 써야 한다는 목표는 있지만 잠깐 시도를 멈춘다고 해서 크게 달라질 일은 없다.

내렸어야 했어. 내가 도와야 했어.

해환은 '만의 하나'라는 가능성을 품고 응암역에서 내렸다. 누군가 해환 같은 마음으로 '나는 조금 시간 여유가 있으니까' 라고 생각하며 할머니를 구출해줄 가능성. 해환은 새절과 역촌 방면으로 갈리는 삼각형의 끄트머리 플랫폼에 서서 작은 기적을 바라며 서 있었다.

이윽고 다음 봉화산행 열차가 플랫폼에 들어왔다. 그 열차엔 기적이 타고 있었다. 낯익은 얼굴, 공덕역에서 내렸던 13모남이 할머니와 함께 나타난 것이다. 예상치 못한 광경에 해환은 감사하다는 마음보다 의아하다는 기분이 먼저 들었다.

공덕에서 내렸던 남자가 왜 이 열차에 타고 있을까.

13모남이 해환을 발견했다. 아, 하는 표정을 짓더니 살짝 고개를 까딱하며 아는 체를 했다. 해환도 얼결에 고개를 숙였다. 그 후, 13모남은 너무나 당연하다는 듯 할머니와 함께 역촌 방향으로 향했다. 그곳에서 들어오는 응암순환행 열차에 탔다. 해환은 본능적으로 그런 둘을 따라 열차에 올라타 13모남이 할머니와 함께 역촌역에서 내려 개찰구 앞까지 모셔다 드리는 모습을 확인했다. 13모남은 할머니의 뒷모습이 완전히 사라진 후에야 몸을 돌렸다. 플랫폼으로 내려가다가 여전히 자신을 바라보고 있는 해환에게 또 한 번 살짝 고개를 끄덕여보인 후 계단을 마저 내려가려 했다.

"저기요!"

해환이 그런 13모남을 불러세웠다. 13모남은 갑작스런 부름에 좀 당황한 것 같았다. 해환은 그러든 말든 상관하지 않고 말을 걸었다.

"그쪽 매일 신내역에서 전철 타잖아요. 맞아요, 안 맞아요?"

"맞습니다."

"아까 공덕역에서 내렸죠?"

"예, 뭐."

"그런데 왜 여기 있어요?"

"네?"

"아니, 왜 여기 있냐고. 내렸으면 목적지를 가야지 왜 안 가고 여기 있냐고요."

13모남은 잠시 멍한 표정을 짓다가 다시 입을 열었다.

"혹시, 경찰이세요?"

"아닌데요."

"철도 공무원…?"

"아닌데요."

"그런데 왜 제가 어디서 내리는지 그렇게 신경을 쓰실까요?"

해환은 말문이 막혔다. 단순한 호기심 탓이라고 말하는 건 변명이 궁색했다. 대체 이럴 땐 뭐라고 말해야 하는가 싶어 얼굴이 화끈 달아올랐더니 13모남은 알았다는 표정을 지었다.

"이것, 참. 이런 경험은 처음인데."

13모남은 핸드폰을 꺼내들었다.

"전화번호 불러드릴게요."

아뿔싸.

13모남은 해환을 헌팅녀라고 오해했다.

내가 어쩌다가 이런 오해를!

해환은 일단 기가 막혔다. 동시에 데뷔작 생각이 나서 웃었다. 그랬더니 남자는 그걸 호감의 표현으로 받아들이고 같이 웃었다. 해환은 그런 13모남의 웃는 모습이 귀엽다고 생각하며 무심코 전화번호를 줄 뻔했다가 가까스로 정신 차렸다.

잠깐, 그보다 핑계.

"그, 그게 아니라! 저는, 저는!"

뭔가 그럴 듯한 핑계가 필요하다. 핑계가!

"작가예요!"

아, 생각해보니 핑계라면 늘 있다.

"작, 작가라고요! 제가 지하철에 대한 소설을 쓰느라 요즘 계속 조사 중이었는데 그쪽 행동이 특이해서! 그래서 궁금해서 말을 건 거예요!"

문학은 삶에 아무런 실용도가 없다는데 이 순간만큼은 예외였다. 이 순간을 무마하기에 문학보다 더 좋은 핑계는 없었다.

다시 한 번 13모남의 얼굴 위로 아, 라는 표정이 지나가면서 그의 얼굴이 살짝 붉어졌다. 핸드폰을 든 손을 어쩔 줄 몰라 하다가 황급히 점퍼 주머니에 감추더니 눈도 제대로 못 마주치며 말했다.

"어쩐지 이상했습니다."

"예, 에?"

"저 같은 놈한테 이렇게 멋진 분이 연락처를 달라고 할 리가 없죠."

"아니, 뭐 그렇게 말씀하시면 제가 더 당황하고요."

…라고 대꾸는 하는데, 해환은 기분이 좀 좋았다. 쑥스러워하는 13모남이 조금 더 귀여워 보였다.

생각해보니 마지막으로 연애한 게 3년 전이었다. 장편소설에 집중한다고 무작정 회사를 그만둔 후 두문불출했더니 자연스레 관계가 소멸했다. 이후 남자를 사귈 찬스는 전무했다. 이 남자정도면 나쁘지 않았다.

"이, 일단 혹시, 괜찮으시면 인터뷰가 가능할까요?"

"인터뷰요?"

"네, 뭐. 괜찮으시면 차라도 한 잔."

그렇게 말하며 해환은 다시 한 번 얼굴이 벌게졌다.

진짜 데이트 신청 같잖아!

13모남도 그렇게 느꼈는지 거의 동시에 얼굴이 붉어졌다. 왠지 모르게 쩔쩔 매는 표정이 되었다. 인터뷰라는 말에 부담을 느낀 걸까, 즉답이 나오지 않았다.

난생 처음 보는 여자, 정확히 말하자면 전철에 탈 때마다 마주치던 여자가 갑작스레 말을 걸고 차 한 잔 마시자고 하면 당황스러우리라. 도를 믿으십니까, 다단계 판매, 혹은 사이비종교단체에서 나왔다고 생각하고 신고나 안하면 다행이다.

"저기."

"네, 말씀하세요!"

"차를 사주시는 건가요?"

"네?"

"아니, 차를 마시자고 하시기에 사주시는 건가 아닌가…."

"당연히 사드려야죠!"

그 말에 13모남의 표정이 풀어졌다. "그럼 근처로 가시죠."라며 개찰구로 나가자고 제안했다.

해환은 역촌역 위로 올라가본 적이 단 한 번도 없었다. 집이 신내역 근처라서 늘 지하철을 타고 한 바퀴 삥 돌 뿐이었다.

어쩌다 이렇게 됐지. 그냥 왜 공덕에서 내렸던 13모남이 다시 열차를 탔을까, 그리고 이곳까지 왔을까 궁금했을 뿐인데 인터뷰라니. 누가 보면 대단한 작가인 줄 알겠다.

해환은 전혀 그런 수준이 아니었다. 대단하기는커녕, 제 앞가림이나 하면 다행이었다.

전업작가를 선언한 후 해환은 늘 주머니 사정이 간당간당했다. 본래라면 1년 전 재취업을 해야 했지만 해환은 어쩐지 그럴 수 없었다. 아주 조금만, 조금만 더 하면 뭔가 될 것 같았다. 막연한 희망. 등단작가라는 자존심이 해환을 벼랑 끝에서 버티게 만들었다. 이런 해환에게 커피 한 잔, 정확히는 두 잔의 지출은 상당한 타격이었다. 그냥 플랫폼에 서서 이야기만 들었으면 될 걸 왜 갑자기 작가라고 인터뷰를 하자고 했는지, 원인을 따져보자면 결국 굽히지 못하는 성격, 그놈의 자존심이 문제였다.

13모남이 가자고 한 커피숍은 다행히 아메리카노를 2천 원에 파는 곳이었다. 해환은 안심하며 안에 들어갔다가 다른 메뉴를 살피고는 긴장했다. 아메리카노를 제외한 다른 음료의 가격대는 모두 3천 원이 넘었다.

해환이 물었다.

"뭐 드실래요?"

제발 아메리카노를!

"따듯한 아메리카노요."

텔레파시가 통했다. 해환은 안도했다.

둘은 아메리카노를 놓고 마주보았다. 인터뷰를 한다고 했으니 예의상 수첩을 꺼냈다. 펜을 들고 아까 하던 질문을 이어갔다.

"성함과 나이를 여쭤 봐도 될까요?"

"아, 예. 29세 안경태입니다."

나보다 두 살 위. 나이 차이도 딱 좋네.

"저, 근데 아까는 어떻게 된 건가요? 왜 공덕역에서 내렸다가 다시 타셨어요?"

경태는 그 질문에 이번엔 귀까지 빨개졌다. 어지간히 수줍음을 타는지 아메리카노를 한 모금 홀짝인 후 말했다.

"그 그게, 화장실이 급해서."

맞다, 그런 경우가 있지.

해환도 신내역에서 전철을 타고 무작정 6호선을 떠돌다 보면 화장실이 급해 내리는 일이 있곤 했다. 경태도 그럴 거라고 왜 생각하지 못했을까.

"그리고 쑥스러워서."

"네?"

"아, 그게. 자꾸 눈이 마주치셔서."

경태는 해환을 의식하고 있었나보다. 다시 한 번 해환과 눈을 마주치더니 얼굴이 벌게져 웃었고, 그런 경태는 볼수록 해환의 타입이었다.

"저 그런데, 매일 이 시간에 지하철을 타세요?"

"예, 뭐."

"어딜 가시는 중이셨나요? 어머, 제가 시간을 뺏은 건가요?"

"그, 그런 건 아닙니다. 집이 여기예요."

"집이 여기라면, 역촌요?"

"예에."

"하지만 신내역에서 타고 계시지 않았나요? 1-3 모퉁이에."

"아니, 그게. 사실."

경태는 다시 얼굴이 벌게졌다. 아메리카노를 또 한 번 홀짝이더니 말했다.

"제가… 역촌역 근처 고시원에 살거든요. 근처 도서관에 가는 것도 한두 번이지 하루 종일 공부만 하다 보면 너무 갑갑할 때가 있어요. 그러다 어느 날인가 목적지 없이 6호선 타봤어요. 그렇게 공부를 했는데 생각보다 이게 집중이 잘되더라고요. 화이트 노이즈라고 하죠, 왜."

경태는 뒷머리를 긁적이며 쑥스럽게 웃더니 덧붙였다.

"이후 종종 6호선을 타는 버릇이 생겼어요. 돈도 차비밖에 안 들고 하니까. 저, 좀 찌질하죠."

맞다, 너무 찌질하다.

하지만 인정할 수 없다.

이건 해환의 이야기이기도 했다.

돈이 없어 6호선을 타는 건 해환도 마찬가지다. 그런 해환이 남자를 찌질하다고 말하는 건 자기 자신을 부정하는 일이 된다. 그래서 해환은 이렇게 대구할 수밖에 없었다.

"꿈이 있는 건 좋은 거죠. 목표를 이루기 위해 어떻게든 버티는 건, 오히려 멋진 일 아닌가요? 훌륭하세요!"

경태는 다시 한 번 얼굴이 벌게졌다. 커피를 한 모금 더 마신 후 말했다.

"저도 뭐 하나, 여쭤 봐도 될까요?"

"네, 말씀하세요!"

"무슨 소설을 쓰시나요?"

"네?"

"아까 조사 중이라고 하셔서 갑자기 궁금해져서요."

이건 순발력으로 도저히 해결할 수 없는 답이었다.

해환도 알고 싶었다. 대체 자신이 무엇을 쓰고 싶은 건지, 그걸 알고 싶어 해환은 이렇게 6호선을 타고 있었다.

3년 전, 한 지방신문 신춘문예로 등단한 후 해환은 자신감이 생겼다. 이후 회사생활 틈틈이 시간을 내서 장편소설을 썼다. 반년이 걸려 완성한 장편소설은 한 유명 소설공모전의 최종심에 올랐다. 해환은 전율했다. 당선이 되지 않은 건 작품에 집중하지 못한 탓이라고 여기고 당장 사표를 썼다. 이후 소설에 매진했다.

하지만, 그게 한계였다. 해환이 쓴 소설은 늘 최종심에 남을 뿐, 결코 당선이 되지 않았다.

해환은 궁금했다. 대체 자신이 쓴 소설과 당선작의 차이가 뭔지 알고 싶어 떨어질 때마다 당선작을 구입했다. 심사평은 물론이고 당선작을 밑줄까지 쳐가며 분석해 봐도 알 수 없었다. 어떤 부분은 자신이 더 잘 쓴 것도 같았다. 글쓰기가 점점 힘들어졌다. 그래봤자 안 될 거라면 처음부터 쓰지 않는 편이 낫지 않을까 생각하자니 아무것도 쓸 수 없었다.

해환이 제대로 대구를 하지 못하자 테이블에 침묵이 흘렀다. 결국 둘은 아무 말도 안 하다가 10분 후 나란히 카페를 나섰다.

"반가웠어요."

"네, 저도."

"생각해보니 성함도 안 여쭤봤네요."

"아, 윤해환이에요."

"윤해환 씨. 해환…."

경태는 해환의 말을 반복해 말하며 핸드폰을 들고 머뭇거렸다.

무슨 뜻인지 알았다. 예전 같으면 연락처를 정식으로 교환했을 법한 상황이었다. 해환 역시 호감이 있었지만 쉽게 그 말이 나오지 않았다. 커피 한 잔 값에도 전전긍긍하는 해환이다. 이런 해환에게 연애를 할 수 있을 만한 경제적인 여유가 있을 리 없다.

"그럼 이만."

해환이 먼저 자르고 지하철 출구로 향했다.

다음 날, 평소처럼 일찍 일어난 해환은 배낭 싸기에 집중할 수 없었다. 지금 신내역에 가면 경태와 만날 것 같다. 아는 척하지 않으면 그만이다. 아니, 해환이 1량까지 가지 않으면 해결될 일이다. 경태는 늘 1-3 모퉁이에 앉으니까. 문제는 해환이 경태를 안 볼 자신이 없다는 것이었다.

쑥스러워하던 경태의 웃음이 머릿속에서 떠나지 않았다.

너무 오랜만에 한 이성과의 대화는 자극이 컸다. 생각해 보니 편의점 직원을 제외하고는 또래의 남자와 대화한 게 3년 만에 처음이었다.

결국 해환은 짐 싸기를 포기하고 노트북을 챙겨 공용 거실로 나갔다.

공용 거실의 식탁에는 룸메이트인 희정이 먼저 와서 앉아 있었다.

이 집에서 해환과 희정이 함께 산 지도 벌써 5년에 접어들고 있었다. 그 사이 해환은 회사원에서 말로만 전업작가가 되었지만 희정의 삶은 별반 다를 것이 없었다. 희정은 여전히 공무원 시험 준비생이었다.

"오늘은 안 나가?"

"뭐, 그냥 좀."

희정은 문제집에서 시선을 떼지 않고 말했다. 희정은 만년 공무원 시험 준비생이다. 평소 해환은 그런 희정을 슬쩍 바라보고 말았지만 오늘은 괜히 안쓰러웠다. 경태가 혼자 전철에서 묵묵히 문제집을 풀고 있을 모습을 떠올리자 자꾸 불안해졌다.

경태도 지금쯤 저런 표정으로 문제집을 풀고 있을까.

해환은 본능적으로 시간을 확인했다.

아직 오전 7시 54분.

지금 나가면 늦지 않을 것 같다.

8시 2분.

다시 한 번 만날까. 하지만 만나는 게 무슨 의미가 있겠어. 돈이 없는데. 사귈 수도 없는데.

시간은 계속 흘렀다. 십 분, 이십 분이 지날수록 해환의 마음은 점점 만나고 싶다는 쪽으로 굳어졌다.

8시 21분.

삼 년만의 남자잖아. 그쪽에서 안 올 가능성도 있잖아.

8시 22분.

그래, 딱 한 번만 데이트하는 거야. 그러고 홀홀 털자.

결국 해환은 자신의 감정에 졌다. 방으로 돌아갔다. 평소라면 아무 망설임 없이 짐부터 쌌겠지만 이 날은 달랐다. 단한 번의 데이트라면 미련을 남기고 싶지 않았다. 제대로 하고 싶었다. 해환은 옷장을 열었다. 지난 3년간 친구 결혼식에 갈 때에나 입었던 원피스부터 꺼내 입었다. 몸통 부분이 꽉 꼈다. 글 쓴다고 방심하느라 큰 사이즈의 티셔츠에 고무줄 바지만 입고 다닌 탓인 듯했다. 억지로 몸을 넣은 후 배낭을 주섬주섬 싸려다가 멈췄다. 이 원피스에 배낭은 아니다. 해환은 옷장을 뒤져 거의 쓰지 않는 핸드백을 찾아냈다. 노트북이 들어가지 않을 사이즈지만 어쩔 수 없었다. 직장에 다닐 때처럼 핸드폰과 화장품 등 꼭 필요한 물건과 지갑만 챙긴 후 바로 나가려다가 또 멈췄다.

화장, 화장을 해야지!

생각해보니 화장품도, 화장대도 없었다. 3년 전 마지막 연애를 끝낸 후 글에 전념하겠다며 몽땅 희정에게 넘겼다. 해환은 원피스와 가방을 든 채 급히 나가며 희정에게 소리쳤다.

"나 화장품 좀 빌려줄래!"

희정은 문제집에 집중하다가 고개를 들었다. 어이가 없다는 표정으로 피식 웃더니 말했다.

"면접은 아닐 테고, 데이트일리 만무하고, 평일인데 결혼식이라도 있어?"

해환은 그 말에 속으로 대꾸했다. 데이트다. 그 만무한 데이트하러 신내역에 간다.

8시 53분, 해환은 신내역에 도착했다. 열차는 평소와 마찬가지로 플랫폼에 멈춰 있었다. 평소 같으면 바로 올라탔겠지만 오늘은 달랐다. 해환은 플랫폼의 전신거울에 비친 자신의 모습을 점검했다. 오랜만에 입은 치마도, 핸드백도, 구두도, 심지어는 화장도 어딘지 모르게 어색했다.

정말 이래도 되는 걸까.

지난 3년간 연애를 하지 않은 건 진짜 작가가 되겠다는 목표 때문이었다. 그런데 그 목표도 이루지 못하고 늘 최종심에서 낙방을 하고 있건만 남자를 만나기 위해 꾸미다니.

이 순간 경태가 짠, 하고 나타나서 아는 척이라도 하면 모든 고민이 해결될 것 같았으나, 로맨스 소설에나 나올 법한 일은 현실에서 쉽게 일어나지 않는 법이다.

해환은 눈을 질끈 감고 지하철에 올라탔다. 평소대로 8량부터 앞쪽으로 천천히 이동했다. 1량에 가까워질수록 심박동이 빨라졌다. 얼굴도 화끈거리는 것 같았다. 첫 마디로 뭐라고 해야 할지, 어떻게 대화를 해야 할지 몰랐다. 5량쯤 지날 때 반대방향에서 걸어오던 양복을 입은 남자와 스쳐 지나갔다. 3량쯤 갔을 때 다리가 살짝 풀렸다. 오랜만에 신은 구두가 문제였다. 어라, 하는 순간 혜환의 몸이 고꾸라졌다. 뒤쪽에서 누군가 그런 해환의 허리를 붙잡아 끌어안지 않았더라면, 그대로 볼썽사납게 엎어질 뻔했다.

"괜찮으세요?"

해환을 끌어안은 건 방금 전 스쳤던 양복이었다. 그런데 가까이서 보니 낯익은 얼굴이었다. 경태였다. 어제와 달리 안경을 쓰지 않은 안경태. 로맨스 소설 생각을 했더니 정말 로맨스 소설에서나 볼 법한 장면이 연출되었다. 어디선가 장미꽃이 만발하고 달콤한 느낌이 나는 음악이 흘러나와야 할 분위기였다.

"아까 지나가시는 거 보고 불렀는데 못 들으시더라고요."

경태의 이 말에 해환이 답한 첫 마디는 "왜 여기 계세요?" 였다.

"늘, 1-3 모퉁이에 앉으시잖아요."

경태는 눈에 띄게 당황했다. 그러고 보니 경태는 옷차림뿐만 아니라 모든 게 어제와 달랐다. 머리는 잘 빗어 넘기고 얼굴엔 가볍게 비비크림도 발랐다. 오늘의 해환처럼 잘 꾸몄다.

설마.

해환은 다시 가슴이 쿵쾅거렸다. 다음에 나올 경태의 말을 왠지 알 것 같았다. 이때, 텅 빈 열차 안에 출발 안내 방송이 흘러나왔다. 종점 출발 열차라 출발시각은 늘 정확히 9시 2분이다. 그건 곧, 둘이 거의 최소 5분 넘게 어색한 포즈로 끌어안고 있었다는 뜻과 같았다. 둘은 당황해 떨어졌다. 근처에 적당히 나란히 앉아 앞만 바라보았다. 오늘따라 봉화산역까지 가는 시간이 지나치게 길었다. 열차가 봉화산역으로 들어가며 서서히 어둠에 잠길 때, 가까스로 해환이 입을 열었다.

"혹시, 저 찾고 계셨어요?"

"예."

"전화를 하시지."

"전화번호를 어제 교환 안 해서…."

"아. 맞다."

봉화산역에 열차가 도착했다. 타는 사람은 거의 없었다. 문이 닫히고 나서도 여전히 둘이 탄 3량은 텅 비어 있었다.

"오늘 어디, 가세요?"

이번엔 경태가 먼저 말했다.

"아뇨."

"네…."

"경태 씨는, 어디 가세요?"

"아뇨."

"네…."

둘은 다시 얼굴이 붉어져 앞만 바라보았다.

열차가 나아갈수록 조금씩 승객이 늘어났다. 가볍게 대화를 하는 사람도 생겼지만 둘은 여전히 대화가 없었다. 아주 살짝 허벅지가 닿은 채 서로를 느끼기만 했다.

해환은 알고 싶었다.

데이트는 대체 어떻게 하는 거였더라.

3년 전까지만 해도 주말마다 데이트는 당연한 일이었건만 도무지 기억나지 않았다.

평소라면 해환은 글을 쓰고 경태는 문제집을 풀 시간이었다. 하지만 오늘 둘의 손은 텅 비어 있었다. 그렇기에 둘은 각기 양손을 무릎 위에 포개 쥔 채 오직 앞만, 차창에 비친 서로의 얼굴만 바라볼 뿐이었다.

가까스로 둘이 다시 입을 연 건 불광역에 열차가 선 후였다. 정확히 말하자면, 플랫폼에 있던 길 잃은 할아버지가 둘을 살렸다.

"여기서 역촌역 어떻게 가요?"

둘은 본능적으로 자리에서 일어났다. 튕기듯 플랫폼으로

나가 할아버지에게 '버뮤다 응암지대'에 대한 설명을 몇 번이고 반복하며 다음에 오는 열차를 탔다. 역촌역에 할아버지를 모셔다드린 후 서로를 보고 잠시 웃었다가 누가 먼저 권하지도 않았는데 개찰구로 나갔다. 당연하다는 듯 목적지는 어제의 카페였다. 둘은 다시 아메리카노를 놓고 마주 보았다. 해환은 어색함이 반복될까 걱정했지만 이번엔 달랐다.

"어제 잠 잘 잤어요?"

경태가 말했다.

"네? 뭐. 그냥저냥."

"저는 잘 못 잤어요. 사실 저, 카페인 알러지거든요. 커피 마시면 잠을 못자요."

"아, 그러셨구나."

"이왕 이렇게 된 거 열심히 공부했죠. 오늘 치까지. 그러고 나니까 해환 씨가 생각이 나더라고요. 어제 제가 용기 있게 전화번호를 물어봤어야 했는데 왜 그러지 못했을까 계속 후회했어요. 단도직입적으로 말씀드릴게요. 첫눈에 반한다는 말 안 믿는데, 첫눈에 반했습니다. 저, 전화번호 좀 주세요."

해환은 가슴이 쿵쾅거렸다. 양손이 떨렸다. 하지만 꾹 참으며 핸드폰을 내밀었다.

"찍어주세요."

첫 번째 데이트는 평범했다. 경태가 밥을 사고 해환은 커피를 샀다.

"정말 오랜만이네요."

경태가 말했다.

"밖에서 밥 먹고 차 마신 거."

"저도 그래요."

해환이 말했다.

"조금, 즐겁네요."

"그러게요."

둘은 서로를 보고 수줍게 웃었다.

해환은 생각했다.

첫 번째 데이트이자 마지막 데이트. 이걸로 됐다. 여한이 없어.

그래놓고 다음 날, 해환은 떨렸다. 이제 데이트는 없다고 생각하면서도 희정에게 립글로스를 빌려 발랐다. 신내역에 가자마자 경태를 찾았다. 1-3 모퉁이에 앉은 경태의 옆에 나란히 앉았고, 경태도 그런 해환을 자연스레 받아들였다.

이후, 둘은 서로의 시간을 공유했다. 경태는 문제집을 풀고, 해환은 글을 썼다. 공부를 하던 경태는 가끔 고개를 들어 해환의 모니터를 물끄러미 바라보다가 흠, 같은 소리를 내기도 하고 아, 같은 소리를 냈다. 그럴 때마다 해환은 쉿 하고 경고했다. 하지만 얼마 지나면 이번엔 해환이 움직였다. 해환은 경태의 문제집을 보다가 3번 혹은 2번 하고 정답을 불렀다가 쉿, 하고 경고를 받았다. 이렇듯 서로 경고를 주고받을 때마다 둘 사이에는 오랜 시간 사귄 연인이나 나눌법

한 비밀스러운 미소가 흘렀고, 이 미소는 자연스레 점심 식사로 이어졌다.

이게 문제였다. 밥과 커피를 사먹는 일이 해환에겐 어지간히 부담스러웠다. 처음엔 그걸 티내지 않으려고 무던히 애를 썼다. 해환은 몇 번이고 자신이 돈을 쓰겠다고, 공시생이 무슨 돈이 있냐고 경태 앞에서 잘난 척을 했다.

이런 해환을 구원(?)한 것은 경태였다.

일주일 쯤 지났을 때, 경태가 도시락 두 개를 싸왔다. 비엔나 소시지와 볶은 김치, 김만 있는 단출한 도시락이었다.

"고시원에서 김치랑 라면, 밥은 공짜거든요. 나, 사실 돈이 없어서. 점심 매번 사먹는 거 부담스럽더라고요."

그렇게 말하며 도시락을 내미는 경태의 표정에서 해환은 속뜻을 읽은 것 같았다.

다 눈치 챈 거 아닐까. 내가 돈이 없다는 거, 이미 잘 아는 거 아닐까.

"사실 저도 그래요."

그래서 해환은 용기를 냈다.

"나도 사실, 돈 없어요."

"우리 이걸 어디서 먹죠?"

경태는 해환의 대답에 도시락을 내밀며 이야기의 화제를 돌렸다.

"나가서 먹는 건 티켓 값이 좀 아깝다."

"아! 신내역 대기실은 어때요?"

신내역은 개통되면서 대기실이 생겼다. 밀폐된 공간에 의자가 나란히 놓여 있어 시간을 보내기에 제격이었다.

"와, 좋은 생각."

"설마 안 쫓겨나겠죠?"

둘은 키득거리며 6호선을 따라 한 바퀴를 삥 돈 후 신내역 종점에 내렸다. 대기실에서 단 둘이 도시락을 까서 먹자니 청소아주머니가 지나가다 둘을 봤다. 하지만 피식 웃을 뿐 딱히 뭐라 말을 하진 않았다. 둘은 그 표정을 무언의 허락으로 받아들였다.

"내일은 내가 도시락을 싸올게요."

해환이 말했다.

"무슨 반찬 싸다 줄 거예요?"

"음, 오빠 닮은 개구리반찬?"

이 말에 경태의 얼굴이 벌게졌다.

해환이 경태를 오빠라고 부른 건 이 날이 처음이었다.

그날, 해환은 집에 들어가며 근처 마트에 들렀다. 비엔나소시지며 계란 같은 소소한 것들을 사며 콧노래를 부르다가 깨달았다. 누군가를 위해 음식을 하는 게 무척 오랜만이란 사실을. 그리고 이런 단순한 행위가 얼마나 행복한지를. 그래서였을까, 이 날 저녁 해환은 오랜만에 즐거운 마음으로 글을 쓸 수 있었다. 음식에 대한 단상이었다. 비엔나소시지에 대한 이야기. 계란말이에 대한 이야기. 어린 시절 소풍을 갔던 이야기.

몇 번이고 신내역에서 도시락을 까먹는 사이 일행이 늘었다. 첫 번째 동무는 신내역에서 자주 마주치던 미화원 아줌마였다. 언젠가부터 아줌마는 점심시간 즈음이면 도시락을 들고 대기실에 왔다.

"여기서 먹으면 밥이 더 맛있나 궁금해서."

아줌마는 둘을 보며 눈인사를 하고는 조금 떨어져 밥을 먹다가, 며칠 지나지 않아 말을 걸어왔다.

"그런데 두 사람은 왜 여기서 밥을 먹어?"

"돈이 없어요."

경태는 처음 해환에게 말했던 것처럼 소탈하게 사정을 설명했다. 아줌마는 그 말에 혀를 차며 안타까워하더니 다음 날부터 도시락 짐이 늘었다. 보온병에 국을 퍼오고 반찬도 여러 가지를 해와 해환과 경태에게 안겼다.

"내 자식 같아서 그래. 부담 갖지 말고 먹어."

한 달 넘게 기이한 점심식사를 계속하자 방문객이 늘었다. 소문이 났는지 신내역 직원들도 종종 멤버로 끼면서, 자연스레 간이 테이블이 생겼다. 신기하게 생각한 지나가던 사람들이 몇 번인가 이런 그들을 구경했다.

많은 사람들이 물었다.

"왜 여기에서 점심을 먹어요?"

그때마다 경태는 솔직하게 답했다.

"공무원 시험 준비 중인데 돈이 없어서요. 여친은 작가 지

망생이라 돈이 없고. 그래서 여친이랑 데이트를 하려고 6호선을 타고 뱅뱅 돌다가 우연히 신내역에서 도시락을 먹은 건데, 어쩌다 보니 일행이 늘었네요."

누군가 이런 경태를 촬영했다. SNS며 유튜브에 '내 가난한 사랑 노래'라는 제목으로 글을 올렸다. 사람들은 경태와 해환을 신경림의 유명한 시를 떠올리게 만드는 21세기형 커플이라고 말했다. 언젠가부터 경태와 해환을 위한 소소한 물건들이 왔다. 테이블보가 오고, 언젠가는 케이터링이 오기도 하고, 유명한 제과장인이 직접 와서 후식을 대접하기도 했다. 처음엔 좋았지만 얼마 지나지 않아 불안해졌다. 해환은 최종심에만 머물렀다. 경태는 늘 필기만 붙는다. 어지간히 문제가 없어서는 떨어지기 힘들다는 면접을 매번 떨어진다. 이렇듯 둘 다 좋다 싶을 때 멈춘다. 어쩐지 조금만 더 시간이 지나면 누군가 찾아와 이게 무슨 짓이냐고, 다 그만두라고 화를 낼 것 같았다. 누군가 찾아오긴 했다. 7월에 접어들면서 신내역장이 방문했다. 하지만 화를 내려는 게 아니라 칭찬을 하려는 것이었다. 역장은 엔간히 이용객이 적은 6호선 라인이 기묘한 점심식사 덕에 소문이 나서 매출이 늘었다며 아이스크림을 잔뜩 사왔다.

이제 해환에게 도시락 싸기는 무엇보다 즐거운 일이 됐다. 모두와 함께 먹을 도시락 반찬을 떠올리면 불현듯 단상이 떠올랐다. 처음엔 노트북을 펼쳐 글을 쓰려고 했지만 최근엔 아무 데서나 메모를 하고 싶어 손가락이 근질거렸다.

금방 메모를 하려면 가방이 무식하게 크면 곤란했다. 자연스레 해환의 배낭은 크기가 줄어들었다. 언젠가부터 캔버스 백과 도시락 가방, 작은 수첩과 볼펜만 들고 신내역을 찾게 됐다.

해환의 소설은 직접 보고 들은 신내역의 경험으로 점점 풍요로워졌다. 그중에서도 단연 빛나는 것은 경태였다. 해환은 지금껏 단 한 번도 경태가 힘들어하는 모습을 본 적이 없었다. 공무원 시험 준비를 하느라 마음에 여유가 없을 텐데도 불구하고 경태는 점심시간마다 찾아오는 사람들에게 일일이 웃음으로 답했다. 그들의 이름을 모두 외우고 가볍게 인사를 주고받기까지 했다. 사람들은 이런 경태의 친절함을 고맙게 받아들였다. 그 마음을 필기시험 다음날인 8월 23일에 합격기원 응원파티로 보답했다.

"살아있기 잘했다."

다 함께 초를 켜고 케이크를 자르며 합격을 기원한 이 날, 경태는 말했다.

"나, 이렇게 행복한 건 태어나서 처음이야."

단순한 감탄이었다. 별 것 아니라고 스쳐지나갈 말이었다. 그런데 해환은 이 말이 마음에 남았다. 집에 돌아가서도 계속 말을 마음속으로 반복하다가 노트북을 켰다.

청준이 살아있길 잘 했다고 생각한 건 유달리 해가 높이 솟았던 8월의 어느 날이었다.

해환은 알았다. 이것이 지금까지 모아온 단상을 바탕으로 한 장편소설의 첫 문장이 될 것이란 사실을.

그것은 청춘에서 한 끗이 부족한 이름의 청준이 아주 기이한 식당, 행복을 전염시키는 지하철 대합실에 반짝 식당을 열면서 진정한 청춘으로 거듭난다는 이야기였다.

해환은 조금 쓴 걸 경태에게 보여줬다.

"청춘에서 한 글자 빠진 청준이라."

경태는 즐거워했다.

"너처럼 이름이 느낌이 좋구나. 해환. 빛나는 바다. 그런 소설이 되면 좋겠다. 네 이름 같은, 딱 너 같은, 보는 것만으로 따듯해지는, 살아가고 싶은 힘을 주는 소설을 써줬으면 좋겠다."

해환은 경태의 진심어린 칭찬에 쑥스러웠다. "아무튼 오빠는 칭찬맨이라니까."라고 말하면서도 마음속으로는 꿈에 부풀었다. 어쩐지, 올해는 우리 둘 다 해낼 수 있을 것 같다고.

언제나 밝게 웃는 경태. 해환에게 힘을 주는 경태가 조금씩 지친 표정을 보이기 시작한 건 9월에 들어선 후였다. 경태가 눈에 띄게 얼굴이 해쓱해졌다. 잘 안 씻는지 몸에서 심한 냄새도 자주 났다. 특히 걱정이 되는 건 늘 점심을 급하게 먹는다는 사실이었다.

"경태 총각, 천천히 먹어. 아무도 안 뺏어 먹어."

청소 아줌마가 이렇게 말할 때마다 경태는 쑥스럽게 웃으며 속도를 줄였지만, 해환은 슬슬 걱정이 됐다.

희정도 예민해졌다. 필기시험 합격자 날짜가 가까워질수록 희정의 얼굴에선 웃음이 사라져갔다. 해환은 두 사람을 위해 평소보다 더 힘을 준 식사를 준비해야겠다고 다짐하며 그날 밤도 주방에 섰다. 요즘 들어 해환은 무엇을 하든 글이 떠올랐다. 갑자기 떠오르는 문장을 놓치지 않기 위해 보는 곳에 노트북을 펴둬야 마음이 놓였다. 그렇게 몇 문장을 적고 방치했다가, 칼질을 하다 또 영감이 떠올라 고개를 돌렸을 때, 해환은 놀라 칼을 바닥에 떨어뜨릴 뻔했다.

희정이 노트북의 화면을 보고 있었다.

해환은 오랜만에 불안감으로 가슴이 심하게 뛰기 시작했다. 경태를 제외하고는 아무에게도 보여주지 않았다. 경태는 좋다고 했지만, 다른 사람은 어떨지 몰랐다.

"와, 좋다."

한참 후, 희정이 말했다.

"나 소설 거의 안 읽지만 이건 참 좋다. 뭐랄까, 따듯해. 왠지 자꾸 웃음이 난다, 야."

그렇게 말하는 희정은 오랜만에 웃고 있었다.

내 글이 좋다고!

오랜만에 듣는 칭찬이었다. 연이은 희정의 말을 듣기 전까지만 해도 해환은 세상을 다 가진 듯한 느낌이었다.

"이번엔 정말 되겠다. 너 공모전 당선되겠어."

공모전.

무심코 던진 희정의 말에 해환은 가슴이 내려앉는 것 같았다. 공모전. 그래, 모든 건 공모전 준비를 하다가 시작된 일이었다. 잊고 있었다. 매일 모두와 함께 먹는 점심이 너무 즐거워서, 그저 그 일을 조금씩 기록하는 게 행복해서 그저 적고만 있었다. 하지만 결국 이건 공모전에 낼 소설이다. 최선을 다해도 번번이 최종심에서 떨어지는 공모전이다. 그런데 해환은 요즘 제대로 글을 쓴 적이 없다. 어디까지나 즐거워서, 모두와 함께 어울리는 게 좋아서 글을 쓰고 있다.

최선을 다해야 하는데. 갖은 힘을 다 쥐어짜내어도 성공할까 말까하는데 대체 난 뭘한 거야. 글을 써야해. 지금이라도 그동안 논 걸 만회해야 해.

해환은 새파랗게 질렸다. 가스불조차 끄지 않고 희정의 손에서 빼앗듯 노트북을 끌어안고 방으로 뛰어 들어갔다. 당황한 희정이 해환을 몇 번이고 불렀지만 대답할 여유가 없었다. 한동안 쓰지 않았던 커다란 배낭을 다시 꺼냈다. 닥치는 대로 물건을 가득 채운 후 노트북을 꼭 끌어안고 집을 나섰다. 발은 본능적으로 신내역으로 향했다. 신내역 근처는 노숙자들이 점령한 몇몇 벤치를 제외하고는 한산했다. 그들은 해환처럼 하나같이 커다란 배낭을 메고 모로 누워 자거나 소주를 병째 나발 불고 있었다.

해환은 그런 그들과 자신이 무엇이 다를까 싶었다.

나 정말 이대로 괜찮은 걸까? 왜 또 약한 생각이야. 정신 차려. 쓰자. 일단 쓰자고.

해환은 노숙자들과 조금 거리를 두고 앉았다. 노트북을

펴고 글을 쓰려고 손을 뻗었다가 멈췄다.

써지지 않았다. 방금 전까지만 해도 자꾸 떠오르던 문장이 전혀 떠오르지 않았다. 공모전을 떠올리자 두려웠다. 지금까지 쓴 것도 엉망진창 같았다. 이해할 수 없었다. 대체 어쩌다 이렇게 된 건지, 뭐가 잘못된 건지 알 수 없어 해환은 한참 그렇게 노트북 화면만 바라보았다.

"해환아?"

그때 낯익은 목소리가 들렸다.

"너 여기서 뭐해?"

경태였다. 그는 해환만큼이나 커다란 배낭을 등에 메고 서 있었다.

"너, 울었어? 무슨 일 있어? 괜찮아?"

또, 로맨스 소설의 한 장면처럼 등장한 경태. 커다란 배낭을 멘 그의 모습에 해환은 눈물이 터졌다. 방금 전 있었던 일, 자신이 처한 현실, 공모전에 대한 두려움, 재취업의 압박을 다 털어놓았다.

경태는 그런 해환에게 아무런 타박도 하지 않았다. 그저 꼭 끌어안고 같은 말만 계속했다.

괜찮아.

다 잘 될 거야.

하지만 해환은 결코 괜찮지 않았다. 앞으로도 괜찮아질 일은 결코 일어나지 않을 것만 같이 불안했다. 오들오들 떨며 경태를 껴안은 채 같은 말만 반복하고 말았다. 떨어질 거야. 결국 다 엉망진창이 될 거야. 난 그냥 죽어버릴 거야.

　다음 날, 해환은 눈이 퉁퉁 불어 신내역으로 향했다. 오늘은 도시락을 챙길 기운도 없었다. 오랜만에 경태에게 나가서 먹자고 할 셈이었다.

　그런데, 경태가 없었다. 매일 아침 아홉 시면 개찰구 앞에 서서 기다리던 경태가 오늘은 보이지 않았다.

　어떻게 된 거지?

　해환은 의아해하며 플랫폼으로 내려갔다.

　"우리 작가 왔어?"

　청소부 아줌마가 해환을 보고 아는 체를 했다.

　"혹시 오빠 못 보셨어요?"

　"경태 총각? 그러고보니 오늘은 아직 못 봤네. 어디 아픈가?"

　해환은 요즘 유달리 해쓱했던 경태의 얼굴을 떠올렸다. 바로 핸드폰을 들고 메시지를 보냈다.

　—오빠 어디야?

　답장은 없었다. 무슨 일이 있는 걸까. 해환은 초조한 마음으로 9시 2분 차를 탔다. 열차를 타고 이동하는 사이 메시지가 올 거라 여겼지만 연락은 없었다. 점점 불안해졌다. 어제 자신이 한 말들이 떠올랐다. 어쩌면 그 말들에 질려 버린 건 아닐까 싶었다. 생각해보면 3년 전 예전 남친과 헤어질 때에도 해환은 히스테리를 부렸다. 지금처럼 미래가 불안하다며 엉엉 울었고, 몇 번이고 그런 해환을 달래던 예전 남친은 언젠가부터 연락이 되지 않으며 자연스레 관계가 소멸됐었다. 이번에도 그렇게 된다고 생각하자 해환은 눈앞이 컴컴해졌다. 경태와 만난 건 우연이었다. 하지만 이제 경태가 없는 삶은 상상할 수 없었다. 해환은 역촌역까지 가기로 했다. 경태가 산다던 고시원을 찾을 셈이었다. 어제 일로 경태가 해환에게 질렸다면 용서를 빌고 마음을 돌릴 셈이었다. 고시원에 도착해 안경태의 이름 석 자를 총무에게 말했다. 그런데 뜻밖의 대답이 돌아왔다.

"안경태 씨 한 달 전 퇴실했는데요."

해환은 잠시 총무의 말을 이해할 수 없었다. 총무가 말한 날은 8월 22일은 필기시험 당일이었다. 하지만 그날 해환은 경태와 만났다. 시험장 앞까지 바래다 줬다. 다음 날, 다 같이 합격기원 파티까지 했다. 그런데 경태가 사라졌다니 무슨 말일까.

"아가씨도 돈 꿔줬구나."

해환이 어안이 벙벙한 표정을 짓자, 총무가 말을 이었다. 다 안다는 표정을 지으며 공책 하나를 꺼냈다.

"우리도 갑갑해요. 반 년 넘게 돈 안 주다가 딱 시험 끝나자마자 내빼다니 악질이야 악질. 그거 아주 잡히면 가만 안 둘 거야. 여기다 연락처 적어주시면 잡는 대로 연락할게요."

해환은 그가 내민 공책을 물끄러미 바라보았다. 그곳엔 적어도 열 명 이상의 전화번호가 적혀 있었다.

이게 다 빚쟁이라고?

해환은 혼란스러웠다. 해환이 아는 경태는 사람들에게 사랑받는 남자였다. 늘 친절하고 봉사를 실천하는, 주변 사람들에게 사랑받는 남자. 어제만 해도 해환은 그런 경태 덕에 마음을 다스릴 수 있었다. 하지만 총무가 이야기하는 경태는 달랐다. 돈을 떼어먹은 빚쟁이, 도망 다니는 남자였다.

대체 뭐가 어떻게 된 거지.

무슨 일이 일어난 거지.

아니 그보다, 오빠는 대체 어딜 간 거야.

해환은 본능적으로 손을 움직여 총무가 내민 메모지에 전화번호를 적은 후 고시원을 걸어 나왔다. 경태와 종종 들렀던 카페에 들어갔다. 아메리카노를 버릇처럼 두 잔 시킨 후 멍청히 핸드폰을 바라보았다. 여전히 경태의 답장은 없었다. 해환은 커피 두 잔을 혼자 모두 비운 후에야 카페에서 일어났다. 지금 신내역으로 가면 점심시간이었다. 경태가 그곳에 와 있을 수 있었다. 하지만 그곳에도 경태는 없었다. 경태에게 전화를 걸었다. 생각해보니 경태에게 전화를 거는건 이번이 처음이었다. 받지 않았다. 고객의 요청으로 착신이 정지되었다는 음성이 나왔다. 뭔가 오해가 있을 거라고 계속 자신을 다스렸다.

가까스로 참고 있던 울음이 터진 건 어제 경태를 우연히 만난 시각 무렵이었다. 해환은 혹시 모른다는 생각에 다시 커다란 배낭을 싸서 메고 집을 나왔다. 어제 경태와 우연히 마주쳤던 신내역 근처 벤치를 두리번거리다가 새삼 노숙자들에게 시선이 갔다.

해환 같은, 경태 같은, 커다란 배낭을 멘 노숙자들.

저 중에 오빠가 있는 건 아닐까.

고시원에서 나온 경태는 갈 곳이 없었으리라. 그런 경태가 노숙을 할 가능성은 충분했다. 그래서 꾀죄죄해진 것은 아니었을까. 생각해보면 어제 갑자기 해환의 앞에 나타난 것도 신내역 앞에서 노숙을 하느라 그랬던 것일지도 모른다.

해환은 마음이 급해졌다. 노숙자들에게 다가갔다. 노숙자들은 술 냄새며 지린내가 지독했다. 해환은 본능적으로 인상을 쓰면서도 얼굴 확인에 전념했다.

하지만 그들 사이에도 경태는 없었다.

해환은 밤새도록 신내역 주변에서 경태를 찾다가 집에 돌아왔다. 씻지도 못한 채 쓰러져 잠들었다가 일어나자마자 핸드폰부터 확인했다. 혹시라도 경태에게 메시지가 오지 않았을까 기대했지만 그런 일은 일어나지 않았다. 작정하고 잠수를 탄 듯, 경태는 연락이 되지 않았다.

해환은 기다리기로 했다. 2주만 있으면 필기시험 합격자 발표날이다. 그날이 되면 경태가 나타날 것이다. 붙었든 떨어졌든 연락을 할 것이라 여겼다.

필기시험 발표날에도 경태의 연락은 없었다.

"나, 또 떨어졌어."

희정은 이번에도 1차에서 탈락했다. 해환은 그런 희정과 술잔을 기울이면서도 머릿속으로는 경태 생각만 했다.

"우리 이사 갈래?"

오빠는 어떻게 됐을까.

"아무래도 이제 그만 둬야하지 않을까 싶어."

붙었을까.

"남양주로만 이사 가도 혜택이 많더라. 우리 같이 이사하고, 남는 돈이랑 지원금 받아서 사업하자."

떨어졌을까.

떨어져서 절망한 걸까. 혹시 극단적인 선택을 한 건 아니겠지.

"해환아, 너 듣고 있어?"

"으, 응?"

해환은 가까스로 정신이 들어 희정을 마주보았다. 그런 해환을 본 희정이 놀랐다.

"너, 또 울었어? 그 자식 때문에 또 울고 있어?"

해환은 희정의 말에 대답할 수 없었다. 경태가 사라진 후 해환의 눈물 수도꼭지가 망가져버렸다. 무슨 이야기를 하든 경태 생각이 나면 울었다.

경태에게 묻고 싶은 게 너무 많았다. 왜 갑자기 사라져야 했는지, 돈 때문인지, 아니면 해환이 너무 부담스러워서 그랬는지 알고 싶었다.

하지만 대답해줄 경태가 없었다.

그 탓에 해환의 눈물은 어지간해서 멈출 수 없었다.

희정과 해환은 이사를 결심했다. 집주인이 전세금을 올려달라는 요구가 감당이 안 됐다. 집을 내놓고 이사 갈 곳을 찾자니 바빴다. 예전만큼 경태를 자주 떠올리지 않았다. 가끔 떠오르면 가슴 한구석이 아렸다. 예전에는 무슨 큰일이라도 있는 게 아닐까 걱정부터 됐지만 이제 그 정도는 아니었다. 해환은 무소식이 희소식이란 말을 마음 속 깊이 새겼다. 1차 시험에 붙어서 그런 거라고, 면접 준비를 하느라 바빠서 그런 걸 거라고, 최종 합격자 발표일인 11월 3일에는 분명 연락이 올 것이라 여기며 이사와 글쓰기에 전념했다. 하지만 11월 3일에도 연락은 없었다. 며칠이 지나도 마찬가지였다.

11월 11일, 해환은 빼빼로를 사들고 신내역으로 갔다.

이날이 서울에서 사는 마지막이었다. 남양주로 이사하면 6호선을 탈일은 없다.

해환은 딱 오늘까지만 기다릴 셈이었다. 오늘만 지나면 서울과 함께 경태에 대한 미련도 버리겠다고 결심했다.

결국 이 날도 경태는 오지 않았다.

해환은 혼자 빼빼로를 오도독 소리가 나게 씹어 먹으며 경태를 잊겠다고 몇 번이고 다짐했다.

12월 24일 오전 8시 25분. 해환은 캔버스백에 노트북과 읽을 책 두 권을 챙겨 집을 나왔다. 해환의 목표는 8시 45분에 출발하는 상봉행 경춘선이었다.

해환과 희정이 이사한 곳은 경춘선 사릉역 부근이었다. 역에서 걸어서 15분이면 해환과 희정의 새로운 보금자리가 나왔다. 희정은 이왕 이사를 결심한 것 보다 먼 곳으로 가보자고 말했지만, 해환은 역 주변을 고집했다.

희정은 해환의 속내를 알았다.

"너, 아직도 그 개자식 포기 못했구나."

희정의 경태에 대한 호칭이 그 사람에서 개자식으로 바뀌도록, 해환은 여전히 경태를 기다리고 있었다.

잊을 셈이었다. 빼빼로데이날 빼빼로를 오도독 오도독 씹어 먹으며 결심했다. 그런데도 마음이 쓰였다. 아무리 해도 경태를 포기할 수 없었다.

대체 왜.

해환도 이런 자신이 의아했다. 3년 전 했던 마지막 연애도, 그 전에 대학 시절 사귀었던 남자친구도, 심지어 첫사랑도, 단 한 번도 매달린 적이 없었다. 연락이 되지 않아도 그럴 수 있지 생각하고는 자기 할 일에 집중했다. 하지만 경태는 달랐다.

대체 언제 이렇게 경태에게 푹 빠져버렸을까.

그렇게 경태에게 궁금한 것이 또 늘었다. 경태를 만나 그 이유를 들을 때까지, 해환은 절대로 그를 포기할 수 없었다.

사릉역으로 걸어가던 해환은 자연스레 눈앞에 펼쳐진 광활한 하늘에 시선을 빼앗겼다. 서울에서 얼마 떨어지지 않았는데도 이곳의 하늘은 완전히 달랐다. 말 그대로 뻥 뚫려 있었다. 매일같이 하늘을 올려다보자니 이제는 구름의 모양만 봐도 오늘의 날씨를 예상할 수 있었다. 적당히 따듯하지만 먹구름이 꼈다. 잘 하면 눈이 올 수도 있겠다.

그러면 화이트 크리스마스 이브인가.

이런 날, 경태를 만나면 참 좋을 것 같았다. 할 말이 참 많았다. 궁금한 것 외에도 밀린 이야기가 많았다. 신내역 작은 식당의 진행사항이라던가, 희정이 제안한 책방 사업이라던가, 그곳에서 기적의 식당을 완성하겠다는 결심이라던가, 그러다 가능하다면 경태도 이곳으로 이사를 와서 같이 살자고 한다던가.

하지만 경태를 만나지 못한다면 모두 물거품이 될 이야기.

해환은 바랐다.

제발 오늘만큼은 경태가 신내역에 나타나기를.

해환은 생각했다.

적어도 포기하지 않는 한, 경태를 만날 가능성은 결코 사라지지 않는다는 사실을.

해환은 그 가능성을 믿고 오늘도, 또 내일도, 6호선 신내역으로 갈 셈이었다.

작가 후기

이 단편 소설을 적은 건 2020년입니다. 당시 저는 소설 속 주인공처럼 남양주에 살았습니다. 서울에 가기 위해서는 경춘선을 타고 가다가 신내역에서 6호선으로 환승을 해야 했습니다. 그래서 처음 이 기획을 듣고 로맨스를 써달라는 의뢰를 받았을 때, 제가 쓸 수 있는 건 6호선밖에 없겠다고 생각했습니다.

서울에 갈 때마다 이용하는 신내역, 언제나 거의 텅 빈 6호선 풍경과 오래 전 불광역에서 역촌역으로 가려고 했다가 헤맸던 경험을 떠올리며 소설 속 주인공들처럼 6호선을 한참 오가면서 아이디어와 에피소드를 떠올렸습니다.

처음엔 결말에서 해환과 경태가 다시 만나게 할 생각이었습니다. 경태가 해환을 만나서 자신에게 무슨 일이 있었는가 이야기하고 신경림 시인의 시 '내 가난한 사랑 노래'의 한 구절처럼 첫 눈을 맞으며 걷게 할 셈이었는데, 엔딩을 한참 고민하자니 생각이 달라지더군요.

살다 보니 깨달은 게 있습니다. 인생은 내 마음대로 되지 않는다는 사실 말이에요. 연애는 더더욱 그렇더군요. 잘 지내던 상대가 갑자기 연락이 끊기는 일은 아주 쉽게 일어납니다. 그러고는 영문을 모른 채 괴로워하다가 결국 그런가

보다, 하고 받아들이게 되죠. 그리고 시간이 지나면 다시 새로운 연애를 시작하고요.

이게 훨씬 실제로 일어날 법한 로맨스가 아닐까 생각해 가장 현실적인 이야기를 적어보았습니다.

4호선

4호선의 여왕_신원섭

재홍이 아침 무렵 집을 나섰을 때, 복도는 이미 피바다였다. 피 냄새가 빠지려면 며칠은 걸릴 듯싶었다. 양동이에 락스를 풀며 혀를 차는 경비아저씨에게 재홍이 물었다.

　　"무슨 일 있었어요?"

　　"아까 119 왔다 갔어요. 옆집 아가씨가 또 손목을 그었지 뭐예요?"

　　옆집 여자는 분기별로 자살을 시도했다. 앰뷸런스 네 번 오면 한 해가 다 간 셈이다. 그런데 이번에는 좀 이상했다.

　　"복도에서 그랬다고요?"

　　"그랬다니까요? 누구더러 보라고 쇼하는 것도 아니고, 참나."

　　경비아저씨가 씩씩거렸다.

　　하긴, 별별 미친놈들이 횡행하는 세상이니 옆집 여자에게

도 나름의 사연은 있었을 것이다. 그저 예술가다운 기벽이
려니 생각했다.

옆집 여자는 전업 조각가였다. 이름은 고윤. 그 바닥에서
나름 인지도가 있는지 해마다 한 번씩은 개인전을 열었다.
몇 달 전에도 4호선 사당역 게시판에서 그녀의 전시회 포스
터를 본 적이 있었다. 주로 합성수지를 이용한 대형 작품을
만드는 모양인데, 현대미술을 모르는 재홍이 보기엔 난해할
뿐이었다.

다음 날. 재홍은 사당역에서 윤을 마주쳤다. 그녀는 새하
얀 나이키 운동화에 보세 레깅스 차림이었다. 왼쪽 손목에
는 보란 듯이 붕대를 칭칭 감고 있었다. 땀으로 축축해진 붕
대 위로 검붉은 피 얼룩이 번져 있었다.

윤은 물품보관함 앞에 쪼그려 앉아 뭔가를 골똘히 생각하
는 중이었다. 이렇게 마주친 것도 인연이다 싶어, 재홍이 먼
저 인사를 건넸다.

"안녕하세요."

윤도 까딱 목례를 했다. 그녀의 뺨을 타고 땀방울이 흘러
내렸다. 순간 재홍은 윤의 동그란 이마에 달라붙은 젖은 앞
머리를 손으로 빗어 넘기고 싶은 충동을 느꼈다. 재홍은 새
삼 그녀가 예쁘다고 생각했다.

"저기…."

머뭇거리던 재홍이 말을 걸었다.

"어제 많이 다치셨던데. 어쩌다가…."

"오래 살기 싫어서요."

윤은 대화를 원치 않는 듯 재홍의 말허리를 잘라먹었다.
재홍은 무안한 마음이 들었지만 다시 물었다.

"젊고 건강하신 분이 왜 그런 선택을 하셨어요?"

윤은 어깨를 으쓱 들어보였다.

"뭘 하건 제 맘인걸요."

냉소하는 윤의 미소는 쓸쓸하고 매력적이었다. 재홍은 왠
지 그녀에게 힘을 북돋아주고 싶었다. 인생의 선배로서 몇
마디 응원을 건네면 그녀도 자신의 삶을 긍정하게 되지 않
을까? 재홍이 조심스레 말했다.

"'자살'을 거꾸로 읽으면 '살자'가 된다잖아요. 한번쯤은
세상을 보는 관점을 뒤집어 보시면 어떨까요? 자살보다 좋
은 선택도 많잖아요."

듣고 있던 윤이 깔깔 웃기 시작했다. 재홍은 얼굴이 화끈
거리는 것을 느꼈다. 자기도 모르게 꾸벅 사과를 했다.

"죄송합니다."

"죄송할 건 없는데. 젊은 사람 말투가 너무 애늙은이 같지
않아요?"

"저 별로 안 젊어요. 내년이면 벌써 서른인데요?"

윤이 코웃음을 쳤다.

"서른이면 나보다 어리네요. 조심히 들어가세요."

윤은 물품보관함의 문을 닫고는 이내 인파 속으로 사라져
버렸다. 재홍은 발을 동동 구르며 머리를 쥐어뜯었다. 쪽팔

려! 괜히 입방정 떨다가 본전도 못 건졌다.

그날 이후 재홍은 먼발치에서 윤의 모습이 보일 때마다 멀찍이 길을 돌아가곤 했다. 퇴근길에는 종종 몸이 부서져라 산책로를 달리는 윤을 마주쳤지만, 그때마다 재홍은 괜히 딴청을 부리거나 누군가와 통화하는 척했다.

그러나 윤을 의식하지 않으려 애쓸수록 그녀의 존재감은 점차 또렷해졌다. 동그란 얼굴에 걸린 우아한 미소와 나긋나긋한 목소리. 군더더기 없이 매끈한 몸매. 손목을 휘감은 붕대 위로 검붉은 피가 배어나오던 모습.

매일 밤 잠들기 전이면 땀에 젖은 윤의 얼굴이 떠올랐다. 그냥 그녀를 생각하는 것만으로도 기분이 좋았다. 그렇게 남몰래 그녀를 흠모하게 된 뒤로, 재홍은 윤을 따라 달리기를 시작했다.

매일 저녁 일곱 시, 아파트 산책로에 오르면 준비운동으로 몸을 푸는 윤을 볼 수 있었다. 재홍은 언제나 그녀와 함께 달렸다. 머릿속에서 그녀의 미소가 사라질 때까지 달리고 또 달렸다.

한 해가 지나갔다. 재홍은 체중이 8킬로그램이나 줄었고 윤과는 마치 오래된 이웃 같은 사이가 되었다. 두 사람은 매일 밤 함께 산책로를 달렸지만 대화는 하지 않았다. 각자 몸을 푼 뒤에는 누가 뒤처지거나 말거나 그저 달릴 뿐이었다.

윤은 발이 빠르고 체력이 좋았다. 그녀는 언제나 재홍을 따돌리고 멀찌감치 사라지곤 했다. 재홍은 앞서나가는 그녀를 따라잡기 위해 매번 이를 악물고 달려야 했다.

초반에는 중도포기를 하거나 거품을 물고 쓰러지는 날도 많았다. 하지만 사람의 몸이란 신기하게도 새로운 환경에 빠르게 적응해나갔다. 몇 달이 지나자 두 사람의 격차는 점차 줄어들었다. 다시 몇 달이 지난 뒤에는 마침내 재홍도 윤과 앞서거니 뒤서거니 경쟁하는 관계가 되었다.

경비아저씨는 그런 재홍을 신기하게 생각했다.

"몸이 좋아지셨는데? 마라톤 대회 나가세요?"

"그냥 살이나 좀 빼려고요."

재홍이 활짝 웃으며 대답했다. 실제로 건강이 좋아졌다. 만성이던 허리통증도 거의 다 나았다. 경비아저씨는 엄지를 치켜세우면서도 진심어린 충고를 잊지 않았다.

"운동 열심히 하는 건 쌍따봉을 드립니다만, 그 여자랑 너무 가깝게 지내지 마세요. 이상한 사람이잖아요."

그렇게 일 년 째 되던 날이었다. 그날따라 퇴근이 늦었다. 일곱 시 삼십 분쯤 허겁지겁 공터로 나가니, 윤이 재홍을 기다리고 있었다. 벤치 위에 앉아 두 무릎을 끌어안은 채. 재홍이 슬그머니 다가가 스트레칭을 하자 윤도 몸을 풀기 시작했다.

그녀가 날 기다려줬어. 그것도 30분씩이나!

괜히 날아갈 것 같은 기분이었다. 그래서 더더욱 그녀에게 인정받고 싶었다. 오늘은 피를 토하며 쓰러지는 한이 있더라도 반드시 그녀를 앞서 나가리라! 재홍이 페이스를 리드하며 치고 나가려는데, 윤이 갑자기 달리기를 멈추었다. 시계를 보니 아홉 시 정각이었다.

아쉬운 마음에 재홍도 달리기를 멈추고 걷기 시작했다. 윤에게 말을 붙여볼 절호의 기회이기도 했지만 재홍은 여느 때와 마찬가지로 묵묵히 걸을 뿐이었다. 그런데, 윤이 먼저 재홍에게 말을 걸어왔다.

"어디 가서 커피 한 잔 할래요?"

카페인이 안 받는 체질이었지만 기꺼이 윤을 따라나섰다. 전력으로 달릴 때보다 심장이 더 빨리 뛰는 기분이었다.

두 사람은 나란히 걸어 상점가로 향했다. 윤이 앞장서서 자그마한 카페로 들어갔다. 맞은편의 스타벅스 때문인지 손님은 많지 않았다. 벽면을 가득 채운 책장과 침침한 조명이 오히려 따뜻하고 사적인 분위기를 자아냈다.

재홍은 거대자본에 휘둘리지 않으며 마이너리티를 지향하는 윤의 예술가적 취향이 제법 쿨하다고 생각했다. 공간을 맴도는 고소한 원두 냄새를 음미하며, 재홍이 물었다.

"여기 단골이세요? 윤이 씨 안목 덕분인지 이 집은 공기부터가 어쩐지 특별한 것 같아요."

"저도 처음 와 봐요. 그냥 스벅 갈 걸 그랬나?"

윤의 냉랭한 대답에 재홍은 머쓱한 듯 뒷머리를 긁으며 커피 두 잔을 시켰다. 자리에 앉은 윤이 재홍에게 물었다.

"저에 대한 소문은 들어서 알고 계시죠?"

모를 리 없었다. 두 사람이 함께 달리기 시작한 뒤에도 윤은 자살기도를 멈추지 않았으니까. 계절이 세 번 지나갈 동안 네 차례 앰뷸런스가 다녀갔다. 이제는 아파트 주민 모두가 윤을 둘러싼 소문에 살을 붙이는 지경이었다.

스물 댓 살 먹은 미혼모라는 둥, 재벌회장의 애첩이라는 둥, 매일 밤 미친 듯이 달리는 이유가 사실은 애를 떼기 위해서라는 둥.

재홍이 뭐라고 말을 하려는 찰나, 윤이 손을 뻗어 그의 입을 틀어막았다. 그녀가 말했다.

"단도직입적으로 말할게요. 내가 미혼모란 얘기는 헛소문이에요."

"다행이네요!"

진심이었다. 재홍은 언젠가 때가 되면 윤의 과거마저 사랑하겠노라 다짐해왔지만, 막상 그녀가 애 딸린 미혼모라 생각하니 가슴이 미어졌던 것이다. 육아는 낭만이 아닌 현실이니까. 이제 그런 쓸데없는 걱정 따위는 접어두고 윤에게만 집중하면 된다고 생각하니 한결 마음이 놓였다.

윤이 말했다.

"내 딸은 법적으로 아버지가 있어요. 나는 그 사람이랑 이혼했지만."

"아하."

"어쨌거나. 내가 하고 싶은 말은 그게 아니에요."

"또 뭐가 있죠? 혹시 만나고 계신 재벌회장님이 아직 총각이세요?"

윤은 재홍의 삐딱한 반응에도 아랑곳없었다. 그녀가 목소리를 낮추며 말했다.

"내가 잊을 만하면 자살소동을 벌이는 거 말이에요. 이상하다는 생각 안 해봤어요?"

"당연히 이상하죠."

굳이 복도에 나와서 손목을 긋는 것도 이상했고, 그렇게 많은 피를 흘린 다음날 멀쩡히 달리기를 하는 것도 이상했다. 매일 저녁 퇴근 시간마다 사당역 물품 보관함을 기웃대는 것도 이상하긴 마찬가지였다. 지금 보니 윤의 손목에는 흉터조차 없었다.

그제야 재홍은 윤에게서 풍기는 음험한 기운을 느낄 수 있었다. 덧붙여 경비아저씨의 경고를 떠올리고 보니, 윤은 더더욱 위험한 여자처럼 보였다. 복잡한 사연이 그녀의 과거를 넝쿨처럼 옥죄고 있는 게 틀림없었다.

이럴 수가, 더 섹시하잖아! 사람을 사로잡는 건 언제나 그런 부류다. 미래가 있는 남자, 그리고 과거가 있는 여자. 그들에게는 싫어도 계속 코를 들이대게 만드는 기이한 힘이 있었다. 안 씻은 정수리 냄새, 혹은 주유소의 기름 냄새처럼.

윤은 짧게나마 자신의 과거를 털어놓았다. 재홍은 그녀가 만 스물아홉에 결혼해 그 이듬해 이혼했으며, 매일 밤 두 시간씩 달리기를 하고, 잠자는 시간 외에는 항상 작업실에 틀어박혀 지낸다는 사실을 알게 되었다. 세 살배기 딸은 친정 어머니가 키운다고 했다.

윤이 말했다.

"복도에 흘린 피는 내 피가 아니에요."

"손목을 그은 것도 전부 가짜였단 말이죠?"

"진짜로 긋긴 했어요. 그래야 응급실에서 이상하게 생각하지 않을 테니까요. 동맥을 자를 만큼 깊이 찌르지 않았을 뿐이에요."

윤이 이상한 연극을 계속해온 건 집착이 심한 전남편 때문이었다. 윤의 전남편은 강박증과 편집증을 앓고 있었다. 그는 직업상 해외를 전전하며 서너 달에 한 번 집에 들어왔는데, 그때마다 윤은 심한 부부싸움을 했다고 한다. 윤의 전남편은 항상 그녀가 바람을 피울까봐 두려워했다.

재홍이 물었다.

"그 사람이 때렸어요?"

"때리진 않았어요. 늘 자학하며 오열할 뿐이었죠. 화가 나면 주머니칼로 자기 몸을 죽죽 그어대곤 했어요. 그 사람은 지금도 나를 사랑해요."

윤은 회한에 잠긴 듯 아련한 눈으로 창밖을 내다보았다. 도시의 야간조명이 그녀의 윤곽을 따라 매끄럽게 흘러내렸다. 그녀의 물기 어린 눈망울에 서울의 밤거리가 고스란히 담겼다. 노랗게 명멸하는 신호등 불빛.

재홍은 왈칵 질투가 나서 쏘아붙였다.

"그렇게 사랑하면서 왜 헤어진 거죠?"

"그이가 나를 떠났어요. 아마 견딜 수 없었겠죠. 자신의 옹졸한 마음이 스스로를 상처 입히고, 사랑하는 사람을 다치게 하고, 우리 관계와 추억까지 망칠까봐 두려웠던 거예요. 뾰족하고 무거워진 마음이 안에서부터 찔러오는 그 기분, 아세요?"

알다마다, 짝사랑에 빠지면 딱 그 기분이죠. 재홍은 펑펑 울고 싶었다. 그래선 안 되었기에 무심한 척 커피를 들이마셨다. 카페인 탓인지 심장이 벌렁거렸다. 재홍이 관자놀이의 맥동을 느끼며 괴로워하는 사이, 윤이 말했다.

"재작년 이맘때부터 그 사람이 변했어요. 재결합을 요구하고, 전시회에 찾아와 나를 감시하고, 내 작업실을 도청하기 시작한 거예요."

"경찰에 신고하면 되잖아요?"

"해봤죠. 그런데 소용이 없었어요. 훈방 아니면 벌금이 전부라지 뭐예요? 법원에 접근금지 가처분신청을 했는데, 그거 어겨봤자 벌금 몇만 원이면 풀려나더라고요."

"그래서 자살소동을 생각해냈군요."

"맞아요. 그 사람이 유일하게 두려워하는 게 바로 내가 다치는 거였으니까요. 아둔한 사람이죠. 정작 나를 상처 입히는 게 뭔지도 모르면서."

윤은 전남편이 귀국할 무렵이면 항상 자살소동을 벌였다고 말했다. 돼지 피를 구해 복도에 뿌리고 구급차에 실려 나갔다. 어디선가 전남편이 자신을 지켜보고 있음을 알고 있었기 때문이다.

"다행히 지금까지는 이 방법이 잘 먹혀왔어요. 전남편은 지금 내가 극도로 불안정한 상태라고 생각해요. 혹시라도 내가 자살에 성공하면 어쩌나 겁을 먹은 거죠. 그래서 나한테 접근하지 않았던 거예요. 하지만 이제는 그 방법도 소용이 없게 되어버렸어요."

"왜요?"

"첫째. 우리 동네에 나와 관련된 이상한 소문이 돈다는 걸 전남편이 알아요. 그게 그 사람을 자극해 미치게 만들었죠."

"재벌회장의 애첩이라는…."

윤이 손을 뻗어 재홍의 입을 틀어막았다. 그녀가 말을 이었다.

"둘째. 속임수를 들켰어요. 내가 응급실에서 간단한 드레싱만 받고 퇴원했다는 걸 누구한테 들은 것 같아요."

생각해보면 자명한 일이었다. 복도가 온통 피바다였으니 분명 동맥을 잘랐을 테고, 그랬다면 접합수술을 받았어야만 했다. 단시간에 퇴원할 수 있는 상처가 아니었다. 재홍도, 윤도 한동안 말이 없었다.

속았다는 걸 깨달은 윤의 전남편은 어떤 반응을 보일까? 그녀에게 해코지를 하진 않을까? 재홍의 머리가 복잡해졌다. 무엇보다 궁금한 건 윤의 의도였다.

"저한테 이런 얘길 하시는 이유가 뭐에요?"

윤이 대답했다.

"전남편이 내일 한국에 들어와요. 오후 비행기로 공항에 내리자마자 나를 보러 달려올 거예요. 제가 지금까지 재홍 씨에게 했던 얘기, 이제 이해하시겠어요?"

"아뇨. 모르겠는데요."

재홍이 시큰둥하게 대답하자 윤은 어깨를 으쓱 들어보였다.

"제 작업실이 이 근처인데. 잠깐 들렀다 갈래요?"

"글쎄요. 너무 늦지 않았나요?"

"아직 열 시 밖에 안됐잖아요. 작업실에 샤워부스가 있으니 땀이라도 씻고 가세요."

윤은 검지 끝으로 재홍의 가슴팍을 콕 찔렀다. 그러고는 가게를 나와 앞장서 걷기 시작했다. 그녀가 두 손으로 레깅스를 바짝 끌어올리며 매무새를 가다듬었다. 윤의 머리 위로 가로등 불빛이 드리울 때면 그녀의 미려한 굴곡을 따라 어둑어둑한 그림자가 실크처럼 흘러내렸다. 재홍은 갈 곳 잃은 시선을 내려 윤의 복사뼈 언저리를 바라보았다. 걸음걸음마다 새하얀 발목 위로 팽팽한 아킬레스건이 도드라졌다.

재홍이 헛기침을 하며 딴청을 부렸다.

"이거 참. 내일 출근해야 하는데."

"잠깐 구경만 하다 가랬지 누가 자고 가래요? 다 왔어요."

인적이 드문 골목 구석에 오래된 창고 건물이 있었다. 윤이 체중을 실어 거대한 미닫이문을 열었다. 녹슨 쇠바퀴가 삐걱대며 비명을 질렀다.

작업실 조명을 켜자 이내 장엄한 광경이 펼쳐졌다. 합성수지와 강철, 콘크리트로 만든 거대한 인체모형이 압도적인 존재감으로 창고를 가득 채우고 있었다. 마치 거인을 위한 해부 실습실 같았다. 미술에 조예가 없는 재홍조차 입이 떡 벌어질 정도였다.

재홍이 말했다.

"멋진데요? 조각가라는 건 알고 있었지만 이런 작업을 하시는 줄은 몰랐어요."

"포스터로 보던 거랑 느낌이 좀 다르죠?"

윤의 말투에 무한한 자부심이 묻어나왔다. 허리춤에 당당히 손을 짚은 그녀에게서 재홍은 예술가 특유의 활기와 열정을 느낄 수 있었다. 재홍은 작품을 우러러보며 고개를 끄덕였다.

"인체모형이라면 막연히 기괴하고 징그러운 줄 알았는데, 전혀 그런 느낌이 아니네요."

"귀엽죠? 커다란 곰 인형처럼 친근감을 느낄 수 있으면 좋겠다고 생각했어요. 플라스틱으로 껍데기를 만들고 스테인리스 스틸로 내장을 만들었어요. 가까이 와서 보세요. 거울처럼 반짝거리죠?"

"그러게요. 뭔가 알루미늄 풍선 같기도 하고…."

"누군가는 저걸 보고 데미안 허스트나 제프 쿤스 짝퉁이냐고 묻기도 하던데, 예쁘면 장땡 아니에요?"

윤은 손을 들어 선홍색으로 반짝이는 금속성의 내장을 어루만졌다. 재홍도 윤을 따라 작품을 만져보았다. 조각은 얼음처럼 차가웠다. 거울처럼 반짝이던 표면에 손자국이 묻었다. 윤이 수건으로 얼룩을 닦으며 말했다.

"내일 밤 전남편이 작업실로 찾아올 거예요. 단도직입적으로 말할게요. 재홍 씨가 저를 좀 도와주세요."

"단도직입적인 걸 되게 좋아하시네요. 제가 왜 그래야 되죠?"

"날 좋아하잖아요. 아닌가요?"

"그건 맞는데요. 남의 가정사에 끼고 싶을 만큼 좋진 않은 것 같아요. 그럼 이만."

재홍이 돌아서는데, 윤이 그의 손을 붙잡았다.

"사례는 톡톡히 할게요! 어려운 부탁도 아니에요."

"제가 의외로 돈이 궁한 사람은 아니랍니다."

"작품으로 드리면요? 제 작품, 예쁘지 않아요?"

"저렇게 큰 걸 어디에 보관하겠어요?"

재홍이 손을 들어 거대한 인체모형을 가리켰다. 얼핏 봐도 3미터는 족히 될 것 같았다. 복층집이 아니고서야 둘 데도 마땅치 않았다.

윤은 걱정 없다는 듯 재홍의 손을 잡아 끌어 작업대 앞으로 돌아왔다. 윤이 제멋대로 흩어진 스케치북과 도면들을 가리키며 말했다.

"1미터 30센티미터 높이의 신작을 준비 중이에요. 〈거꾸로 선 토르소〉라고, 지금 보시는 저 작품의 위아래를 뒤집은 형태가 될 거예요. 그 정도면 재홍씨 거실에도 충분히 들어가겠죠?"

"그렇긴 한데…."

재홍이 머뭇거리는 찰나, 윤이 말허리를 끊고 들어왔다.

"그냥 내일 하루만 내 남자친구인 척 해주면 안 돼요?"

"그게 다예요?"

"네. 그래서 간단한 부탁이라고 했잖아요. 전남편한테 메시지를 전달하고 싶어서 그래요. 내게도 새 인생을 살 권리가 있다는 걸 보여주고 싶어요."

"전혀 설득력이 없는데요. 오히려 그 사람이 미쳐 날뛰면서 나를 죽이려 들지 않을까요?"

"그래봤자 배 나온 아저씨일 뿐이에요. 게다가 재홍 씨는 젊잖아요?"

틀린 말은 아닐지 모른다. 그러나 윤이 한 가지 간과하는 게 있었다. 재홍은 비록 젊었지만 아저씨들 못지않게 배가 나온 사람이었다. 전형적인 마른비만형 인간이었다.

하지만 지난 일 년 간 꾸준히 달리기를 해온 덕분에 체력과 근력이 모두 좋아진 것도 사실이었다. 이제는 납작해진 배를 만져보면 어렴풋이 복근의 흔적도 느낄 수 있었다.

잠시 고민 끝에 재홍이 대답했다.

"내일 딱 하루만이에요. 그 사람이 설마 때리진 않겠죠?"

"정 위급한 순간이 오면 도망치세요. 이젠 재홍 씨가 나보다 더 잘 달리니까."

윤의 말은 꼭 농담처럼 들렸지만 재홍은 웃을 수가 없었다. 그녀의 무표정한 얼굴을 보니 어쩌면 농담이 아닐지도 모르겠다는 생각이 들어서였다. 머뭇거리던 재홍이 다시 물었다.

"제가 윤이 씨 새 남자친구라는 걸 그 사람한테 어떻게 알리죠? 우리가 뭐…. 뽀뽀를 한다거나, 같이 잠을 잔다거나. 아, 그냥 예를 든 거니까 오해는 하지 말아주세요. 아무튼 그런 상황을 연출해야 속아 넘어오지 않을까요?"

"그럴 줄 알고 미리 준비했죠. 내일은 작업실에서 이걸 입고 계세요."

윤이 캐비닛에서 맨투맨 한 벌을 꺼내 재홍에게 건넸다. 전남편이 입던 잠옷이라고 했다. 코를 대보니 어쩐지 콤콤한 냄새가 나는 것 같기도 했다. 등판에는 노란 글씨로 'POLICE'라고 적혀 있었다. 동대문에 널리고 널린 보세 제품이었다.

단호하게 고개를 가로저으며, 재홍이 말했다.

"이 정도로는 충분하지 않아요. 제 생각엔 조금 더 리얼한 상황을 연출해야 할 것 같습니다."

윤이 쾌활하게 재홍의 어깨를 두드렸다.

"그렇게까지 하면 재홍 씨한테 부담이 되잖아요. 부탁하는 입장에서 그럴 수야 없죠."

"글쎄요. 과연 이게 최선일까요? 참고로 저는 스킨십에 전혀 부담을 느끼지 않습니다만."

"전남편은 편집증 환자예요. 아마 재홍 씨가 그 옷을 입고 제 작업실에 앉아있는 걸 보기만 해도 눈물을 쏟으면서 뛰쳐나갈걸요?"

재홍이 뭔가 더 말을 하려는데, 윤이 재홍의 머리에 맨투맨을 뒤집어 씌웠다. 어쩔 수 없이 긴팔 티셔츠 위에 맨투맨을 껴입었다. 옷은 95사이즈였다. 가슴과 어깨가 빠듯했다. 재홍은 윤의 전남편이라는 사람의 외모와 성격을 속으로 가늠해보았다.

깡마른 체격에 유약한 외모. 무테안경을 쓴 사무직 회사원. 햇빛을 볼 일이 거의 없는 그는 아마 푸석하고 창백한 피부를 가지고 있을 것이다. 아내의 외도에 대한 걱정 때문에 늘 미간을 찌푸린 채 울상을 짓고 있을 것이다. 놈이 자신의 잠옷을 입고 윤의 침대에 누워있는 재홍을 발견한다면 어떤 표정을 지을까?

재홍은 안쓰러운 마음이 드는 한편 묘한 우월감을 느꼈다. 전남편은 아마 그 자리에서 주저앉을지도 모른다. 한강으로 뛰어들기 위해 택시를 잡아타고 동작대교로 달려갈지도. 불경한 상상을 하면 할수록 어쩐지 윤이 더욱 매력적으로 보였다.

어쨌거나 윤은 전남편이 큰 충격을 받게 될 거라고 말했다. (거기까지는 재홍도 동의할 수 있었다.) 그렇게라도 자신의 과거를 돌아본 뒤에야 진정한 미래를 향해 떠날 수 있을 거라고 말했다. (이건 전적으로 윤의 주장이었다.)

"지금 당장은 상처를 입겠죠. 하지만 상처 없이 성장하는 인간은 없어요. 시간이 지나면 그 사람도 내 마음을 알아줄 거예요."

다음날 저녁. 재홍은 약속대로 자신의 말리부 승용차를 몰고 윤의 작업실로 찾아갔다. 작업실 문은 열려 있었고 조명도 켜져 있었다. 모든 게 어제와 똑같았다. 다만 윤이 없었을 뿐이다. 작업대 위에는 그녀가 남긴 메모가 놓여 있었다.

조금 늦을 것 같아요. 미안해요.

(냉장고에 음료수 있음.)

재홍은 전남편의 맨투맨을 뒤집어쓰고 윤의 라꾸라꾸 침대 위에 엎드렸다. 어쩌면 그녀의 체취를 맡을 수 있을지도 모르겠다고 생각했지만, 괜히 변태처럼 보일까봐 이내 반듯한 자세로 고쳐 누웠다. 팔베개를 하고 누워 멍하니 천장을 올려다보는데 별안간 사람 그림자가 벽에 아른거렸다.

윤이 씨 전남편이 도착했나? 재홍이 몸을 일으켜 창밖을 내다보았다. 골목 초입에 웬 남자가 서 있었다. 가죽재킷을 입은 거구의 남자였다. 긴장감에 입이 바싹 말랐다. 설마 저 덩치가 윤의 전남편인가 싶었는데, 자세히 보니 외국인이었다.

러시아인으로 보이는 그 남자는 먼발치에서 무표정한 얼

굴로 작업실을 바라보고 있었다. 재홍을 마주 보는 그의 눈에는 분노도, 회한도 없었다. 그저 이국의 낯선 풍경을 마음에 담아두려는 이방인의 시선일 뿐이었다.

그럼 그렇지. 저런 덩치가 그 찌질이일 리 없잖아. 재홍은 냉장고에서 비타500 한 병을 꺼내 뚜껑을 땄다. 새콤달콤한 음료를 한입에 털어 넣고 라꾸라꾸 침대로 돌아와 몸을 누이려는데, 머리맡의 책장이 눈에 밟혔다. 낡은 스케치북 사이에 비교적 새것으로 보이는 사진첩 한 권이 꽂혀 있었다.

사진첩을 집어 들자 폴라로이드 사진 한 장이 바닥에 떨어졌다. 윤은 카메라 렌즈를 향해 담배 연기를 뿜어내고 있었다.

사진 속 그녀는 물에 들어갔다 나온 사람처럼 젖어

있었다. 플래시 조명에 비친 윤의 얼굴은 보석으로 세공한 진주 같았다. 윤은 권총 모양의 라이터를 하늘로 치켜든 채 도발적인 웃음을 짓고 있었다.

재홍은 윤의 폴라로이드 사진을 자신의 지갑에 집어넣었다. 훗날 돌이켜봐도 왜 그런 행동을 했는지 알 수 없었다. 반쯤은 충동적으로 저지른 짓이었다. 어쩌면 이 밤을 추억할 만한 기념품이 필요했는지도 모른다.

문득 재홍의 마음에 한 가지 의문이 떠올랐다.

이 사진은 누가 찍어준 거지? 삼각대나 셀카는 아닐 텐데. 윤의 사진첩에 다시 한번 눈길이 갔다. 재홍은 사진첩을 조심스레 펼쳐보았다. 그런데, 그 안에 정작 윤의 사진은 한 장도 없었다.

그건 사진 앨범이 아니라 스크랩북이었다. 칼로 오려낸 신문 기사가 눈길을 끌었다. 마약 밀수단 검거 소식과 부산항을 통해 들어온 구소련의 불법 총기류에 관한 기사였다. 그 외에 알 수 없는 러시아어로 오고 간 편지들도 있었다.

페이지를 넘기자 뺨에 손바닥만 한 화상흉터가 있는 동양계 남자의 사진이 나왔다. 망원렌즈로 찍은 탓에 해상도가 다소 떨어지긴 했지만 얼굴을 알아볼 정도는 되었다. 대부분은 화상흉터 남자의 일상적인 모습을 찍은 스냅사진들이었다. 아니, 파파라치 사진이라 해야 하나?

고개를 갸우뚱하며 페이지를 넘길수록 사진의 수위는 점점 높아졌다. 거구의 외국인 남자를 껴안은 채 입을 맞추는 화상흉터 남자의 모습. 마지막 페이지에 이르자 화상흉터 남자와 외국인 남자는 모텔에서 격렬하게 몸을 섞고 있었다.

일이 끝난 뒤, 바깥세상을 감시하듯 비스듬히 창밖을 내다보는 거구의 외국인 남자. 커튼 뒤로 보이는 사랑의 흔적.

마지막 페이지에는 삐뚤빼뚤한 손 글씨로 쓴 서툰 한국어 메모가 갈무리되어 있었다.

블라디보스톡에서 사랑을 담아. -드미트리.

재홍은 비로소 화상흉터 남자의 동성연인이 누구인지를 알아볼 수 있었다. 그건 분명 윤의 작업실 앞을 서성이던 러시아인이었다. 얼음을 씹었을 때와 비슷한 두통이 찾아왔다.

재홍은 재빨리 창문으로 달려갔다. 몸을 낮추고 창밖을 내다보았다. 러시아인은 이미 사라지고 없었다.

비슷한 사람을 잘못 본 건가? 그때였다. 누군가 두꺼비집을 내린 듯 작업실의 조명이 일제히 꺼졌다. 어둠과 함께 정적이 내려앉았다. 재홍은 본능적으로 위험을 직감했다. 허둥지둥 침대 밑으로 몸을 숨기려다가 마음을 바꾼 재홍은 윤이 작업 중인 〈거꾸로 선 토르소〉의 거푸집 안으로 몸을 숨겼다.

곧이어 삐걱대는 소리와 함께 작업실 문이 열렸다. 거구의 러시아인, 드미트리였다. 2미터 가까운 키에 근육질 체구. 두툼하고 거대한 두 손은 프라이팬이라도 찢을 수 있을 것 같았다.

드미트리는 어둠 속을 걷는 한 마리 맹수 같았다. 침묵 속에서 먹잇감의 심장박동에 귀를 기울이던 그가 별안간 라꾸라꾸 침대를 들어올렸다. 그 아래에 아무도 없다는 걸 확인하고는 짧은 욕설을 내뱉었다.

"Пиздец (젠장.)"

그제야 재홍은 윤에게 완전히 속았다는 사실을 깨달았다. 저자는 살인마다. 맨손으로 사람을 찢어 죽일 수도 있는 괴물이다. 이유는 알 수 없지만 윤은 그런 괴물에게 재홍을 미끼로 던져줬던 것이다.

재홍은 두 손으로 입을 틀어막고 거푸집 틈새로 바깥을

내다보았다. 불길한 예감이 그의 마음속에서 급격히 몸집을 키워가고 있었다. 이러다간 들키고 말 거라고. 죽음의 손아귀가 곧 덜미를 낚아챌 거라고.

드미트리가 몸을 돌려 거푸집을 바라보았다. 어둠에 눈이 익은 재홍은 놈의 얼굴을 마주본 뒤 하얗게 질려버렸다. 살기가 뚝뚝 듣는 짐승의 눈빛. 냉혈한 살인마의 각진 턱과 도드라진 광대뼈, 그 위를 종횡으로 가로지르는 오래된 칼자국.

드미트리가 유창한 한국말로 거푸집을 향해 말을 걸었다.
"어디 숨었는지 알고 있다. 쥐새끼 같은 놈."

그리고는 작업대 위의 망치를 집어 들고 거푸집을 때려 부수기 시작했다. 재홍이 새된 비명을 지르며 목숨을 구걸했다.

"잘못했습니다! 살려주세요!"

드미트리는 부서진 거푸집을 맨손으로 뜯어내고는 재홍의 멱살을 잡아 들어 올렸다. 재홍은 맨투맨을 허물처럼 벗어던지고 바닥을 굴러 빠져나왔다. 드미트리가 사자처럼 포효하며 그의 뒤를 쫓았다. 재홍은 작업실의 조각품 사이로 요리조리 몸을 피해 달렸다. 드미트리가 휘두르는 망치가 간발의 차이로 재홍을 비켜 갔다. 망치가 조각품을 내려칠 때마다 굉음과 함께 주홍빛 불똥이 튀었다.

예전의 재홍이었다면 이미 다진 고깃덩이가 되었을 것이다. 그러나 지난 일 년간의 달리기 훈련 덕분에 재홍의 운동

능력과 반사신경, 근지구력은 제법 높은 수준에 도달해 있었다. 물론 도망치는 분야에 한해서였지만.

가까스로 드미트리를 따돌린 재홍이 작업실 출구로 빠져나가려는데, 누군가 밖에서 문을 걸어 잠갔다. 당황한 재홍이 창밖을 내다보았다.

윤이었다. 윤이 자물쇠로 문을 걸어 잠그고 어딘가를 향해 달려가고 있었다. 재홍은 그녀의 뒤통수를 향해 소리를 질렀다.

"야 이 미친년아!"

재홍은 달려드는 드미트리를 피해 다시 뛰기 시작했다. 영영 끝나지 않을 것 같던 술래잡기는 어느새 소강상태에 이르렀다. 두 사람은 철제 작업대를 사이에 두고 서로를 노려보며 거친 숨을 내쉬었다.

그때, 작업실 옥상으로 통하는 계단에서 윤이 모습을 드러냈다. 윤이 드미트리에게 말했다.

"Прекрати это. В любом случае, он‐крыса в ловушке. (그만둬. 어차피 독 안에 든 쥐야.)"

드미트리는 천천히 윤을 향해 다가갔다. 두 사람은 한동안 재홍이 알아들을 수 없는 러시아어로 대화를 나누었다. 아무리 봐도 두 사람은 오래전부터 알고 지내던 사이 같았다.

그러나 드미트리가 윤의 전남편이라고 하기에는 어딘지 부자연스러웠다. 두 사람이 서로를 대하는 말투나 표정에는 서로를 향한 그 어떤 감정도 담겨 있지 않았기 때문이었다. 부부라기보다는 오히려 동업자처럼 보였다.

　재홍은 절망했다. 분명히 저 사람들 비즈니스는 살인청부였을 거야! 난 이제 죽었다! 윤이 드미트리에게 몇 마디 말을 건네자 드미트리가 껄껄 웃기 시작했다. 곰 발바닥 같은 손으로 윤의 어깨를 친근하게 두드렸다. 윤도 드미트리를 가볍게 껴안고 등을 두드렸다. 그와 동시에 윤은 재홍을 향해 매서운 눈빛을 쏘아 보냈다.

　'얼른 옥상으로 올라가요!'

　윤의 뜻을 알아차린 재홍이 고개를 끄덕였다. 드미트리가 윤과 대화하는 동안 재홍이 발소리를 죽이고 재빨리 옥상으로 올라갔다. 재홍이 계단을 반쯤 올라갔을 때, 도망치는 그를 발견한 드미트리가 외쳤다.

　"Он убегает! (녀석이 도망친다!)"

　재홍이 뛰기 시작했다. 드미트리가 뒤를 쫓으려는데, 윤이 그의 얼굴에 호신용 페퍼스프레이를 뿌렸다. 주황색 액체가 러시아인의 미간을 강타했다. 거구의 드미트리가 비명을 지르며 넘어졌다. 마치 산이 무너지는 것 같았다.

　윤은 고통스러워하는 드미트리를 내버려두고 옥상으로 올라와 문을 걸어 잠갔다. 옥상에는 미리 준비한 듯 LPG 가스통이 여럿 늘어서 있었다. 각각의 가스통은 고무호스와 밸브를 통해 병렬로 연결되어 있었다. 윤이 수동밸브를 열자 수십 개의 가스통에서 가스가 새어 나와 작업실을 채우기 시작했다.

윤과 재홍은 사다리를 타고 지상으로 내려왔다. 재홍이 물었다.

"저 괴물이 윤이 씨 전남편이에요?"

"바보 같은 소리 하지 말아요. 내가 남긴 쪽지 못 봤어요?"

"늦게 온다고… 아, 냉장고에 있던 비타500 하나 마셨습니다."

"비타500 박스 밑에 쪽지가 있었잖아요. 내가 불을 끄면 바로 옥상으로 뛰라고 했는데, 왜 말을 안 들어요?"

그렇게 쏘아붙이며, 윤이 재홍의 손을 잡아 끌었다. 재홍은 원망스러운 눈으로 윤을 바라보았다. 거기에 쪽지가 있는 줄 내가 어떻게 알아!

윤은 재홍과 함께 드미트리가 타고 온 투싼을 향해 달렸다. 윤이 쇠지렛대를 가져와 운전석 유리를 깨고 문을 열었다. 재홍도 덩달아 조수석에 올랐다. 윤이 재홍에게 지시를 내렸다.

"글러브 박스에 스페어 키가 있을 거예요. 이리 줘요."

"아까 저놈한테는 뭐라고 한 거예요? 내 얘길 하는 것 같던데."

"방배경찰서 마약수사대 형사라고 했어요."

"내가요?"

윤은 시동을 걸며 고개를 끄덕였다. 그녀가 말했다.

"그러니까 쥐도 새도 모르게 당신을 죽이자고 했죠."

"지금 무슨 미친 소리를 하는 거예요?"

윤은 대답 대신 악셀을 밟았다. 곧이어 폭발음과 함께 윤의 작업실 건물이 불길에 휩싸였다. 윤이 LPG와 함께 시한장치를 해둔 것 같았다. 재홍은 룸미러를 통해 폭발의 불길을 바라보며 울먹였다.

"이게 다 무슨 일인지…."

"징징대지 말고 글러브 박스나 뒤져봐요."

재홍은 윤이 시키는 대로 했다. 글러브 박스에서는 5만 원권 지폐 다발과 낡은 권총 한 정이 나왔다. 윤은 만족한 얼굴이었다.

"돈은 가져도 좋아요. 총은 이리 주세요."

재홍이 권총을 건네자 윤이 약실을 확인한 후 크로스백에 갈무리했다.

윤이 말했다.

"놈의 이름은 드미트리 코실레프. 지금 이 차 트렁크에는 필로폰 20킬로그램이 실려 있어요. 시가로 600억 원에 달하는 엄청난 양이죠. 물론 유통비용과 세탁비용, 여기저기 떼어줄 상납비를 제외해야겠지만."

"당신, 도대체 정체가 뭐예요?"

윤이 답하려는 순간, 뒤따라오던 차가 투싼의 꽁무니를 거칠게 들이받았다. 재홍의 말리부였다. 피투성이가 된 드미트리가 두 사람을 뒤쫓고 있었다. 재홍이 소리를 질렀다.

"저거 내 찬데!"

"차 가지고 왔어요? 고작 걸어서 15분 거리를?"

윤이 타박하자 재홍은 뭐라고 대꾸를 하려다 말았다. 원래는 윤에게 데이트 신청을 할 생각이었다. 스토커 전남편을 쫓아낸 뒤 남산으로 드라이브를 갈 생각이었는데. 뽑은 지 얼마 안 된 새 차를 그녀에게 자랑하고 싶었다. 엊그제 세차하고 왁스까지 먹인 애마였지만, 지금은….

드미트리가 다시 한 번 투싼의 뒤를 들이받았다. 말리부의 보닛이 찌그러지면서 헤드라이트가 떨어져 나갔다. 윤이 말했다.

"꽉 잡아요."

윤은 중앙선을 넘어 투싼의 차체를 미끄러뜨렸다. 맞은편 차선에서 경적과 함께 비명소리가 들렸다. 윤의 투싼이 남긴 스키드마크가 검은 호를 그리며 두 차선을 가로질렀다. 뒤따라오던 차들이 저마다 급브레이크를 밟으며 뒤엉켰다.

드미트리도 윤을 따라 유턴을 했다. 윤은 속도를 높이며 앞을 가로막은 차들을 지그재그로 스쳐 지나갔다. 화물차 짐칸이 투싼의 옆구리를 갉아 먹었다. 쇠가 갈리는 마찰음과 함께 재홍의 눈앞에서 불꽃놀이가 펼쳐졌다.

허공으로 튀어 오른 투싼의 사이드미러가 드미트리의 앞유리를 강타했다. 그 바람에 드미트리의 말리부, 아니. 재홍의 말리부가 가로수를 들이받고 전복되었다. 재홍의 귓가에 금전출납기의 청명한 소리가 들리는 듯 했다.

수리비 엄청 깨지겠구나. 재홍이 눈물을 흘리며 조수석에 늘어져 있는 사이, 윤이 어디론가 전화를 걸었다. 곧 윤의 핸드폰에서 중년 남자의 걸걸한 목소리가 흘러나왔다.

"물건은?"

"접수완료. 그런데 드미트리는 아직 해결이 안 됐어."

"계획이 틀어졌군."

"접선지를 변경해야 될 것 같아. 새로운 장소를 알려줘."

"변경은 없어. 계획대로 해."

남자의 말투는 단호했다. 잠시 망설이던 윤은 이내 마음을 정한 듯 했다. 윤이 말했다.

"좋아. 두 사람을 달고 갈 테니 준비해."

남자가 되물었다.

"두 사람?"

윤은 대답 대신 전화를 끊어버렸다. 그 뒤로는 질의응답 시간이었다. 대부분 재홍이 묻고 윤이 답했다.

윤은 자신이 미합중국 마약수사국, DEA Drug Enforcement Administration의 위장수사관이라고 말했다. 그녀는 지난 몇 년간 블라디보스톡에서 부산항으로 들어오는 마약 운반 루트를 추적하던 중이었다. 윤은 재일교포 장명석이 이끄는 마약 조직의 일원으로 위장 잠입했고, 마침내 그들의 신뢰를 얻는데 성공했다.

사진첩에서 봤던 화상흉터의 남자가 장명석이었군. 재홍은 이제야 알 것 같았다.

윤은 그동안 장명석의 필로폰을 빼돌리기 위해 치밀한 공작을 벌여왔다. 그리고 마침내 러시아 조직의 중간 간부인 드미트리 코실레프를 포섭하는데 성공했다.

그런데 윤의 동료 중에 배신자가 있었다. 결국 필로폰을 빼돌리는데도 실패하고 윤이 장명석의 의심을 받는 상황이 되었다.

작전 실패의 책임은 오롯이 윤의 몫이 되었다. 조직에서 버림받은 윤에게 DEA의 문책은 오히려 부차적인 문제였다. 가장 큰 문제는 장명석과 결탁한 러시아 조직이 그녀를 뒤쫓기 시작했다는 것이다. 윤이 말했다.

"러시아 애들은 내가 자기들을 속였다고 생각해요. 배신자가 내 이름을 밀고했거든요."

"만나서 해명을 하면 되잖아요?"

"내가 DEA수사관이었다는 건 어쩌고요? 이제 이 바닥에서는 아무도 내 말을 안 믿어요."

주된 수요처인 한국에서 책임공방이 계속되자 결국에는 드미트리가 직접 나섰다. 유통망과 대리점을 점검하고 고객들을 안심시키는 게 방문목적이었다.

드미트리의 방한은 윤에게 남은 마지막 기회였다. 드미트리를 유인해 제거하고 그가 가져온 필로폰을 DEA에 넘기면 윤은 사면을 받을 수 있을 거라 생각했다.

윤은 드미트리를 유인하기 위해 재홍을 미끼로 써먹었다. 자신에게 드리운 의혹을 해명하고자 그를 마약수사대 형사로 위장시킨 뒤 드미트리를 불러낸 것이다. 모든 게 함정수사였다고. 자신도 당했을 뿐이라고. 윤은 그렇게 드미트리를 속이려 했다.

POLICE 맨투맨으로? 재홍은 속으로 코웃음을 쳤다. 그가 물었다.

"자살소동은요?"

자살소동은 장명석을 겨냥한 행동이었다. 누가 배신자인지 모르는 상황에서 압박감에 미쳐버린 듯 연기를 했던 것이다. 덕분에 장명석은 그녀가 완전히 폐인이 되어버렸다고 생각했다.

장명석의 셈법은 간단했다. 드미트리가 건너오면 윤이 가장 먼저 제거될 것이다. 윤이 죽은 뒤에는 그녀가 하지 않은 일까지 모두 그녀의 명세서에 달아놓을 게 뻔했다. 그게 장명석의 생존방식이라는 걸 윤은 알고 있었다.

자살소동 덕분에 장명석의 감시에서 벗어난 윤은 작업실에 칩거하며 작전을 준비했다. 자신을 죽이러 올 드미트리를 제거하고 살아남기 위한 마지막 작전.

재홍이 물었다.

"왜 하필 날 끌어들인 거죠?"

"내가 끌어들인 적 없어요. 재홍씨가 먼저 날 따라다녔잖아요?"

"내가 윤이 씨를 따라다녔다고요? 착각이 심하시네요. 난 그냥 살이나 빼려고 달렸을 뿐인데요?"

"날 좋아한다면서요?"

"난 원래 예쁜 사람을 좋아하거든요. 일 년 동안 같이 뛰다 보니 정이 들어서 더 좋아진 것도 있고."

"재홍 씨는 참 알 수 없는 사람이에요."

윤이 깔깔 웃었다. 엘리베이터에서 마주친 뒤로 그녀가 웃는 모습을 본 것이 얼마 만인가. 재홍의 얼굴에도 덩달아 미소가 걸렸다. 웃는 티를 내지 않으려고 창밖을 내다보았다. 도심의 가로등 불빛이 별똥별처럼 스쳐 지나갔다.

윤이 말했다.

"처음에는 귀찮았어요. 평생 5분 이상 달려본 적 없을 것 같던 사람이 갑자기 런닝이라니. 나한테 관심이나 끌어볼까 수작 부리는 줄 알았어요."

재홍은 속으로 뜨끔했지만 겉으로는 내색하지 않았다. 윤도 거기까지는 눈치채지 못한 듯싶었다.

"그런데 그게 일 년 내내 계속될 줄은 몰랐죠. 그때 느꼈어요. 이 사람, 잘 다듬으면 물건이 되겠구나. 재홍 씨는 근성이 있어요. 내가 좋아하는 게 그거죠."

윤은 4호선 사당역 앞에 차를 세웠다. 윤은 사당역 물품 보관함에서 낚시가방을 하나 꺼내왔다. 그녀가 물었다.

"낚시할 줄 알아요?"

"민물낚시 한 번 해보긴 했는데요. 이제 어디로 가는 거예요?"

"시화호."

윤과 재홍은 오이도행 4호선 열차에 올랐다. 드미트리가 쫓아올지도 모른다는 생각에, 재홍은 지하철이 멈출 때마다 몸을 움츠렸다.

반면에 윤은 태평하게 노약자석에 앉아 눈을 감고 있었다. 지팡이를 짚은 노인들이 눈을 흘기며 혀를 차도 윤은 아랑곳하지 않았다. 그녀는 정말로 나쁜 여자였다.

지하철은 한 시간가량 달려 안산역에 도착했다. 윤과 재홍은 택시를 타고 인적이 드문 허름한 창고 근처에 내렸다.

윤이 드미트리의 토카레프를 꺼내며 물었다.

"군대 갔다 왔죠?"

"예비역 병장이긴 한데 권총은 쏴본 적 없어요."

윤은 슬라이드를 뒤로 재껴 약실을 확인한 뒤 재홍에게 토카레프를 건넸다. 윤이 말했다.

"소련제 TT-33이에요. 탄창에 여덟 발 들어있고 안전장치는 없어요. 어차피 못 맞출 테니 어지간하면 쏘지 마세요."

"쏘지도 못하게 할 거면서 왜 주는 거예요?"

"약쟁이들이랑 맨손으로 맞서고 싶어요?"

재홍이 도리질 쳤다. 윤은 어깨에 낚시가방을 둘러맸다. 필로폰과 주사바늘이 든 가방은 재홍에게 들게 했다. 창고를 가리키며 윤이 말했다.

"뺨에 화상흉터가 있는 남자가 있을 거예요. 그 사람이 장명석이에요. 한반도 최대의 마약상이죠. 김정은을 빼면요. 창고에 들어가서 장명석한테 가방을 건네주고 나오세요. 그럼 재홍씨도, 나도 자유예요."

"윤이 씨는요?"

"난 여기서 드미트리를 막아야죠."

윤의 낚시가방 안에는 엽총 한 자루가 들어있었다. 능숙하게 장전하는 윤의 모습은 잘 훈련된 군인 같았다. 윤이 손바닥으로 재홍의 어깨를 쳤다. 턱짓으로 창고를 가리키며 눈을 흘겼다.

재홍은 어쩔 수 없다는 듯 창고 방향으로 걸음을 옮겼다. 어깨 너머로 윤의 목소리가 들려왔다.

"참, 장명석은 소문난 사디스트예요. 걸핏하면 주머니칼로 얼굴을 그어대니까 조심하세요. 재홍씨처럼 곱상하게 생긴 남자를 특히 좋아하더라고요. 그러니까 그 사람 앞에서는 절대로 나약한 모습을 보이지 말아요."

그러고 보니 드미트리의 얼굴에도 종횡으로 칼자국이 나있었다. 재홍은 속으로 투덜대며 말없이 창고 문을 열고 들어갔다. 지금 이 상황이 죽도록 싫었지만 드미트리와 대면하는 건 죽기보다 더 싫었다. 재홍은 윤의 경고를 곱씹으며 최대한 남자답게 굴어야겠다고 다짐했다.

창고 안에는 험악한 인상의 사내 둘이 기다렸다. 뒤편에는 그들이 타고 온 코란도 스포츠가 주차되어 있었다. 청바지와 가죽재킷 차림의 중년남자가 앞으로 걸어 나왔다. 어둑어둑한 조명 아래에서 남자의 화상흉터가 징그럽게 꿈틀거렸다. 아마도 미소 짓는 것이었으리라. 그가 바로 장명석이었다.

장명석이 짧게 물었다.

"윤은?"

거칠고 탁한 목소리. 차 안에서 윤과 통화했던 그 남자가 분명했다. 재홍은 윤의 경고를 되새기며 최대한 낮은 톤으로 대답했다.

"밖에."

"물건은?"

재홍이 장명석의 발치에 가방을 던졌다. 장명석이 손짓을 하자 곁에 있던 똘마니가 가방을 열어 물건을 살펴보았다. 똘마니가 장명석을 향해 고개를 끄덕여 보였다.

"맞습니다."

"무게를 달아봐."

똘마니는 장명석의 지시대로 저울에 필로폰을 올려놓았다.

"5킬로그램 모자랍니다."

순간 장명석의 눈빛이 묘한 살기로 이글거렸다. 쏘아보는 것만으로도 사람을 태워버릴 것 같았다. 재홍은 자기도 모르게 눈을 내리깔고 헛기침했다. 무슨 말이든 해야 할 것 같았지만 무슨 말을 해야 할지 생각이 나질 않았다.

한편으론 의구심이 들었다. 윤이 또 한 번 자신을 속였을지도 모른다는 생각. 장명석은 어느새 재홍의 코앞까지 다가와 담배 연기를 내뿜었다. 재홍의 등 뒤에서 창고 문을 걸어 잠근 똘마니가 사시미 칼을 빼들었다. 겁에 질린 재홍이 장명석을 향해 토카레프를 겨누었다. 떨리는 목소리로, 재홍이 외쳤다.

"가… 가까이 오지마!"

장명석은 신속한 동작으로 재홍의 총을 빼앗고 팔을 꺾어 제압했다. 물고 있던 담배로 바닥에 엎어진 재홍의 손등을 지졌다. 살이 타는 냄새와 함께 격렬한 통증이 찾아왔다. 재홍이 새된 비명을 질렀다. 장명석이 주머니칼로 재홍의 눈꺼풀을 지그시 누르며 말했다.

"나머지는 어디로 빼돌렸냐? 고윤은 어디 있지?"

"몰라요. 난 그 여자를 잘 알지도 못해요."

장명석의 칼끝에 힘이 들어갔다. 그가 조금만 더 힘을 주면 눈알이 터져버릴지도 모른다고, 재홍은 생각했다.

벌벌 떠는 재홍에게 장명석이 물었다.

"두 번 안 묻는다. 윤은 어디 있어?"

"창고 밖에요. 엽총을 가지고 있어요. 그걸로 러시아 놈을 쏴죽이겠다고 했어요."

장명석은 재홍의 말을 믿지 않는 눈치였다. 장명석이 다시 한번 윽박질렀다.

"눈알을 빼서 입에 넣어줄까? 평생 장님으로 살고 싶어?"

그때였다. 창고 밖에서 노크 소리가 들렸다. 밖을 내다본 똘마니가 자물쇠를 풀고 문을 열어주었다. 근육질의 거인이 창고 안으로 들어섰다. 드미트리였다.

드미트리가 차 키를 던지자 똘마니가 받았다. 그제야 재홍도 상황을 인지할 수 있었다.

내가 또 속았구나. 윤이 씨는 필로폰 5킬로그램을 가지고 도망친 거야. 필로폰 20킬로그램이 600억 정도 한다고 했으니, 5킬로그램이면 평생 호의호식할 수 있을 것이다. 분한 마음에 눈물이 흘렀다. DEA니 함정수사니 모두 거짓말이었다. 윤에게는 그저 순진한 미끼가 필요했을 뿐이다. 지금쯤 그녀는 두 번이나 속아 넘어간 그를 얼마나 비웃고 있을까?

드미트리가 장명석에게 다가가 악수를 했다. 똘마니가 보는 앞이라 애정표현을 삼가는 것이라고, 재홍은 생각했다. 윤의 스크랩북을 본 재홍은 이미 두 사람의 관계를 알고 있었기 때문이다.

드미트리가 바닥에 엎어진 재홍을 가리키며 말했다.

"Мужчина является полицейским в полицейском участке Bangbae. (방배경찰서 마약담당 형사야.)"

장명석이 코웃음을 쳤다.

"그 여자가 제법 잔머리를 굴렸군."

드미트리도 이제는 재홍이 알아들을 수 있는 언어로 말했다.

"고윤이 거래를 하자며 불러냈는데 알고 보니 나를 죽이려는 함정이었어. 경찰까지 끌어들이고 말이야. 우릴 엿 먹이고 이걸 독차지할 속셈이었던 거야."

드미트리가 발끝으로 가방을 걷어찼다. 고순도 필로폰 15킬로그램이 풀썩대는 소리를 냈다. 재홍이 손사래를 쳤다.

"저 경찰 아니에요. 그냥 회사원인데요."

장명석과 드미트리의 표정이 한결 험악해졌다.

"회사? 국정원이냐?"

재홍은 억울해서 눈물이 나올 것만 같았다. 지켜보던 똘마니가 끼어들었다.

"일단은 여길 뜨시죠. 이놈은 제가 처리하겠습니다."

장명석이 고개를 끄덕이자 똘마니가 재홍의 머리채를 잡아 끌어당겼다. 똘마니가 사시미칼로 재홍의 동맥을 찌르려는 찰나, 누군가 두꺼비집을 내린 듯 창고의 불이 일제히 꺼졌다.

"손님이 온 모양이군."

드미트리는 손가락 관절을 꺾어 위압적인 소리를 내며 창고 문으로 다가갔다. 드미트리가 창고 문을 열어젖히는 순간, 천둥 같은 총성과 함께 러시아인의 거대한 몸뚱이가 뒤로 나가떨어졌다. 윤이었다.

똘마니가 사시미 칼을 휘두르며 윤을 향해 달려들었다. 윤의 엽총이 다시 한 번 불을 뿜었다. 똘마니의 뇌수와 머리 파편이 허공으로 치솟았다.

장명석이 코란도의 헤드라이트를 켰다. 창고의 어둠이 밤 하늘로 달아났다. 이제는 재홍도 피를 뒤집어쓴 윤의 굳게 다문 입술과 냉혹한 눈빛을 볼 수 있었다.

장명석이 윤을 향해 토카레프를 겨누었다. 물론 재홍에게서 빼앗은 총이었다. 장명석이 이죽대며 말했다.

"두 발을 다 쐈으니 그 총은 이제 비었겠군."

윤이 한심하다는 듯 재홍을 째려보았다.

"그걸 또 뺏겼어요?"

"미안해요."

재홍은 어쩔 수 없었다는 듯 울상을 지었다. 윤은 들고 있던 엽총을 바닥에 내려놓았다. 장명석이 다가오라는 손짓을 하자 윤이 느린 걸음으로 지시를 따랐다. 윤이 두어 걸음 앞에 이르자 장명석이 그녀의 미간에 총을 겨누며 제지했다.

"멈춰."

"이럴 필요 없어. 당신이 원하던 걸 다 가졌잖아? 이제 이 땅에는 당신과 드미트리의 관계를 아는 사람도 없고, 당신만큼 많은 물량을 확보한 공급자도 없어. 그러니 이제 그만 우릴 보내줘."

"우리?"

"나랑 이 남자."

윤이 재홍을 부축해 일으켜 세웠다. 재홍은 그녀의 몸에서 비릿한 쇠 냄새를 맡을 수 있었다. 윤의 옷을 붉게 물들인 피는 똘마니와 드미트리의 것이었다.

그녀의 잘록한 허리께에서 만져지는 물컹하고 끈적한 것

이 러시아인의 뇌수라 생각하니 구역질이 났다. 재홍은 재빨리 윤에게서 몸을 떼고 일어섰다.

장명석이 키득대며 웃었다.

"천하의 고윤이 사랑에 빠지셨나?"

"부탁이야. 나는 네가 원하는 걸 모두 가져다줬어. 약을 가로챘고, 네가 죽이고 싶어 하던 애인도 해치웠어. 그러니 너도 약속 지켜."

장명석이 탁한 목소리로 껄껄 웃었다.

"내 부하의 머리통도 날려버렸지. 그건 약속에 없었잖아? 그걸 보니 지우고 싶은 게 하나 더 생겼지 뭐야? 나와 드미트리의 관계를 아는 사람은 이제 너뿐이잖아?"

윤이 말했다.

"평생 입 다물고 살게. 그러니 그 총 치워."

재홍이 윤을 거들어 애걸했다.

"윤이 씨 말이 맞아요. 작업실이 폭발할 때 사진도 전부 불타 없어졌으니, 우리 두 사람만 입 다물면…"

재홍은 말을 채 끝마치지 못하고 고통스런 신음을 삼켰다. 윤이 뒤꿈치로 재홍의 발등을 꾹 밟았던 것이다. 아차 싶었지만 이미 늦었다. 잠시 생각에 잠겨있던 장명석이 물었다.

"너희들, 나를 미행해 사진을 찍었나? 그럼 더더욱 살려둘 수 없겠군."

장명석이 방아쇠를 당겼다. 빈 공이 치는 소리가 창고에 울려 퍼졌다. 그와 동시에 윤이 재빨리 손을 놀렸다. 장명석의 팔뚝에는 어느새 굵은 주사바늘이 꽂혀 있었다. 고순도 필로폰이었다.

당황하는 장명석에게, 윤이 말했다.

"내가 잘 알지도 못하는 애송이한테 장전한 총을 줬을 것 같아?"

재홍은 윤을 바라보며 서운한 표정을 지어보였다.

장명석이 비틀거리며 주저앉았다. 약기운이 돌기 시작하자 통제력을 잃은 것이다.

"너… 네가 감히…."

장명석은 채 말을 마치기도 전에 창고 바닥에 쓰러져 거품을 물기 시작했다. 긴장이 풀린 재홍도 무릎을 꿇고 주저앉았다. 귓가에 윤의 목소리가 들리는 듯 했다.

"재홍 씨도 이제 좀 쉬어요."

재홍은 그대로 정신을 잃고 말았다.

다음 날 아침. 재홍은 자신의 침대에서 눈을 떴다. 해는 이미 중천이었고 핸드폰에는 회사에서 그를 찾는 부재중전화와 문자메시지가 대여섯 통 남아 있었다.

팀장에게 전화해 연차를 쓰기로 했다. 과음한 탓에 늦잠을 잤다고 대충 둘러댔다. 냉장고에 남은 음식을 덥혀 먹고 하루 종일 침대에 누워 죽은 듯이 잤다.

어제 있었던 일들은 현실이 아닌 것 같았다. 지독한 악몽이었을까? 기억나는 장면이라곤 엽총을 든 고윤의 모습, 그리고 그녀에게서 풍기던 피 냄새뿐이었다.

문득 떠오르는 게 있어 지갑을 열어보았다. 어젯밤 윤의 작업실에서 가져온 사진이 거기에 있었다. 홀딱 젖은 윤이 권총을 치켜든 채 활짝 웃고 있었다. 재홍도 이제는 그 총을 알아볼 수 있었다. 소련제 토카레프, TT-33이었다.

저녁 7시에 산책로로 나갔다. 운동복 차림의 윤이 재홍을 기다리고 있었다. 재홍이 윤에게 폴라로이드 사진을 건네며 말했다.

"커피 한잔 할래요?"

윤은 라이터를 꺼내 재홍이 건넨 사진을 태우며 대답했다.

"기다리고 있었어요."

두 사람은 카페로 자리를 옮겼다. 커피 두 잔을 시킨 윤은 묻지도 않은 진실을 털어놓기 시작했다.

"나는 DEA 요원도 아니고 살인청부업자도 아니에요."

윤은 장명석의 동업자였다. 그녀는 야심에 찬 장명석이 반드시 자신을 배신할 거라고 생각했다. 그래서 역으로 장명석의 뒤를 캤던 것이다. 몇 달간 장명석을 뒤쫓던 윤은 우연히 그의 약점이자 권력의 원천을 알게 되었다. 러시아산 마약의 독점 공급책이던 드미트리와 장명석이 동성 연인 관계였던 것이다.

"대비책이 필요했어요. 내가 장명석과 대립하게 되면 드미트리가 내 편을 들 가능성은 없었으니까요."

전쟁이 벌어지면 드미트리의 러시아 조직이 등을 돌릴 것이다. 윤이 공급처를 잃게 된다면 그녀를 지지하던 세력도 장명석 쪽으로 돌아설 게 뻔했다. 뒤를 봐줄 세력이 없다는 건 정글 같은 암흑가에서는 곧 사형선고나 다름없었다.

그래서 윤은 자살소동을 계획했다. 정신이상으로 위장해 몸담고 있던 조직에서 빠져나오려 했다. 물론 장명석이 윤을 순순히 놔줄 리 없었다. 눈치 빠른 장명석은 윤에게 뭔가 다른 꿍꿍이가 있다는 사실을 알아차렸던 것이다.

결국 윤은 장명석과 거래를 하기로 했다. 장명석이 내세운 조건은 간단했다. 드미트리에게 물건을 받은 뒤, 그를 제거할 것. 그 대가로 윤은 조직을 떠날 자유를 얻게 될 터였다.

장명석은 드미트리를 죽여야만 하는 이유를 말해주지 않았지만 윤은 이미 알고 있었다. 장명석은 오랜 연인이자 마약 공급자인 드미트리를 배신하고 모든 책임을 윤에게 뒤집어씌울 작정이었던 것이다. 그래서 그녀가 선수를 쳤다.

재홍이 물었다.

"그럼… 드미트리가 전남편은 아닌 거죠?"

"난 결혼한 적 없어요."

"친정엄마가 애를 키워준다는 것도?"

"거짓말이에요."

"윤이 씨가 내게 했던 말 중에 진실은 하나도 없었군요. 결국 모든 게 거짓말이었잖아요."

풀이 죽은 재홍이 어깨를 축 늘어뜨렸다. 윤이 재홍의 손등을 토닥였다. 그녀의 손은 따뜻하고 부드러웠다. 봄볕에 서리가 녹듯, 무겁고 눅눅했던 재홍의 마음이 점차 뽀송뽀송해지는 기분이었다.

윤이 말했다.

"지금이라도 솔직해질까 해요. 사실 나, 서른네 살 아니에요."

재홍이 활짝 웃으며 그럴 줄 알았다는 듯 고개를 끄덕였다. 재홍이 윤에게 장난스런 삿대질을 하며 말했다.

"그럼 그렇지. 나한테 오빠라고 부르기 싫어서 거짓말했던 거죠?"

윤이 고개를 흔들었다.

"저 83년생 돼지띠예요. 젊어 보이고 싶어서 구라 쳤어요. 미안해요."

재홍은 윤이 들려준 이야기의 어디까지가 진실인지, 어디까지 믿어야 할지 알 수가 없어 울상을 지었다. 한 가지만은 확실했다. 토카레프도, 투싼도 윤의 것이 분명했다. 글러브 박스에 총이 있다는 사실을 그녀가 어떻게 알았겠는가?

어쩌면 마약 공급책은 드미트리가 아니라 윤이었을지도 모른다고, 재홍은 생각했다.

며칠 뒤 재홍의 집으로 택배가 배송되었다. 박스가 워낙 커서 냉장고라도 들어있는 것 같았다. 발신자는 윤이었다. 재홍은 그녀에게 전화를 걸었다.

"이건 또 뭡니까?"

윤이 별일 아니라는 듯 대답했다.

"지난번에 약속했잖아요. 작품 하나 주겠다고."

재홍은 택배 포장을 뜯어보았다. 해부실습용 인체모형이 물구나무를 서고 있었다.

"작품이 잘 나왔네요. 이거 뭘로 만든 거예요? 생각보다 엄청 무거운데요?"

재홍의 질문에 윤이 밝게 대답했다.

"내가 안에다 뭘 좀 채웠거든요."

재홍은 토르소 뒷면의 덮개를 열어보았다. 작품 내부에는 600억원 어치 필로폰이 가득 들어 있었다.

윤이 말했다.

"물건 필요할 때 가끔 찾으러 가도 되죠? 사당역 물품 보관함이 뭘 쌓아두기에는 별로 좋은 장소가 아니라서요."

"저기요, 선생님. 작품만 받겠다고 했지 내용물을 보관해 주겠단 말은…"

"뭐라고요? 잠깐만요."

수화기 너머로 파열음과 뼈 부러지는 소리, 웬 남자의 비명소리가 들렸다. 곧이어 윤의 목소리가 들려왔다. 격한 운동이라도 하고 있는지 숨소리가 가빴다.

"미안해요. 내가 요즘 자잘한 데 신경 쓸 경황이 없어서. 부탁 좀 할게요."

윤은 일방적으로 전화를 끊어버렸다. 재홍은 현관 앞에 쌓여있는 15킬로그램의 필로폰과 아름다운 조각상을 한동안 멍하니 바라보았다. 어쩐지 앞으로는 윤과 자주 보는 사이가 될 것 같았다. 웃어야 할지 울어야 할지 감이 오지 않았다.

작가 후기

    지하철에 대한 단편소설을 써달라는 의뢰를 받았을 때는 내심 기뻤다. 30대에 이미 지하철 누적 탑승 시간 1만 시간을 달성하고, 1만 시간의 법칙에 따라 지하철 전문가가 되어버린 나에게는 더없이 친숙한 소재였기 때문이다.

    처음에는 지하철 내부에서 벌어지는 소동극을 쓰려고 했다. 그러나 다른 작가님이 이미 시놉시스를 쓰셨다는 첩보를 입수했다. 나는 동업자 정신이 강한 사람이기 때문에, 가능한 소재가 겹치지 않도록 고심을 많이 했다.

    다른 소재를 찾다 보니 9호선 고속터미널역의 물품 보관함이 떠올랐다. 스릴러 작가인 내가 물품 보관함으로 어떤 소설을 쓸 수 있을까? 그 안에 위험한 물건을 보관하는 킬러들이 있다면? 그래. 그걸 쓰기로 했다.

    몇 년 전 국제도서전에 갔더니 관람객의 대부분이 여성이었다. 그래서 이 작품에도 여성 캐릭터를 주인공으로 내세웠다. 내가 뭐 이념이나 가치관에 따라 글을 쓰는 사람은 아닌데, 그래도 주요 고객이 여성이라면 여주인공이 나오는 소설을 선호하지 않을까?

    그렇게 정해졌다. 지하철에 마약을 보관하는 여성 킬러의 활극. 두어 달을 열심히 썼다. 모르긴 해도 편집부에 보낸 초고는 내가 제일 빨랐을 거다.

이 모든 게 2020년에 있었던 일이다. 자초지종은 모르겠지만 지하철 앤솔로지는 상당히 지연되었다. 그렇게 2년여가 지난 뒤에야 여러분께 이 작품을 소개하게 되었다.

아무튼 재미있는 글을 쓰고 싶었다. 요즘 원자재 가격 상승 때문에 책값이 비싸졌다는데, 돈값은 하는 작품이길 바란다.(환불 문의는 받지 않습니다.)

놈담의 세계_김선민

요란스러운 스트릿 패션을 갖춘 턱수염을 기른 남자가 자정이 넘은 시간에 지하철역 앞을 얼쩡거렸다. 그가 주변을 쭉 둘러보더니 가방에서 라이브용 촬영 장비를 꺼내기 시작했다. 핸드폰에 미니 조명과 마이크를 장착하고 셀카봉 같은 막대기를 손에 들었다.

"잘 되나?"

남자는 핸드폰 카메라를 향해 손을 흔들면서 화면이 잘 나오는지 시험해봤다. 그리고는 방송을 시작했다. 어느새 구독자들이 채널로 몰려들어 왔다. 남자가 카메라를 보며 과장된 목소리로 외쳤다.

"안녕하세요 구독자 여러분! 못 죽어서 사는 남자! 짱규철입니다! 오늘은 저번 주에 예고 드렸던 것처럼 신당 유령역 고스트 투어를 해보도록 하겠습니다! 같이 가보시죠."

규철은 카메라 방향을 돌리고 지하철 안으로 들어가는 모습을 라이브로 촬영했다. 막차가 올 시간이라 역사 안에 사람들이 거의 없었다. 그는 카메라를 보며 목소리를 낮추고 속삭였다.

"평일이라서 그런지 별로 사람들이 없네요. 주변을 좀 더 둘러보겠습니다."

규철이 지하철역 의자에 앉아 취해서 졸고 있는 사람을 비췄다. 그는 다시 목소리를 낮추며 말했다.

"자, 신당역은 사실 뭐 특별할 게 없습니다. 환승역인 거 말고는 사실 올 일이 별로 없죠. 떡볶이 정도나 먹으려고 오려나. 자자, 그보다 중요한 건 이 밑에 있는 폐쇄된 유령역 아니겠습니까. 구독자님들께서 기대하시던 유령역으로 가보도록 하겠습니다."

규철은 자리를 옮겨서 주변 역무원들이 있는지 없는지를 살피다가 역사 구석에 있는 철문 쪽으로 다가갔다.

"여기가 바로 신당역 밑에 있는 유령역으로 가는 길입니다. 다른 유령역은 개방이 됐는데, 여기만 왜 그런지 모르겠는데 계속 폐쇄되어 있어요. 못 죽어서 사는 남자가 오늘 한 번 이쪽으로 유령역의 비밀을 파헤쳐보도록 하겠습니다."

규철이 문 앞에 서서 주머니에 동전을 꺼내 문 위쪽에 있는 걸쇠를 돌려서 열었다. 규철은 천천히 문을 열고 안쪽으로 들어갔다. 안쪽에서 오래된 지하의 곰팡이 냄새가 확 풍겨왔다. 눅눅하고 기분 나쁜 습기가 규철의 얼굴을 휘감듯 몰려왔다. 그가 라이트를 켠 카메라로 지하로 내려가는 길 이곳저곳을 비추며 말했다.

"구독자님들께서는 못 느끼실 텐데 여기 지금 분위기가 장난 아니에요. 개무섭습니다. 그때 갔던 정신병원 저리가 라에요. 아, 지릴 것 같습니다."

규철은 다소 과장된 목소리로 멘트를 치며 지하로 내려 갔다. 아래쪽에 또 다른 철문이 나왔다. 문은 잠겨 있지 않 아 열고 안으로 들어갈 수 있었다. 들어가자마자 차가운 공 기가 규철의 얼굴을 훑고 지나갔다. 그가 카메라에 대고 말 했다.

"싸늘합니다. 지하라서 그런 건가. 추워요. 지금 보여요? 팔뚝에 닭살 돋은 거. 미쳤다. 진짜."

그는 조심스럽게 안쪽으로 들어갔다. 곧 폐쇄된 지하철 역 플랫폼이 나왔다. 공사가 진행되다가 말아서 플랫폼은 흉물스러운 콘크리트 더미를 그대로 드러내고 있었다. 규철 이 유령역 여기저기를 비췄다. 그러더니 신당역 표지판이 있는 곳을 찾았다.

"와, 쩐다. 여기 보시면 신당역 표지판이 있어요. 여기가 원래 2호선, 6호선, 10호선 교차 환승역으로 만들어지려고 했던 곳인데 결국 공사가 중단돼서 여기는 지금 유령역으로 방치된 거예요. 자, 근데. 제가 여기를 왜 왔냐. 흔하디 흔한 귀신 이야기 때문에 왔냐. 아니죠. 저희 채널에 한 가지 제보 가 들어왔습니다."

그가 폐쇄 플랫폼 이곳저곳을 비추며 말했다.

"moonshadow님이 댓글로 달아주셨어요. 신당역 유령역에 가면 거기에 막차가 들어오는데 그거 타면 다른 차원으로 갈 수 있다는 내용입니다. 황당하죠? 하지만 못 죽어서 사는 남자! 짱규철이! 이 제보를 확인하려고 이렇게 직접 왔습니다!"

그가 카메라로 차고 있는 시계를 비췄다.

"신당역 2호선 막차가 딱 1시 4분이거든요. 지금이 딱 1시 2분이니까. 2분만 있으면 제보해주신 대로 다른 차원으로 갈 수 있는 막차가 올 겁니다. 자, 우리 구독자 여러분들과 함께 기다려보겠습니다."

규철은 시계를 보며 1시 4분이 될 때까지 기다렸다. 전자시계의 숫자가 3에서 4로 바뀌었다. 하지만 플랫폼에서 지하철이 오는 소리는 들리지 않았다. 규철이 카메라를 보며 고개를 갸웃했다.

"아, 이럴수가. 제보가 잘못된 걸까요. 막차가 들어오지 않고 있습니다. 2호선 말고 다른 환승 호선 막차가 1시 10분까지 있으니까 조금만 더 기다려보도록 하겠습니다."

규철은 핸드폰을 틀고 방송에 구독자들이 올리는 댓글들을 보며 여러 드립을 치고 맞장구를 쳤다. 그때였다. 갑자기 댓글창이 난리가 났다.

"어? 뭐야? 왜?"

반응이 이상해서 뒤를 돌아보니 어느새 지하철이 한 대

플랫폼에 선 것이었다. 시계를 보니 1시 10분이었다. 처음에는 차량기지로 가는 건가 싶었는데 불이 모두 켜져 있는 것을 보니 꼭 그렇지는 않은 것 같았다.

뭐야, 저거? 제보 진짜야? 설마 진짜 다른 차원으로 가는 건 아니겠지? 머뭇거리는 규철에게 구독자들이 댓글로 난리를 쳤다. 빨리 타서 어디로 가는 차인지, 정말 다른 차원으로 가는 게 맞는지 확인해 보라는 거였다. 규철은 고민을 하다가 잘못하면 구독자가 죄다 떨어지겠다 싶어서 일단 차량에 탑승했다. 그가 카메라를 보고 살짝 긴장한 목소리로 말했다.

"후우. 여러분. 제가 일단 차량에 올라탔습니다. 제 생각에는 차량기지로 가는 것 같긴 한데. 워워. 왜요. 왜요. 쫄긴 제가 뭘 쫄아요. 절대 그런 거 아니고요. 호옥시라도 차량기지로 가는 차량이다 그러면 쫓아오는 공익이랑 한 판 뜨고 바로 도망치도록 하겠다. 이 얘기였습니다."

규철은 카메라를 돌려서 지하철 내부를 비춰봤다. 그는 내부를 보면서 고개를 갸웃했다.

"지하철 의자가 이런 색이 있었나?"

그러자 구독자들 역시 댓글을 마구 달기 시작했다. 처음 보는 색이다. 이런 거 본 적 있다. 아니다. 다른 차원의 지하철이다 부터 별별 이야기들이 마구 올라왔다. 그때였다. 갑자기 핸드폰의 화면이 일렁였다.

"뭐야? 왜 이래 이거."

그가 핸드폰을 툭툭 쳤다. 하지만 이내 화면이 일렁이더니 어느새 라이브 접속이 끊어져 버리고 말았다. 규철은 장비에서 핸드폰을 떼어내고 화면을 확인했다.

"빌어먹을. 바꾼 지 얼마 되지도 않았는데 왜 갑자기 뻑나냐."

기껏 환송차량까지 탔는데 갑자기 접속이 끊겨버리니 라이브 한 의미가 없었다. 어쩔 수 없이 그는 다시 카메라를 켜고 녹화했다. 어쩔 수 없이 나중에 편집 분량만 올려야 할 것 같았다.

"아아. 여러분 갑자기 접속이 끊어져서 여기서부터는 녹화 분량을 올리도록 하겠습니다. 보이시나요. 차량에는 저뿐이고 어두운 곳을 지나 어딘가로 가고 있습니다. 제보에서 나온 것처럼 다른 차원으로 가는 걸까요? 아직 뭐가 뭔지는 알 수가 없습니다."

그가 한창을 떠들었지만 지하철은 멈추지 않고 캄캄한 터널을 쭉 지나갔다. 규철은 아무도 없는 지하철 차량에 혼자만 있으니 기분이 뭔가 이상했다.

아 씨. 괜히 쫄리네. 고스트 투어 기획은 괜히 해가지고. 여름이니까 납량특집처럼 몇 개 찍어서 올리면 괜찮겠다 싶어서 올렸는데 생각보다 반응이 꽤 좋았다. 구독자가 늘어난 것을 보고 더 센 거 가보면 좋겠다 싶어서 귀신 나오는 폐가도 가보고 병원도 가봤는데 마지막으로 고른 지하철역에서 이런 일이 생길지 몰랐다. 그런데 그때였다.

지하철 내부의 형광등이 갑자기 타오를 듯 빛이 강해지더니, 곧 깜박거리기 시작했다. 규철이 카메라를 들고 이 모습도 다 찍었다.

"뭐, 뭐야. 여러분들. 보이시죠. 뭔가 이상한 일이 벌어지고 있습니다. 뭐야. 이거."

속으로는 차량기지에 거의 다 와서 불을 끄려나보다 싶었다. 그런데 이렇게 호들갑을 떨어줘야 구독자들이 좋아하니 규철은 지하철 곳곳을 오가며 형광등이 깜박거리는 모습을 이리저리 찍었다. 그러더니 형광등 불빛이 붉게 빛났다가 파랗게 빛났다가를 반복했다. 영상을 찍던 규철도 이쯤되자 뭔가 이상한 걸 느꼈다. 그때 갑자기 형광등에 불이 완전히 나가서 차량이 완전히 어둠에 잠겼다. 규철은 놀라서 핸드폰 라이트를 켜서 이곳저곳을 비췄다.

뭐가 어떻게 된 거야? 차량기지에 도착했나 싶었는데 창밖을 비췄지만 아무것도 보이지 않았다. 규철은 괜히 덜컥 겁이 났다. 그는 카메라를 보며 되도 않는 말들을 떠들어댔다. 그때였다. 갑자기 형광등은 물론 창 밖에서도 환한 빛이 쏟아져 들어왔다. 눈을 제대로 뜰 수 없을 만큼 강한 빛이 차량 전체를 감쌌다.

그는 본능적으로 빛을 피하기 위해 바닥에 엎드려 몸을 웅크렸다. 각막을 태울 것 같은 엄청난 빛이 규철은 물론 차량 전체를 휘감았다.

"어?"

규철이 정신을 차리고 일어나보니 어느새 지하철 좌석에 앉아 있었다. 그가 급하게 자리에서 일어나 주변을 둘러봤다. 자신이 탔던 지하철 차량 그대로였다.

미친, 여기서 그대로 잠든 건가. 마침 차량 문이 열리고 사람들이 밀고 들어오기 시작했다. 잠에서 덜 깬 규철은 우왕좌왕하다가 밀려들어오는 사람들에게 휩쓸려 내리지 못했다. 어쩔 수 없이 다음 역에서 내려야겠다 생각하고 있었는데 그는 지하철을 탄 사람들을 보다가 뭔가 이상한 걸 발견했다.

왜 사람들이 다 마스크를 쓰고 있지? 지하철을 탄 사람들이 하나도 빠짐없이 모두 마스크를 쓰고 있는 것이었다. 그러고는 몇몇 사람들이 자꾸 규철을 힐끔힐끔 봤다. 그러더니 앞에 있던 아줌마가 규철을 향해 높은 목소리로 소리쳤다.

"이봐요! 왜 마스크 안 써요!"

규철은 갑자기 마스크를 쓰라고 소리 지르는 아주머니의 고함에 깜짝 놀랐다.

"저, 저요?"

"그럼 여기 지금 마스크 안 쓴 사람 아저씨 말고 또 있어요!"

아주머니의 뾰족한 고함 소리에 규철은 당황했다. 마스크를 안 썼다고 이렇게 화를 내는 경우는 또 처음이었다. 그런데 더 놀란 것은 다른 사람들 역시 그런 아주머니의 반응을 아주 당연하다는 듯이 받아들이고 있다는 것이었다.

지하철이 다음 역에서 멈추자 규철은 사람들을 헤집고 부랴부랴 내렸다. 그런데 지하철을 타려고 기다리고 있던 사람들 역시 모두 마스크를 쓰고 있었다. 역시나 마스크를 쓰지 않은 규철을 이상하다는 눈빛으로 쳐다보며 지나갔다. 규철은 당황하며 사람들의 시선을 피했다. 그러고는 구석에 있는 벤치에 앉아 핸드폰을 켰다.

"애는 또 왜 이래."

핸드폰은 켜지는데 기지국을 제대로 잡지 못하고 있었다. 서울 바닥에서 통신망이 안 터지는 곳이 있을 거라고는 상상도 못했다. 규철은 와이파이를 켜서 연결했다. 다행히 와이파이는 잡혔다. 그런데 뭔가 이상했다.

"뭐야? 왜 야후 앱이 접속이 안 돼. 서버 터졌나?"

야후는 물론이고 엠파스 앱도 이상했다. 자꾸 처음 보는 구글이라는 외국 사이트로 접속이 됐다. 규철은 이상하다 싶어서 우선 자신이 있는 역이 어딘지부터 확인했다.

"청구역이 왜 여깄어. 그건 5호선인데."

규철은 일어나서 지하철 역 안에 있는 노선도를 확인했다. 그때 뭔가 이상한 걸 발견했다.

"호선 표시 색깔이 왜 이래? 라인이 잘못된 거 아냐?"

한 번도 본 적 없는 황토색 라인이 신당을 거쳐서 쭉 이어져 있었다. 규철은 황당하다는 표정을 지었다.

"서울에 6호선이 어딨어. 10호선이 있어야지. 이게 무슨…?"

그는 황당하다는 표정을 짓고 주변을 살폈다. 청구역이 6호선과 5호선 환승역으로 표시되어 있었다. 규철은 믿을 수 없다는 표정으로 주변을 둘러봤다. 그가 알고 있는 청구역은 5호선만 지나다니는 곳이었다.

뭐가 어떻게 된 거야. 질 나쁜 몰카에 당하는 기분이었다. 그는 마스크 낀 사람들 사이를 헤집고 급하게 역사 위쪽으로 뛰어 올라갔다. 그러던 중 역내 매점 신문 가판대가 눈에 띄었다. 규철은 가판대 앞으로 달려가 잡지와 신문들을 살펴봤다. 신문 헤드라인을 본 규철은 황당하다는 표정을 지었다.

"이게 뭐야? 미국 대통령이 왜 이 사람이야? 코미디야?"

점점 더 질 나쁜 농담으로 변하고 있었다. 규철은 급하게 신문을 펼쳐서 읽었다. 신문에는 온통 처음 듣는 바이러스 이름으로 도배가 되어 있었다. 자세한 내용은 알 수 없었지만 뭔가 엄청난 전염병이 전 세계를 강타했다는 내용인 것 같았다. 모든 신문이 똑같이 중국은 물론 미국, 유럽까지 전 세계적으로 사망자가 늘어나고 있다는 기사를 쏟아냈다. 규철은 신문을 보며 식은 땀을 흘렸다.

"도대체 이게 뭔."

그때 매점 아주머니가 규철을 향해 외쳤다.

"아니, 총각. 신문을 사서 봐야지. 서서 보면 어떻게. 아이고! 마스크도 안하고 있고!"

또 마스크 타령이었다. 규철은 아주머니에게 신문 값을 치르기 위해 주머니에서 동전을 꺼냈다. 동전을 건네니 아주머니가 소리를 빽 질렀다.

"총각! 못 쓰는 돈을 주면 어떡해!"

"예? 뭐가 못 쓰는 돈이에요."

"이거 뭐야. 200원짜리 동전이 어딨어."

"200원짜리 동전이 왜요. 뭐가요."

"이 총각이 지금 무슨 소리 하는 거야."

규철은 머리가 어질어질했다. 200원짜리 동전을 어제도 쓰고 그제도 썼는데 못 쓰는 돈이라는 말을 들으니 이해할 수가 없었다. 결국 카드를 꺼내서 결제하려고 했는데 카드기가 문제 있는지 카드도 안 긁혔다. 규철은 신문을 사지 못하고 매점에서 나와야 했다.

도대체 뭐가 어떻게 된 거냐. 일단 여기서 나가서 집으로 가야겠다고 생각한 규철은 자리에서 일어났다. 그런데 그때 지하철 순찰대 몇 명이 규철 쪽으로 다가왔다. 그 중 한 명이 규철에게 말했다.

"선생님, 마스크를 착용하지 않으시면 지하철 이용이 어렵습니다. 지금 바로 마스크를 착용해주시길 바랍니다."

그러자 규철이 경찰에게 말했다.

"아니, 제가 마스크가 없어요."

"마스크를 안 쓰시면 지하철을 타실 수가 없습니다."

"아뇨, 제가 그러니까 일부러 그러는 게 아니라. 후우, 제가 지금 카드도 안 되고, 하여간 지금 좀 상황이 이상합니다. 집에 가서 마스크 사서 쓸 테니까 한 번만 넘어가 주세요."

그러자 경찰이 고개를 저었다.

"마스크를 쓰지 않으시면 지하철을 타실 수가 없습니다. 위에 올라가서 마스크를 사서 착용하시고 타셔야 합니다."

순찰대원이 같은 말을 계속 반복하자 규철도 살짝 열 받았다.

"아니, 그러니까! 지금 내가 가진 돈도 없고, 핸드폰도 안 되고! 카드도 안 된다고요! 근데 나도 집은 가야할 것 아닙니까!"

규철의 목소리가 높아지자 경찰과 공익들의 표정이나 분위기가 달라졌다. 경찰이 무전을 치고 뭔가를 말하더니 다른 경찰들이 천천히 그에게로 다가왔다.

"선생님. 일단 위로 같이 올라가시죠."

경찰들이 팔을 잡으려고 하자 규철이 팔을 뿌리치며 소리쳤다.

"당신들 뭐야! 마스크 안 썼다고 사람 체포하고! 자유국가에서 이게 말이 돼!"

규철이 반항하자 결국 다른 경찰까지 달라붙어서 그를 끌고 갔다. 역에 있는 사람들은 끌려가는 규철을 보며 혀를 찼다. 마스크를 제대로 쓰지 않고 반항하는 규철을 비난하는 눈초리였다.

규철은 경찰들에게 잡혀 역무실까지 끌려왔다. 회의실에

규철을 앉혀둔 경찰이 그의 지갑에서 신분증을 꺼내 신분 조회를 했다. 그런데 곧 경찰의 표정이 이상했다. 그가 규철에게 다가왔다.

"장규철 씨. 이거 본인 신분증 맞아요?"

규철은 황당한 표정으로 경찰에게 말했다.

"아니, 그럼 그게 제 꺼지 누구껍니까. 사진이랑 주민등록번호가 딱 박혀 있는데."

경찰이 고개를 갸웃거리며 말했다.

"이거 신분 조회 안 되는데요. 혹시 주민등록 말소 됐어요?"

"말소요? 그게 무슨 말이에요."

"아무튼 이걸로 지금 신분 조회가 안 돼요. 신분 증명해줄 만한 사람 연락돼요?"

규철은 경찰에게 핸드폰을 빌려서 부모님 번호를 찍었다. 그런데 황당하게도 없는 번호로 떴다.

"아, 아니. 이럴 리가 없는데. 자, 잠시만요."

그는 자신이 기억하는 모든 번호를 다 찍어서 연락을 해봤다. 그런데 모두 연락이 되지 않았고, 심지어 받은 사람 역시 규철의 지인이 아니었다. 그러자 회의실 구석에서 경찰들이 뭔가 수군거리기 시작했다. 규철은 점차 불안해지자 손, 발이 덜덜 떨렸다. 경찰 중 한 명이 그에게 말했다.

"장규철 씨. 지금 신분조회 안 되면 바이러스 때문에 밀입국자로 간주하고 격리 시설로 옮겨서 우선 격리해야 돼요."

"자, 잠깐만요. 밀입국자라니요. 나 대한민국 국민. 서울 사람이에요."

"그럼 지금 신분 증명할 만한 거 하나라도 있어야 한다고요. 주민등록증도 위조에, 카드도 위조고. 증명될 만한 게 아무것도 없는 상황입니다."

경찰 말을 들어보니 빼도 박도 못 하게 밀입국자가 될 판이었다. 규철은 머리가 어질했다. 미친, 진짜 이거 다른 차원으로 온 거야? 서울은 서울이었지만 규철이 있던 곳과는 전혀 다른 서울에 그는 떨어지고 만 것이었다. 영화에서나 보던 평행우주를 규철 자신이 겪을 줄은 몰랐다. 어쨌든 중요한 것은 여기를 빠져나가는 것이었다. 진짜 밀입국자가 돼서 수용 시설로 가면 빼도박도 못했다. 다시 원래 차원으로 갈 방법도 사라져 버릴 수 있었다. 규철은 억울한 표정을 지으며 경찰에게 말했다.

"저, 저기요. 잠시만 제 얘기를 좀….'"

그때 규철이 갑자기 기침을 하기 시작했다. 그가 콜록거리자 주변에 있던 경찰관들의 얼굴이 모두 일그러졌다. 그중 한 명이 체온계를 가져왔다. 규철의 이마를 향해 비접촉 체온계를 찍어 열을 체크했다.

"37.5도 나왔습니다."

기침을 하고 열까지 나는 상황이었다. 경찰들은 고개를 내저었다. 그러더니 본인들 스스로도 격리조치를 해야 한다며 낮은 목소리로 격리 방침에 대해 이야기를 나눴다. 규철은 심각한 분위기의 경찰들을 보면서 도무지 자신이 왜 이런 일을 겪어야 하는지 이해할 수가 없었다. 경찰들이 규철에게 여기서 기다리라는 말을 남기고 방에서 나갔다. 한 시간이 넘게 기다려도 아무도 회의실로 오지 않았다.

젠장, 오줌 마려워 뒤지겠는데. 그가 화장실에 가기 위해 회의실에서 나가려고 했다. 그러자 회의실 앞을 지키고 있던 공익 중 하나가 호들갑을 떨며 안으로 들어가라고 했다.

"아니! 오줌 마려워 뒤지겠다고!"

규철이 소리를 빽 지르자 공익이 다른 역무원과 얘기를 한 뒤 비닐을 씌운 빈 쓰레기통 하나를 회의실 안쪽에 넣어 줬다. 규철은 이를 갈며 쓰레기통 안에 소변을 볼 수밖에 없었다. 소변은 이렇게 처리한다고 하더라도 대변일 경우에는 어떻게 해야 하나 싶었다. 규철은 다시 카메라를 켜고 지금 이 상황을 찍기 시작했다.

"여러분. 지금 저는 심각한 상황에 처해 있습니다. 진짜, 다른 차원에 와버렸어요. 여기서 핸드폰도 카드도, 심지어 주민등록증이고 뭐고 아무것도 안 됩니다. 저 진짜 좆 됐어요. 마스크 안 썼다고 지금 격리 시설에 갇히게 생겼습니다. 이게 말이나 됩니까."

그때 갑자기 문이 열리고 누군가가 안으로 들어왔다. 온몸에 방역복을 입은 사람이 들어와서 규철 앞에 섰다. 그리고는 긴 면봉을 꺼냈다.

"검사할 겁니다. 고개 들어보세요."

규철이 당황하며 방역복 입은 사람에게 물었다.

"아니, 지금 이거 뭡니까."

방역복 입은 사람이 상당히 지친 목소리로 말했다.

"PCR검사예요. 지금 병원이랑 보건소 쪽에는 자리가 없어서 오늘 여기서 검사하고 내일 결과 나오면 격리조치 어떻게 될지 말씀드릴 거예요."

"자, 잠깐만요. 그럼 검사받고 오늘 여기 있어야 한다는 겁니까."

"신원 증명 안 되신다면서요. 검사 결과 나올 때까지는 임시로 여기서 격리되어 있으셔야 됩니다."

방역복을 입은 사람이 규철의 얼굴을 잡고 긴 면봉을 코 안으로 밀어 넣었다.

"좀 아픕니다. 참으세요."

코 안쪽으로 더 못 들어갈 것 같다 싶은 곳까지 쑥 들어갔다. 왼쪽이 끝나고 오른쪽도 쑤시더니 곧 재채기가 터져 나왔다. 방역복 입은 사람은 익숙한 듯 휴지를 건넸다. 그러고는 규철에게 말했다.

"여기서 절대 나가시면 안 되고요. 음식이랑 물, 일회용기에 담아서 드릴 거예요. 드시고 그냥 옆에 두세요."

메마르고 지친 듯한 검사관의 목소리가 규철을 더욱 움츠러들게 했다. 검사 결과 나오기 전까지는 이 회의실에서 한 발자국도 나갈 수 없다는 소리였다. 방역복을 입은 사람이 밖으로 나가고 규철은 다시 혼자 남게 됐다. 그가 머리를 쥐어뜯었다. 그리고 곧 방역복을 입은 역무원들이 규철이 마실 물과 도시락, 접이용 간이침대를 가지고 왔다.

"회의실 창문 가려놓을 테니까 대변은 여기에 보세요."

그리고는 좀 더 큰 휴지통을 주는 것이었다. 규철은 지금 상황이 도저히 이해가 가지 않았다. 이 세계에서 전염병이 유행하고 있다는 것은 알겠는데 이렇게 까지 해야 할 필요가 있나 싶었다.

"빌어먹을. 바이러스고 뭐고 다 거짓말이고 나 잡아다가 인체 실험하려는 거 아냐? 내가 다른 차원 사람이라는 걸 알고서…."

처음에는 그냥 열 받아서 되는대로 지껄여 본 것이었는데 상황이 이쯤 되니까 점차 소름이 돋았다. 만약 진짜라면? 규철의 머릿속에 이런저런 생각이 마구 맴돌았다. 제공해준 도시락과 물도 혹시나 약이라도 탔을까 싶어서 안 먹었다.

그런데 너무 배가 고파서 조금씩 맛만 보자 하는 마음으로 열어서 입에 넣어봤다. 다른 차원이라서 맛이 뭔가 다른가 싶었는데 도시락 맛은 똑같았다. 에라 모르겠다 하는 심정으로 도시락 하나를 깨끗하게 해치웠다. 배를 채우니 머리가 좀 더 잘 돌아갔다. 그는 카메라를 켜고 작은 목소리로 중얼거렸다.

"여기가 진짜 다른 차원이 맞다면. 다시 돌아갈 길도 있을 겁니다. 그걸 찾아야 합니다 여러분."

그는 신당의 유령역에서 막차를 타고 이 세계로 넘어왔

다. 이곳에서도 유령역에서 막차를 탄다면 다시 원래의 세계로 돌아갈 수 있을지도 몰랐다. 문제는 이곳에도 규철이 원래 있던 세계처럼 유령역이 있는지가 관건이었다.

"빌어먹을 야후가 없으면 여긴 도대체 뭘로 검색하는 거야."

규철은 예전에 없어졌던 검색 사이트들을 모두 쳐보았다. 그때였다. 뭔가 하나 걸리는 게 있었다.

"와, 네이버? 미쳤다. 이거 진짜 예전에 없어진 건데."

포털 사이트 뉴스와 기사들을 보니 전염병에 대한 소식으로 가득 차 있었다. 규철은 기사 내용들을 보면서 진짜 이쪽 세계 상황이 심각하다는 것을 어느 정도 깨달을 수 있었다.

"젠장, 잘못해서 진짜 확진 나오면 바로 격리 시설로 끌려가겠는데."

그렇게 됐다가 영영 원래 차원으로 돌아가지 못할 수도 있었다. 규철은 네이버 검색창에 신당역 유령역을 쳐봤다. 그러니 포스트에 몇 개의 자료가 나왔다.

"있다. 젠장. 다행이다. 여긴 6호선이 아니라 10호선이 폐쇄되서 유령역이 된 거구나."

규철은 이 세계의 지하철 앱을 다운 받았다. 6호선은 10호선과 달리 청구역으로 연결되어 있었다. 한 정거장 차이니 어떻게든 지하철을 타서 신당역으로 가야 했다. 막차 시간을 보니 규철의 세계보다 끊기는 시간이 훨씬 빨랐다. 그는 저녁에 역무원들이 별로 없을 때 몰래 지하철을 타고 신당으로 가서 유령역으로 내려가야 했다.

"역무원들이 문 앞에 딱 붙어 있네요. 하지만 사나이 짱규철 어떻게든 도망칠 각을 잡아볼겁니다."

규철은 계속 문 밖에 있는 역무원들과 공익들 눈치를 보면서 도망칠 타이밍을 잡았다. 막차 시간이 11시 45분이었기 때문에 적어도 그 전 차를 타고 유령역까지 도착해야 했다.

그는 역무원이 준 이불과 베개를 간이침대 위에 올려두고 잘 뭉쳐서 마치 사람이 누워 있는 것처럼 만들었다. 그러고는 신발을 벗어 침대 옆에 놔뒀다. 회의실 창문 쪽에서 보면 누워 있는 것처럼 보이게 잘 배치해뒀다.

규철은 숨을 죽이고 기다리다가 장비가 든 가방을 챙겨들고 11시 30분 쯤 조용히 회의실 문을 열고 파티션에 몸을 가린 뒤 서서히 역무실에서 나왔다. 다행히 사람들이 없어서 무사히 회의실 밖으로 나올 수 있었다. 그러고는 최대한 빨리 6호선 지하철이 들어오는 플랫폼 쪽으로 뛰었다.

숨을 몰아쉬며 규철이 플랫폼에 당도했을 때쯤 지하철이 도착했다. 그는 곧장 지하철에 타서 가장 구석에 있는 좌석에 앉았다. 역무원이 챙겨 준 마스크를 꺼내 쓰고 고개를 푹숙이고 아무 말 없이 있었다. 신발을 벗어두고 와서 양말만 신은 발이 더욱 신경 쓰였다.

지하철이 신당역에 도착하자마자 규철은 다시 곧장 뛰었다. 그는 신당역에 위치한 유령역이 있는 곳을 찾기 위해 맨

발로 역사 안을 뛰어다녔다. 그가 있던 차원과는 구조가 다른지 문을 찾을 수가 없었다. 곧 막차가 들어올 시간이라 역무원들이 곳곳을 돌아다녔다. 규철은 역무원들을 피해 벽에 몸을 바짝 붙이고 문이란 문은 모두 열어봤다.

그때였다. 두터운 철문을 열어보니 익숙한 습기 찬 냄새가 확 풍겨왔다. 규철은 바로 이곳이 유령역으로 통하는 곳이라는 생각에 그 안으로 급히 내려갔다. 그런데 뒤에서 누군가 쫓아왔다.

"아저씨! 그쪽은 가시면 안 되요!"

지하철 공익인 듯 했다. 규철은 그 말을 무시하고 속력을 냈다. 지하로 가니 또 다른 문이 있었다. 안타깝게도 문이 잠겨 있었다. 규철은 급한 대로 어깨로 문을 부딪혀 문을 밀었다.

규철이 철문에 몸을 부딪히자 지하로 내려오던 공익이 깜짝 놀라 다시 위로 올라갔다. 아무래도 다른 공익이나 경찰을 데려오려는 것 같았다. 규철은 시계를 봤다.

젠장, 시간이 없어.

곧 막차 시간이었다. 그는 더 강하게 문에 몸을 부딪혔다.

다행히 걸려 있던 걸쇠가 빠졌는지 문이 열렸다. 규철은 식은땀을 닦고 유령역 안으로 들어갔다. 풍경은 그가 있던 세계의 유령역과 크게 다르지 않았다. 그가 플랫폼 쪽을 바라봤다. 아직 지하철이 오는 흔적은 없었다.

"빨리 와라. 빨리 와라."

만약 여기서 원래 차원으로 가는 지하철이 오지 않는다면 그는 영영 이곳에서 미아로 살아야 했다. 그가 손톱을 물어 뜯으며 초조하게 기다릴 때였다. 위쪽이 소란스러웠다.

"여기! 이 쪽이에요!"

아까 공익이 다른 사람들을 데리고 온 모양이었다. 규철은 급하게 가서 철문을 막았다. 걸쇠를 걸려고 했지만 그가 망가뜨렸기 때문에 잠그는 것이 불가능했다. 규철은 손으로 문을 막아섰다.

"아저씨! 열어요! 열어!"

안쪽에서 공익이 문을 열라고 소리쳤다. 어떻게든 지하철이 오기 전까지 버텨야 했다.

"제기랄."

그가 문을 붙잡고 버티고 있을 때였다. 이상한 낌새를 느끼고 뒤를 돌아봤다.

그가 떠나왔을 때처럼 지하철이 플랫폼에 서 있었다. 규철은 급히 가방을 벗어서 가방 끈으로 문고리 두 개를 연결해 묶었다. 문을 고정시켜 둔 뒤 규철은 곧장 지하철 쪽으로 뛰어들었다.

그가 타자마자 지하철 문이 닫혔다. 규철은 지하철 바닥에 철퍼덕 누워서 숨을 헐떡였다. 온몸의 긴장이 다 풀렸다. 어두운 터널을 달리던 지하철의 형광등이 다시 불이 깜박이기 시작했다. 규철은 붉은 색과 파란색으로 깜박이는 형광등을 보며 눈을 감았다.

"아저씨! 아저씨! 여기서 주무시면 안돼요."

규철이 눈을 떴다. 공익 하나가 그를 흔들어 깨웠다. 그가 몸을 일으키자 주변에 있던 사람들이 다행이라는 안도의 한숨을 쉬었다. 규철이 멍한 얼굴로 주변 사람들을 바라봤다. 그를 바라보는 사람들 중 마스크를 쓰고 있는 사람은 아무도 없었다.

규철이 벌떡 일어나 자신의 앞에 있는 공익을 붙잡고 물었다.

"여, 여기 시, 신당역 맞죠? 며, 몇 호선이에요."

공익이 당황한 표정으로 대답했다.

"예? 10호선이죠. 아저씨 괜찮아요?"

"도, 돌아왔어."

고개를 돌려 지하철의 전광판을 확인하니 정말 10호선이었다. 규철은 주머니에서 핸드폰을 꺼냈다. 다행히 원래대로 작동됐다. 그는 안도의 한숨을 쉬었다.

갑자기 기침이 터져 나왔다. 옆에 있던 아저씨가 규철에게 가방에서 물통을 꺼내 건네줬다.

"좀 마셔요."

"가, 감사합니다."

규철은 한두 번 더 기침을 토했다. 그는 물을 한 모금 마시고 다시 건넸다. 신발이 없었지만 여기서는 카드나 야후페이가 통할테니 가는 길에 슬리퍼라도 하나 사서 들어가

면 됐기에 문제는 없었다. 공익이 규철을 부축하며 함께 내
렸다.

"아저씨, 정말 괜찮으세요? 구급차 부를까요."

"아뇨. 괜찮아요. 진짜 괜찮습니다."

규철은 부축해주던 공익에게 고맙다고 인사를 하고 다른
라인으로 환승하기 위해 에스컬레이터를 올랐다. 그러는 중
에도 규철은 끊임없이 기침을 했다. 공익은 그런 규철의 뒷
모습을 바라보다가 그가 더 이상 보이지 않자 혀를 차며 말
했다.

"하여간 술을 먹어도 곱게 마셔야지 저게 뭐야. 콜록. 콜
록. 응? 에이씨. 저 아저씨한테 감기 옮은 거 아냐."

공익도 조금씩 마른기침을 하기 시작했다. 그는 다시 역
무실 쪽으로 이동했다. 그가 움직이는 곳에는 마스크를 쓰
지 않은 서울 시민들 수백 명이 있었다. 그들은 또 도시 어딘
가로 바쁘게 움직이며 다른 수백 명의 사람들이 있는 곳으
로 가는 중이었다. 마른기침 소리가 역사 안을 채우며 점차
늘어나고 있었다.

「농담의 세계」는 코로나가 한창 심각할 때 썼던 작품이다. 갑작스럽게 코로나라는 감염병이 전 세계에 퍼지고, 모든 사람들이 마스크를 쓰고 다녀야 했던 그 상황이 믿기 어려운 질 나쁜 농담처럼 다가왔다. 만약 코로나가 퍼지기 1년 전쯤 누군가 나에게 1년 뒤에는 밖으로 나갈 때마다 마스크를 써야 하고, 만약 쓰지 않으면 경찰이 출동할 수도 있다고 말했을 때 이걸 진심으로 일어날 수 있는 일이라 받아들이기 어려웠을 것 같다.

지금 이 작가의 말을 쓰고 있는 이 순간에는 코로나에서는 조금씩 벗어나고 있지만 러시아의 우크라이나 침공과 금리 인상, 전세계적인 스태그플레이션, 지속화되는 가뭄과 폭염, 유가 상승과 식량 부족에 대한 우려 등이 뉴스를 오르내리고 있다. 질 나쁜 농담의 세계가 끝나지 않고 쭉 이어지고 있다. 이러한 농담이 끝나지 않고 쭉 흘러가게 되면 소설 속에서나 보던 아포칼립스 상황이 현실화 되지 않을까 하는 생각이 든다. 그렇게 되면 농담이 더 이상 농담이 아니게 되면서 우리가 일상이라 생각했던 모든 것들이 돌아올 수 없는 과거의 유토피아가 되는 것은 아닐까.

허물어지지 않을 것 같았던 우리의 문명과 놀라운 기술

들, 견고해 보이던 경제시스템이 사실은 아주 아슬아슬한 모래성과 같다는 것을 깨달았다. 우리가 누리고 있던 안정과 영원할 것 같은 풍요가 언제든 허상으로 전락해버릴 수 있다는 불안감이 마음속에서 떠나가지를 않는다. 이 농담 같은 세계 속에서 어떻게든 살아가기 위해서는 현실을 깨닫고 우리가 현재 어디에 있는지를 깨달아야 한다. 눈을 돌리고 회피하기에는 우리의 무관심 속에서 이미 너무 많은 것들이 허물어졌기 때문이다.

1호선

인생, 리셋_정해연

1

준구가 처음부터 지하철 1호선 창동역을 자살지로 지정했던 것은 아니었다. 그는 살고 있던 12평짜리 낡은 영구 임대아파트 8층에서 뛰어내릴 수도 있었고, 이제는 쓸데도 없는 넥타이로 목을 매 죽을 수도 있었다. 바로 오늘, 자살할 생각이 있었다면 말이다.

준구는 오늘 재판을 받아야 했다. 그는 기획부동산 사기 사건의 피의자였다. 개발 제한구역으로 묶여있는 맹지를 서울시의 테마파크 조성 계획이 있는 부지 바로 옆의 땅이라고 속여 시세보다 세 배의 가격에 판 혐의였다. 피해자만 70명, 사기금액이 100억 원대에 달했다. 준구는 그 기획부동산의 사장이었다. 당연히 피해자들은 준구가 그 돈을 어딘가에 은닉했을 거라고 주장했다. 하지만 준구는 100억 원의 끄트머리도 본 적이 없었다. 그는 바지사장이었다.

모든 것은 군대후임이었던 박기원과의 재회에서 시작되었다. 그는 제대로 된 벌이도 못하고 있던 준구에게 같이 사업을 해보자고 했다. 모든 자금은 자신이 댈 것이며 준구는 사무 일만 봐주면 된다고 했다. 형님이니 당연히 사장자리를 드려야 한다는 말에 입이 찢어지게 웃었던 것이 죄라면 죄였다. 자신은 바지사장이었고 월급으로 몇 백을 타갔을 뿐이었다. 그러나 사건이 터지자 박기원은 모든 혐의를 준구에게 넘겼고 돈은 하늘에 날렸는지 땅에 숨겼는지 흔적조차 없었다.

지하철을 기다리며 준구는 옆을 돌아보았다. 귀에 무선 이어폰을 끼고 있는 청년들, 스마트폰으로 게임에 빠져 있는 여자. 어딘가로 미팅을 가는 듯 열심히 통화중인 직장인들, 손자의 손을 잡은 할아버지. 이 많은 사람 중 평범한 일상을 가지지 못한 것은 오로지 자신뿐인 것만 같았다. 그런 그가 내 인생이 어쩌다 여기까지 왔는가 생각하게 된 것은 무리가 아니었다.

곰팡내 나는 영구임대 아파트에 버려진 이혼남, 가진 것이라고는 지하철 카드 한 장 뿐인 신용불량자, 재판을 앞둔 사기사건 피의자. 왜 자신의 인생이 이렇게 끝도 없는 터널 속에 갇힌 것일까. 그는 박기원을 만나기 이전으로, 아내를 때려 이혼을 당하기 이전으로, 아내가 말리던 사업을 한다며 거드름을 피우기 이전으로 기억을 되짚어 나가다가 기어이 아내를 선택했던 35년 전 창동역의 여름을 떠올렸다.

그래, 분명 그때였다. 자신의 인생을 송두리째 바꿔버릴 수도 있었던 갈림길에서 잘못된 선택을 했던 것이.

준구는 주변을 둘러보았다. 눅눅하고 컴컴한 지하철 플랫폼, 지하철이 들어오기를 기다리고 있는 사람들, 칠이 벗겨진 나무 의자, 무료하게 하품하는 노인들. 35년 전과 다르면서도 비슷한 풍경들은 준구의 마음을 일렁이게 했다.

35년 전 그때, 이 역에서 아내 미란을 선택하지 않았다면 어땠을까. 그날 막차를 잡아타고 청량리역 여관에서 자신을 기다리고 있던 송주에게 갔다면 말이다. 그런 생각이 들자 모든 것은 그날의 선택 때문인 것 같았다.

송주는 부잣집 외동딸이었다. 아버지가 이름만 대면 알아주는 제지회사의 대표였다. 6.25 전쟁 때 혈혈단신으로 피난을 내려와 사업체를 키운 아버지가 회사를 물려줄 수 있는 것은 외동딸인 송주뿐이었다. 그런 송주가 아버지의 반대를 무릅쓰고 준구에게 매달렸다. 그녀는 그날 밤, 미란과 송주 사이에서 갈피를 잡지 못하던 준구에게 마지막 선택의 기회를 주었다. 하지만 그는 결국 미란을 선택했다. 불 같은 사랑은 아니었다. 미란의 배에 자신의 아이가 있었지만, 사실 그는 그 막차를 타려고 했다. 자신을 쫓아오던 미란이 계단에 주저앉는 것을 보지 말았어야 했다. 그녀의 치마 아래로 흘러내리던 피를 무시했어야 했다. 그러지 못한 그는 어쩔 수 없이 그녀를 데리고 병원으로 향해야만 했고, 송주는 결국 유학을 떠나고 말았다.

준구는 문득 휴대폰을 켜서 송주제지를 검색했다. 송주제지는 현재 주식회사 SJ그룹의 모태였다. 가장 먼저 뜬 기사는 '혼돈의 시대, 참리더'라는 제목을 달고 있었다. 기사에 첨부된 사진 속에 낯선 중년의 남자가 팔짱을 끼고 포즈를 취하고 있었다. 자신만만한 미소가 남자의 풍채에 어울렸다. 그는 불경기 속에서도 모든 비정규직 사원을 정규직으로 전환하고, 경력단절 여성의 신규채용 비율을 늘렸으며, 보다 높은 제품의 품질로 해외에서 찬사를 이끌어내는 대한민국 기업의 주역이라고 했다. 준구는 남자를 한참이나 들여다보았다. 그의 얼굴 위에서 자신의 얼굴이 오버랩 되었다. 35년 전의 그 선택만 아니었더라도 이 사진을 찍는 것은 자신이었을 거라는 생각이 따라붙었다.

그때 경적이 들려왔다. 준구는 정신을 차리듯 고개를 들었다. 저 멀리서 지하철이 플랫폼으로 진입하고 있는 것이 보였다. 정신을 차린 순간 그는 자신의 현실을 여실히 깨달았다. 그는 불행했고, 후회되었고, 모든 것에 분노하고 싶었고, 복수하고 싶었다. 뭔가 억울했고, ;죽고 싶다'가 아니라 '죽어야겠다'고 생각했다. 이번 생은 틀렸다는 확신이 그를 사로잡았다.

준구는 지하철 선로로 몸을 던졌다.

누군가의 비명이 들렸고, 지하철의 전면이 시야 한가득 달려들었다. 아주 찰나의 순간 그는 커다란 빛 속으로 빨려

들었다.

2

몸이 크게 휘청거렸다. 눈앞이 휘돌았다. 허리를 숙이자 바닥이 눈앞으로 달려들 듯 일렁였다. 온몸에 힘이 빠져 간신히 무릎을 움켜쥐고 버텼다.

"괜찮으세요?"

갑자기 들려온 목소리에 준구는 허리를 숙인 채로 눈을 크게 껌벅였다. 그는 소리가 난 쪽으로 고개를 돌렸다. 이십 대 초반쯤 되었을까. 어깨에 닿을 듯 말듯한 단발머리의 남자가 그를 걱정스러운 눈길로 보고 있었다. 한쪽 어깨에 기타 가방을 메고 있었다. 준구는 크게 뜬 눈을 그에게서 거두지 못했다. 남자의 눈빛은 준구가 아파서 그런 거라고 생각하는 듯했지만 그게 아니었다.

분명 불과 몇 초전, 그는 죽기 위해 지하철 선로로 뛰어 들었다. 그런데 지금 이 상황은 뭘까. 왜 지하철 플랫폼이 아니라 이런 곳에 와 있는 거지? 그는 양손을 들어 이리저리 살폈다. 상처가 하나도 없었다. 준구는 주변을 둘러보았다. 선로에 뛰어든 것은 분명 낮이었는데 어느새 밤이 되어 있었다. 가장 먼저 그의 시선을 잡은 것은 창동역이라고 적힌 지하철 입구의 표지판이었다. 몇 번이나 봤던 표지판이었지만 뭔가 생경한 느낌이 들었다. 그는 길 건너를 보았다. 도로에는 차가 한 대도 보이지 않았다. 그는 잠시 뒤 생경함의 이유를 깨달았다. 평소 그가 보아왔던 창동역 1번 출구에는 휴대폰 판매점을 비롯해 많은 상가가 즐비했다. 골목 안쪽으로는 음식점 상권이 발달한 지역이었다. 그런데 그 익숙한 상점들이 하나도 보이지 않았다. 길 건너에 있어야 할 아파트도 보이지 않았다. 그는 다시 한 번 출구 번호를 확인했다. 자신이 착각했나 하는 생각 때문이었다. 그러나 몇 번이나 확인해도 1번이라고 적힌 번호는 그대로였다.

그때 자신의 팔을 잡고 있던 손이 빠져나가는 것이 느껴졌다. 준구가 쓰러질까봐 걱정했던 남자는 그의 상태가 예사롭지 않자 그냥 지나가기로 결정한 모양이었다. 떠나는 남자에게 뭔가를 물어보려던 준구는 그대로 멈춰버렸다. 그가 서 있는 바로 옆 전자제품 가게의 통유리 창에 비친 자신의 모습 때문이었다. 불규칙하게 커트해 기른 머리 스타일, 목에 맨 노란색 스카프, 몸에 달라붙는 골프셔츠에 나팔바지. 그것은 20대 때나 입던 아주 오래전의 옷차림이었다. 그는 유리창으로 가까이 다가갔다. 얼굴이 희미하게 비췄다. 그는 믿을 수 없다는 듯 양손을 들어 뺨을 만졌다. 유리창에 비친 모습도 똑같은 포즈를 취했다. 그것은 분명 자신의 모습이었다. 믿을 수가 없었다. 주름이 하나도 없는 피부, 치기 어린 욕망이 가득한 표정, 실패 따위는 모른다는 얼굴은 그의 이십대 시절의 모습 그대로였다.

뭐가 어떻게 된 거지?

혼란 속에 있던 준구는 그제야 가게 안을 보았다. 뭔가 익숙지 않은 모습이라고 생각했는데 안에 가득 진열되어 있는 것은 선풍기였다. 혼수로 선풍기를 마련하라는 문구가 적힌 현수막이 벽에 걸려 있었다.

이것은 마치, 80년대의 모습 같았다.

혹시 사후세계라는 걸까. 하지만 그렇다고하기에는 너무나 생생하다.

그는 양손을 둥그렇게 모아 그 사이에 얼굴을 박았다. 가게 안에 벽에 붙어 있는 일력이 보였기 때문이었다. 일력에는 커다랗게 '17'이라고 적혀 있었다. 상단부에 적힌 월은 '8'이었다. 창을 뚫고 들어갈 듯 완전히 기대어 안을 들여다보던 준구의 눈이 휘둥그레졌다. 그는 자기도 모르게 창에서 떨어져 뒷걸음질을 쳤다. 그가 본 년도는 분명 '1985'였다.

"말도 안 돼."

그가 중얼거린 순간, 골목에서 나와 달려가던 남자가 그의 어깨를 부딪혔다. 상아색 면바지에 폴로셔츠를 입고 가방을 메고 있었다. 그는 숨을 헐떡이며 휘청거린 준구를 향해 외쳤다.

"죄송합니다. 제가 막차를 타야해서."

그는 준구의 대답도 채 듣지 못하고 1번 출구 안으로 빨려들어가듯 사라져갔다. 남자가 사라지고 나서 준구의 머릿속은 새하얗게 변해버렸다. 이 상황을 믿을 수가 없었다. 그는 다시 가게 안의 일력으로 시선을 고정했다.

1985년 8월 17일.

순간 그는 전율했다. 바로 그날이었다. 자신의 인생을 송두리째 바꿔버린 분기점이 된 그날. 심장이 뛰었다. 그는 무언가에 홀리기라도 한 사람처럼 1번 출입구를 향해 걷기 시작했다. 그 걸음은 점점 속도를 높이더니 이내 뜀박질로 변해갔다.

이건 사후세계인지도 몰랐다. 그래도 좋았다. 이번에야말로 다른 선택을 하겠다고, 그는 생각했다.

지하철 역사 안으로 뛰어 들어간 준구는 황급히 바지 뒷주머니를 뒤졌다. 동전 몇 개가 짤랑거리며 만져질 뿐 늘 넣어두는 지갑이 없었다. 그 순간 절감했다. 자신은 2020년이 아니라 85년을 살고 있다는 것을. 교통카드 따위가 있을 시기가 아니었다. 그제야 준구는 시선으로 주변을 훑었다. 기억의 끄트머리에 남아 있던 광경이 눈앞에 펼쳐졌다. 투명 아크릴 창에 커다랗게 '매표소'라고 적혀 있었다. 아크릴 창 하단에 반원의 구멍을 뚫어놓고 그 안쪽에서 매표 직원이 표를 끊어주고 있었다. 개찰구에는 푸른색 정복을 입은 남자가 승객들에게 표를 받고 있었다. 이러고 있을 시간이 없다. 정신을 차린 준구는 재빨리 매표소로 다가갔다.

"청량리 한 장이요."

주머니에 들어 있는 동전을 털어 밀어 넣자 안쪽에서 대답 없이 직사각형의 종이표가 나왔다. 준구는 그것을 집어 들고 개찰구에 서 있는 남자에게로 갔다. 남자는 기계적으로 손을 내밀었다. 준구의 표를 받아든 그는 표에 찍혀 있는 날짜를 확인하고는 개표기로 반원의 구멍을 내었다. 사용했다는 표식이다.

"아직 막차 안 떠났죠?"

남자는 준구의 어깨 너머 어딘가로 시선을 던졌다. 그가 보고 있는 것은 벽에 걸린 원형의 시계였다. 금장 장식 테두리가 달린 시계에는 전두환 대통령의 이름이 찍혀 있었다.

"5분 남았습니다."

준구는 남자가 내미는 표를 다시 받아들고는 개찰구를 통과해 플랫폼으로 향했다. 시간이 남았다고는 하지만 다급한 마음을 억누를 길이 없었다. 플랫폼에 도착하자 음습한 공기가 얼굴에 확 끼쳤다. 먼지와 곰팡이 냄새가 뒤엉켜 코를 자극했다. 상행선과 하행선 사이의 통로에 나무로 된 벤치가 군데군데 설치되어 있었다. 전철을 기다리는 사람이 몇 명 있었다. 그중에서 벤치에 앉아 있는 사람은 없었다. 벤치에 누워 있는 노숙인 때문이었다. 플랫폼에 서 있는 노란 미니 원피스를 입은 여자가 불쾌한 듯 미간을 찡그리고 노숙인을 흘끗흘끗 쳐다보고 있었다.

그때 준구는 몇 걸음 떨어진 곳에 서 있는 남자를 발견했다. 익숙하다 싶었는데 조금 전 지하철 입구 앞에서 준구와 부딪혔던 남자였다. 시선이 마주치자 그도 준구를 알아보았는지 고개를 까딱했다. 준구는 어색하게 고개만 슬쩍 숙이고는 선로 끝을 응시했다. 아직 지하철은 보이지 않았다.

"없거든요?"

불쾌한 듯 날선 목소리에 준구는 고개를 돌렸다. 어느새 일어난 건지 노숙인이 비틀거리며 미니 원피스를 입은 여자에게 말을 걸고 있었다. 내민 손을 보니 구걸을 한 것 같았다. 소리를 지른 여자는 노숙인을 피해 플랫폼을 따라 아래쪽으로 도망치듯 향했다. 노숙인이 여자를 보며 중얼중얼 욕설을 뱉었지만 따라가지는 않았다. 사람들이 노숙인을 못 본 척 고개를 돌렸다. 하지만 준구는 그 장면에서 시선을 떼지 못했다. 강력한 기시감이 준구의 머리를 스쳤다. 이것은 그의 기억 속에 있는 장면이었다.

그리고 이때 지하철이 들어왔는데.

그렇게 생각한 순간 지하철의 소음이 들려왔다. 저 멀리에서 진입하고 있는 지하철의 앞머리가 보였다. 피부에 소름이 돋았다. 기억과 동일하게 펼쳐지는 현실은 그를 불안하게 만들었다. 35년 전 이날, 그가 지하철을 타지 못한 이유는 바로 다음 순간 때문이었다. 그가 지하철을 타려는데 미란이 뒤따라왔다. 35년 전 그날이 똑같이 반복되는 것이라면 다음 순간은 미란이 그를 다급하게 부를 것이다.

"안돼요, 준구 씨!"

정말로 들려온 목소리에 준구는 온몸이 뻣뻣하게 경직되어버렸다. 그는 휘둥그렇게 뜬 눈을 천천히 소리가 난 쪽으로 돌렸다. 젊은 미란이 그를 향해 팔을 내저으며 헐레벌떡 달려오고 있었다. 숨이 찬 듯 가슴을 씨근덕거리던 그녀는 한 팔로 봉긋한 배를 감싸듯 어루만졌다. 순간 준구와 미란의 시선이 마주쳤다. 준구를 발견한 미란이 반색하며 손을 들었다. 그때였다. 미란의 얼굴이 급격히 일그러지며 허리를 굽혔다. 미란은 양팔로 배를 감싸 쥐며 들릴 듯 말 듯 신음을 흘렸다. 그녀가 결국 주저앉았을 때, 전철이 후끈한 바람을 일으키며 플랫폼 안으로 들어왔다. 준구는 미란과 지하철을 번갈아 보았다. 미란이 입은 주름치마 아래로 피 한 줄기가 흘러내렸다. 흰색 양말이 빨갛게 물들었다.

"준구 씨, 나 좀…. 아기…."

지하철의 문이 열리고 대기하던 사람들이 탑승하기 시작했다. 그 순간이 준구에게는 슬로모션처럼 보였다. 준구는 고통을 이기지 못한 듯 입을 크게 벌리고 바닥을 향해 쓰러져 가는 미란을 보았다. 그는 알고 있었다. 저 뱃속의 아기를 포기하면 아들인 재준은 태어나지 못하는 것이었다. 준구는 재준의 얼굴을 떠올렸다. 순간 그는 아랫입술을 꽉 깨물었다. 어차피 아직 태어나지 않은 놈이다. 만약 유산된다면 그건 시간을 돌려준 하늘의 뜻일 터다. 무엇보다 제 손으로 아버지인 준구를 경찰에 신고한 녀석이었다. 아무리 어미를 좀 때렸기로서니 어떻게 아버지를 경찰에 넘길 수가 있는가. 분노가 치밀었다. 그런 호래자식은 태어나지 않아도 상관없다.

―지하철 문 닫습니다, 지하철 문 닫습니다.

준구는 미란에게서 냉정히 시선을 돌렸다. 미란의 눈 위에 스친 절망은 그를 잡아 세우지 못했다. 준구는 35년 전 탑승하지 못했던 지하철 안으로 몸을 들였다. 지금부터 인생은 새로운 전환점을 맞는다. 그의 가슴은 흥분으로 가득 찼다.

그때였다. 문이 닫히려는 순간 우악스런 두 손이 뻗어져 들어와 준구의 멱살을 잡아챘다. 정신을 차린 순간 준구는 지하철에서 끌려 나와 바닥을 뒹굴고 있었다. 엄청난 힘이었다. 준구는 상황 파악이 되지 않아 눈을 크게 껌벅였다. 지하철은 이미 출발하고 있었다.

"안 돼…."

준구의 절망은 아랑곳하지 않는다는 듯 그를 끌어낸 남자가 다시 멱살을 잡아챘다. 남자는 준구를 일으켜 세웠다. 그제야 준구의 눈에 남자의 얼굴이 들어왔다. 그는 지하철입구에서 자신과 부딪혔던, 지하철을 기다리던 그 남자였다.

"너 부르는 소리 안 들려? 애가 유산되려고 하잖아!"

남자가 분기에 차서 소리 질렀다. 남자의 힘이 준구의 몸을 흔들었다. 준구는 멀어져 가는 지하철 후미를 멍하니 바라볼 뿐이었다. 멀어져 간 것은 단순히 지하철의 후미뿐만이 아니었다. 그가 원하던 미래도 멀어졌다. 그의 절망에 찬 눈 속으로 흰 빛이 쏟아져 들어왔다.

3

지진이라도 일어난 듯 준구의 몸이 휘청거렸다. 지나가던 중년의 여자와 몸이 부딪혔다. 불쾌하기라도 한 듯 여자가 인상을 쓰며 노려보았지만 준구는 극심한 어지럼증 때문에 사과를 할 정신도 없이 상체를 숙이고 이마를 짚었다. 이상한 상태를 알아차린 여자가 준구를 살펴보았지만, 그가 몸을 세우며 일어서자 다시 걸음을 옮겨 멀어져 갔다. 준구는 거친 숨을 몰아쉬며 정신을 차리려는 듯 눈을 깊게 감았다가 떴다. 그러고는 자신이 지하철역 플랫폼 안에 있다는 것을 깨달았다.

준구는 주변을 살폈다. 무선 이어폰을 끼고 있는 청년, 게임에 빠진 여자, 통화중인 직장인, 손자와 할아버지. 그는 자신이 2020년으로 돌아와 있다는 것을 알아차렸다. 문득 몸을 살폈다. 다친 곳은 하나도 없었다. 혹시 꿈이라도 꾼 걸까. 그럴 리가 없다는 것은 스스로가 가장 잘 알았다. 만약 자신이 본 85년의 일이 꿈이라고 한다고 해도. 그는 분명 선로로 뛰어들었었다. 지하철이 진입하는 순간 뛰어내렸기에 사고를 절대 피할 수도 없었다. 지금 그는 선로에 뛰어들기 직전으로 돌아와 있었다.

준구는 호흡을 가라앉히며 기억을 되짚어 나갔다. 그러고는 기억에 약간의 변화가 있음을 깨달았다. 1985년 여름의 그날, 그는 지하철 플랫폼에서 미란을 피해 막차를 탔다. 그러나 갑자기 나타난 남자가 그를 지하철에서 끌어내렸다. 남자가 부른 구급차를 타고 준구는 미란과 병원으로 향했고, 다행인지 불행인지 유산은 되지 않았다. 뒤늦게 송주를 찾아갔지만 그녀는 만나주지 않았고 곧 유학길에 올랐다. 결국 미란과 결혼했고 그의 삶은 불행해졌다.

그는 아랫입술을 깨물었다. 하늘이 자신을 가엾게 여겨 내려준 기회를 그 지긋지긋한 여자 때문에 놓쳐버렸다고 생각하니 분노가 치밀었다.

─지금 청량리, 인천방면으로 가는 열차가 들어오고 있습니다. 노란선 바깥으로 물러나 주시기 바랍니다.

지하철이 진입하는 소음이 공기를 흔들었다. 사람들이 탈 준비를 하는 듯 한걸음씩 앞으로 나섰다. 준구는 아주 짧은 순간 생각했다. 다시 한 번 기회를 얻을 수 있지 않을까? 혹여 실패한다 해도 그가 잃는 것은 없었다. 어차피 죽어도 상관없는 인생이었다.

지하철의 앞머리가 진입해오는 걸 본 순간 그는 이를 악물었다. 아까보다 두려움이 더 크긴 했지만 이판사판이었다. 그는 두 주먹을 움켜쥐었다. 그리고 지하철이 조금 더 가까워지자 그는 비명에 가까운 기합을 지르며 선로를 향해 뛰어들었다.

4

날카로운 이명이 엄습했다. 그는 반사적으로 양손을 들어 귀를 틀어막았다. 이명은 금세 수그러들었다. 그러자 정신이 들었다. 준구는 천천히 고개를 들었다.

밤, 선풍기가 진열된 전자제품 대리점, 그 안에 걸려 있는

1985년 8월 17일의 일력. 창동역 1번 출구.

"돌아왔다."

그는 믿을 수 없다는 듯한 말투로 중얼거렸다. 전자제품 대리점에 비친 자신의 모습을 보고는 환호에 차 두 주먹을 불끈 쥐었다. 쾌감이 온몸을 휩쓸고 지나갔다.

역시 하늘은 나를 버리지 않았다.

기뻐하는 순간 그의 몸이 휘청했다. 지나가던 누군가가 부딪힌 탓이었다.

"죄송합니다, 제가 막차를 타야해서."

상아색 면바지에 폴로셔츠를 입은 남자. 그는 거듭 고개를 숙인 뒤 지하철 입구 쪽으로 뛰어 들어갔다. 준구의 눈에 푸른빛이 일렁였다. 저 남자만 아니었다면 인생을 바꿀 수 있었다. 타야 하는 것이 막차만 아니었다면 좋았을 테지만 또다시 준구는 지하철역으로 들어갈 수밖에 없었다. 35년 전 그때처럼 주머니에는 동전 몇 개밖에 있지 않아 택시를 탈수도 없다. 준구는 결심하듯 아랫입술을 질끈 깨물었다. 답을 알고 있다면 피할 수 있는 운명이다. 준구는 남자가 들어간 지하철 입구를 향해 걸었다.

계단을 내려가자 플랫폼에 서 있는 남자가 보였다. 그를 보는 준구의 눈빛이 고울 리 없었다. 무심결에 고개를 돌리던 남자가 준구를 발견했다. 그는 준구가 자신을 알아본다고 생각했는지 고개를 살짝 끄덕였다. 준구는 아무런 반응도 보이지 않고 계단을 마저 내려갔다.

아까처럼, 아니 지난 생에서처럼 남자의 옆에 서 있으면
또 다시 모든 게 엉망이 될 것이었다. 남자와 최대한 멀리 떨
어져야 한다. 준구는 남자를 지나쳐 플랫폼을 따라 걸었다.
맨 끝의 승차장까지 갈 생각이었다. 그때였다.

"안돼요, 준구 씨!"

준구는 반사적으로 걸음을 멈췄다. 뒤돌아보지 않아도 그
것이 미란이라는 것은 알 수 있었다. 준구는 걸음을 더욱 빨
리했다.

"준구 씨, 나 좀…. 아기…."

미란의 외침은 진입하는 지하철의 소음에 휩싸여버렸다.
준구는 초조하게 지하철이 정차하기를 기다렸다. 준구는 흘
깃 미란 쪽을 보았다. 그리고 순간 경악에 차 눈을 휘둥그렇
게 떴다. 남자가 그를 향해 달려오고 있었다.

"이봐요, 잠시만요!"

정말이지 정신이 어떻게 되어버린 사람이 아닌가 싶었다.
왜 남의 일에 관여하는지 모를 일이었다. 남자는 준구를 향
해 손을 흔들며 전속력으로 달려오고 있었다. 준구의 조바
심이 극에 달했다. 하지만 하늘은 그의 편이었다. 드디어 정
차한 지하철이 바람 빠지는 소리를 내며 문을 열었다. 준구
는 주저 없이 안으로 뛰어들었다.

─출입문 닫습니다. 출입문 닫습니다.

삐- 소리를 내며 출입문이 닫히기 시작했다. 준구는 깊
은 한숨을 내쉬었다. 하지만 안도는 일렀던 모양이다. 닫히

는 문 사이로 남자의 두 손이 불쑥 들어왔다. 반사적으로 펄쩍 뛰어 뒤로 물러나지 않았으면 이전처럼 남자의 손에 멱살을 잡혔을지도 모르는 일이었다. 하지만 안심하기는 일렀다. 문 사이로 뻗은 손 때문에 다시 문이 열리고 있었다. 준구는 이를 악물었다. 쉽게 얻은 기회가 아니었다. 절대 놓칠 수 없다.

"으아압!"

기합을 내지르는 준구의 발이 남자의 복부를 강타했다. 부지불식간에 당한 일에 남자는 저항 한 번 해보지 못하고 뒤로 벌러덩 나자빠졌다. 신음을 하며 구르던 남자가 상체를 들어올리며 어이없다는 듯 준구를 보았을 때는 이미 출입문이 닫힌 뒤였다. 남자는 포기하지 않고 일어나 지하철로 달려들려고 했지만 차는 이미 출발하기 시작했다. 기막혀 하는 남자의 모습이 빠르게 뒤로 멀어져 갔다.

준구는 벽에 손을 댄 채 깊은 한숨을 내쉬었다. 이제 자신을 가로막는 것은 아무것도 없다. 목덜미에 흐르는 땀을 닦으며 돌아섰을 때 자리에 앉아 있는 여자와 눈이 마주쳤다. 두꺼운 노트를 끌어안고 있는 것으로 봐서는 대학생 정도로 보였는데, 준구를 보는 시선에 가득한 경계심을 군이 감추지 않았다. 여자가 보기에는 누군가에게 쫓기는 범죄자처럼 보였을지도 모른다. 준구는 여자에게서 멀리 떨어져 객차 제일 안쪽의 자리에 가 앉았다.

그는 새삼 지하철 안을 신기한 듯 둘러보았다. 객차 안은 쾌 더웠다. 에어컨이 가동되는 것 같기는 했지만 충분히 시원하지는 않았다. 생각해보면 초창기 지하철은 선풍기만으로 버텨야 했다. 지금의 사람들에게는 이마저도 발전한 시스템일 터였다.

그의 시선을 잡은 것은 낙창식 유리창이었다. 2020년의 지하철과는 가장 다른 점이라고 할 수 있었다. 아래에서 위로 밀어 올리는 창이 설치되어 있는 것은 2020년의 젊은이들은 상상도 못할 일일 거다. 왠지 어린 시절 동창이라도 만난 것 같은 반가운 기분이 들었다. 그러나 그런 감정은 오래가지 못했다. 갑자기 얼굴에 훅 불어닥친 뜨거운 바람 때문이었다. 뭔가 싶어 보니 그가 앉은 맞은편 자리의 유리창을 웬 남자아이가 활짝 열고 있었다. 남자 아이는 창밖으로 손을 반쯤 내민 상태였다. 아이의 손에는 비행기 모양의 봉제 인형이 들려 있었다. 아이는 비행기 인형에 부딪는 바람이 신기한 모양이었다. 바람의 저항에 휙 밀렸던 비행기를 앞으로 당겼다가 다시 밀리기를 반복했다. 아이의 얼굴에는 장난기가 철철 흘렀다. 그런 아이를 보는 준구는 솔직히 짜증스러웠다. 그렇잖아도 더운데 창밖에서 뜨거운 바람이 몰아닥쳤고, 먼지도 들어오는 것 같았다. 게다가 열차의 소음이 고스란히 전해져 들어와, 조급한 마음을 불쾌하게 만들었다.

"야, 문 닫아."

퉁명스러운 어조로 준구가 말했지만 아이는 들었는지 듣

지 못했는지 돌아보지도 않았다. 준구는 이맛살을 구겼다.

"야!"

준구가 소리를 지른 뒤에야 아이가 뒤를 돌아다보았다. 위협하듯 눈을 희번덕거리며 말했다.

"창문 닫으라고."

아이는 준구를 빤히 바라보았다. 어른이 말하면 대답해야지, 잔소리를 하려는 순간 아이가 휙 돌더니 다시 창밖으로 손을 내밀고 장난을 쳐댔다. 못들은 것도 아니다. 명백히 무시하고 있는 것이다. 그런 생각을 하자 화가 불끈 치밀어 올랐다.

"이 새끼가. 애 엄마는 뭐하는 거야?"

준구는 험악한 얼굴로 주변을 돌아보았다. 그의 시선을 잡은 것은 조금 떨어진 출입문 바로 옆 자리에 앉아 있는 여자였다. 여자는 피곤에 쩐 얼굴로 고개를 늘어트린 채 잠에 빠져 있었다. 한데로 묶은 머리는 푸석해 보였다. 누렇게 변색되어버린 낡은 운동화를 신은 발 옆에 여자가 품에 끌어안기도 버거울 만큼 커다란 보따리가 놓여 있었다. 장사를 하는 여자인지도 몰랐다. 준구가 여자를 향해 언성을 높였다.

"아줌마! 이봐요, 아줌마!"

준구가 큰 소리를 내자 객차 안에 있던 몇 안 되는 사람들의 시선이 모였다. 여자도 소란을 느꼈는지 부스스 고개를 들고는 멍하니 눈을 떴다. 처음엔 자신을 향한 말인 줄 몰랐던 듯 눈을 껌벅이다가 준구의 시선과 마주치자 정신을 차리고 굽었던 허리를 곧추세웠다.

"애 좀 봐요!"

"우리 엄마한테 뭐라고 하지 마!"

남자아이의 주먹이 준구의 옆구리를 때렸다. 반대편 의자에 있던 아이가 어느 사이엔가 준구의 옆에 와 있었다. 준구의 얼굴이 일그러졌다. 예닐곱 살 되는 남자아이의 주먹은 생각보다 아팠다. 남자아이의 엄마로 보이는 여자가 일어서며 걸음을 뗐지만 아이의 손을 움켜쥐는 준구의 손이 더 빨랐다. 준구는 아이의 손에서 거칠게 비행기 인형을 빼앗았다. 아이는 인형을 다시 돌려받기 위해 까치발을 하고 매달렸지만 준구는 인형을 높이 치켜들고 무서운 얼굴을 했다. 1985년이든 2020년이든 이게 다 애새끼들을 오냐오냐 키워서 그렇다.

"저기요."

여자가 다가오며 준구를 불렀다. 여자가 사과한다면 애 교육 좀 잘 시키라고 훈계나 몇 마디 해줄 생각이었다.

"줘, 주라고!"

남자아이가 주먹을 쥐고 준구의 배를 가격했다. 아이는 인형을 돌려받을 생각뿐이었는지도 몰랐지만 경솔했다. 그것은 준구의 이성의 끈을 끊어버리기에 충분했다. 준구는 욱하는 마음에 인형을 창밖으로 던져 버렸다. 고속으로 달리는 열차의 뒤로 밀려나는 거친 바람 속으로 인형이 빨려

들어갔다.

"안 돼!"

그것은 순간적으로 벌어진 일이었다. 창밖으로 빨려나간 비행기를 따라 남자아이가 몸을 날렸다. 남자아이의 몸이 창밖의 어둠속으로 절반이나 나갔다. 남자아이를 잡아챈 것은 무서운 속도로 달려든 아이의 엄마였다. 아이를 안은 여자가 열차의 바닥을 굴렀다.

여자가 벌떡 일어난 것과 아이의 비명이 울린 것은 거의 동시였다. 아이의 팔은 기이해보일 정도로 바깥을 향해 심하게 꺾여 있었다. 열차가 다음 역의 플랫폼으로 진입하면서 터널 기둥에 팔이 걸린 것 같았다. 아이는 길고 긴 비명을 질러댔고, 여자는 도와달라고 소리쳤다. 사람들이 하나둘 가까이 다가왔다. 준구는 넋을 잃은 표정으로 멍하니 서 있을 뿐이었다. 누군가 객차 안에 달린 비상벨을 누르는 것이 보였다.

5

훅 떨어지는 놀이기구에 탄 것처럼 아찔한 기분이 사라지는 순간, 준구는 눈을 떴다. 창동역, 많은 사람들, 지하철이 전 역을 출발했다고 알리는 모니터. 2020년에 돌아왔다는 것을 깨달은 순간 그는 괴성을 질렀다.

"시발!"

주변에 서서 무심하게 휴대폰을 보던 사람들이 인상을 찡그린 채 준구를 보았다. 몇몇은 뒷걸음질을 쳐 준구에게서 멀리 떨어졌다. 하지만 준구는 전혀 다른 사람을 신경 쓰지 않았다. 반사적으로 기억을 되짚어 읽어 나간 순간 자신의 인생이 조금도 달라지지 않았다는 것에 분노할 뿐이었다.

그의 기억은 아주 약간 바뀌어 있었다. 35년 전 그날, 지하철에서 발생한 사고 때문에 결국 준구는 경찰서에 끌려갔다. 병원에 실려 간 아이는 팔에 철심을 박는 대수술이 필요하다고 했다. 아이의 엄마는 준구가 엄중한 처벌을 받길 원했지만, 경찰은 우선 그를 불구속 기소하기로 했다. 준구는 사과를 할 틈도 없이 송주가 기다리고 있을 모텔로 달려갔다. 하지만 송주는 이미 그곳에 없었다. 송주의 마음을 돌릴 기회는 있다고 생각했다. 그녀의 아버지에게 어떤 수모를 당하더라도 송주를 잡아야만 했다. 그러나 그렇잖아도 둘의 사이를 반대하던 그녀의 아버지가 아동 폭행으로 재판을 앞둔 그를 허락할 리가 없었다. 결국 송주는 유학길에 올랐고, 행인의 도움으로 간신히 유산을 면한 미란이 출산을 했다. 바뀐 것은 아무것도 없었다. 그의 인생은 다시 하향곡선 위에 올라탔다. 그것은 지금 자신이 서 있는 이 창동역이 증명하고 있다. 결국 그가 선택할 수 있는 것은 죽음뿐이었다.

그는 다시 욕지거리를 뱉었다. 하늘이 준 기회인데 아무리 인생을 되돌리려고 해도 결국 미란이 발목을 잡았다. 어떻게 해도 미란을 떨쳐 버릴 수가 없었다. 지하철에서 벌어진 아이와의 사고도 전부 그녀 때문이었다. 따라오지만 않았더라도, 폴로셔츠를 입은 남자를 피해 그 열차 칸까지 뛰어가 타지 않아도 됐었던 일이었다.

그래, 미란 때문이다. 설령 송주를 놓치는 것이 어떻게 해도 바꿀 수 없는 정해진 운명이라 하더라도 미란이 아니었다면 자신의 인생은 달라졌을지도 몰랐다. 결혼도 하지 않은 여자가 부주의 하게 임신한 것이 뭐 자랑이라고 발목을 잡는단 말인가. 그래놓고도 결국 자신의 인생을 이렇게 만들어 버렸다. 사업실패도 다 미란 때문이다. 다른 남자들은 처가에서, 혹은 능력 있는 마누라가 크게 뒷받침을 해준다는데 자신은 그런 것을 받아본 기억이 없었다. 그깟 몇 푼의 생활비를 벌어온다고 해대는 잔소리가 고까웠다.

─지금 인천, 인천 가는 열차가 들어오고 있습니다.

방송이 들림과 동시에 오른쪽 선로에서 열차가 진입하는 것이 보였다. 심장이 쿵쿵 뛰었다. 주저할 이유는 없었다. 그는 안전선 바깥쪽을 향해 크게 한 발짝을 디뎠다. 몇 발짝 떨어진 곳에 서 있던 노인이 뭔가를 느낀 듯 의아한 눈길로 준구를 보았지만, 조금도 개의치 않았다. 그를 말리기 위해 노인이 소리를 지르는 것보다 준구가 열차를 향해 뛰어드는 것이 훨씬 빨랐다. 준구는 들어오는 열차를 향해 크게 양팔을 벌렸고, 그런 그의 결정을 환영이라도 하듯 뿜어져 나오는 강렬한 빛 속으로 빨려 들어갔다.

6

적막했다. 바람이 부는 듯 나뭇잎이 서로 부딪는 청량한 소리가 들렸다. 후끈한 공기가 피부에 들러붙었지만 기분이 나쁘지 않았다. 준구는 천천히 눈을 떴다. 그리고 자신의 눈앞에 펼쳐진 광경에 짜릿한 쾌감을 맛보았다.

하늘의 뜻이라고 생각했다. 몇 번이고 실패해도 하늘은 준구에게 기회를 주고 싶어 했다. 어떻게든 그가 스스로 인생을 바꾸길 바라는 것이었다.

눈앞에 펼쳐진 1985년의 풍경이 그를 만족스럽게 했다. 그는 잠시 눈을 감고 그곳의 공기를 가슴에 한 가득 채웠다. 준구가 눈을 뜬 것은 누군가 그의 어깨를 치고 지나갔기 때문이었다.

"죄송합니다, 제가 막차를 타야해서."

꾸벅 인사를 하고 지하철역 입구로 달려 들어가는 폴로셔츠의 남자. 준구는 잠시 남자를 노려보았다. 하지만 이러고 있을 시간은 없었다. 자신도 마지막 열차를 반드시 타야만 했다. 어차피 남자를 피할 방책은 세워져 있다.

준구는 남자가 사라진 입구를 향해 계단을 올랐다. 매표소로 가서 청량리행 표를 끊은 뒤 개찰구를 지나 플랫폼으로 내려갔다. 폴로셔츠의 남자를 경계하는 눈으로 쳐다보았다. 한걸음이라도 멀리 떨어질 생각에 준구는 남자를 지나쳐 위쪽 승차장으로 올라가기 시작했다. 잠시 고민을 한 것은 사실이었다. 사고를 내는 그 꼴도 보기 싫은 사내아이를 피하려면 아래쪽으로 내려가야 하는 건 아닌가 생각했던 것이다. 하지만 곧 생각을 고쳐먹었다. 그 아이는 준구가 아니더라도 분명 사고를 낼 것만 같았다. 그렇게 되면 열차는 긴급 정차한다. 자칫하면 또 송주를 놓치고야 마는 것이다. 차라리 사고 자체가 나지 않게 하면 되지 않을까. 자신이 그렇게 만들 수 있을 것 같았다. 준구는 이전의 생처럼 빠르게 위쪽으로 올라갔다. 어느새 지하철이 진입하고 있었다. 지하철 역사 안을 가득 채운 소음 속에서도 뒤쪽으로 신경이 쏠렸다. 이제 그 지긋지긋한 목소리가 들릴 타이밍이었기 때문이다.

"안돼요, 준구 씨!"

준구는 뒤도 돌아보지 않았다. 그는 그대로 달리기 시작했다.

"준구 씨, 나 좀…. 아기….'

그놈의 아기. 치가 떨렸다. 차라리 유산되어 버렸으면. 그런 생각이 잠깐 들었다.

"이봐요, 잠시만요!"

준구를 잡기 위해 폴로셔츠의 남자가 달려왔다. 준구는 재빨리 열차 안으로 몸을 들였다. 문이 닫히려는 순간 그를 잡기 위한 손이 불쑥 들어왔다. 준구는 한손을 들어 그 팔을 힘껏 내려쳤다. 폴로셔츠의 남자가 비명을 지르며 반사적으로 손을 뺐다. 그것만 해도 남자를 따돌리기에는 충분했지만 황당한 듯 자신을 보는 시선에 왠지 불끈 화가 치솟았다.

준구는 한발을 들어 남자의 배에 그대로 꽂았다. 남자가 뒤로 벌러덩 자빠졌다.

"흥, 남의 일에 끼어들지 말라고."

자빠진 남자가 배를 움켜쥐며 일어나는 사이 서서히 문을 닫은 열차는 출발하기 시작했다. 창밖에서 뒤로 밀려나가는 남자의 모습을 보며 준구는 한쪽 입술 끝을 끌어올리며 비죽 웃었다. 열차가 역사를 벗어났을 때 준구는 비로소 객차 안으로 몸을 돌렸다. 몇몇 사람이 경계하는 듯한 눈으로 그를 보았지만 신경 쓰지 않았다. 그의 신경은 오로지 잠들어 있는 여자에게 가 있었다. 이전 생에서 그의 걸림돌이 되었던 사내아이는 객차 구석의 의자에 무릎을 굽히고 올라가 창밖으로 지나가는 풍경을 보고 있는 상태였다. 사내아이의 손에 비행기 인형이 들려 있었다. 준구의 눈썹 끝이 꿈틀거렸다. 자기 새끼가 무슨 짓을 벌일지도 모르고 잠에 빠져 있는 여자를 후려쳐주고 싶은 충동이 들었지만 가까스로 참았다. 여기서 문제를 일으키면 안 되었다.

그는 사내아이의 맞은편 의자에 앉았다. 한시도 경계를 늦추지 않고 아이를 응시했다. 미리 사고를 방지하기 위해 아이를 끌어다 제 어미한테 던져 버리고 싶었지만, 괜한 싸움이 붙어 또다시 발목을 잡힐지도 모른다는 생각에 그만두었다. 깊이 생각해야만 한다. 아이가 창문을 밀어 올린 것은 두정거장이 지나고서였다. 아이는 비행기모양 인형을 들고 휘, 소리를 내며 날아가는 시늉을 하고 있었다.

"야!"

그러나 준구의 외침은 열린 창에서 들어오는 전철의 소음 속으로 묻혀 버리고 말았다. 준구는 배에 힘을 주고 다시 한 번 외쳤다.

"야!"

그제야 아이가 어리둥절한 얼굴로 돌아보았다. 열차 안에 타 있던 다른 승객들도 고개를 돌려 호기심어린 눈길을 보냈다. 창문을 닫으라고 소리를 지르려다가 준구는 자리에서 벌떡 일어나 아이에게로 성큼 다가갔다. 그리고는 거친 손길로 창문을 잡아 내려 버렸다. 무자비하게 쏟아지던 소음들이 전철 바깥으로 튕겨나갔다.

"왜 그래요?"

아이가 앙칼진 눈초리로 준구를 올려다보았다. 속에서 부글거리는 게 끓어올랐지만 꾹 참아 내렸다. 성질 같았으면 저 작은 얼굴을 곧장 뭉개놨을 것이다.

"창문 열지 마, 손 잘리고 싶어?"

"아저씨가 뭔데 그래요?"

"조그만 게 입만 까져서는! 어디다 말대답이야?"

준구는 눈을 부라렸다. 각진 얼굴, 까무잡잡한 피부, 커다란 주먹, 매서운 말투. 아이가 보기에 충분히 위협적이었다. 아이는 곧장 얼굴이 일그러졌고 눈에 눈물이 맺히기 시작했다. 제발 좀 울지 말라고 준구는 말해주고 싶었다. 애가 울면 진짜로 폭력을 휘두르지 않을 것을 자신할 수 없었다. 다행히 그런 불상사를 아이의 엄마가 막았다.

"어머, 죄송합니다."

준구와 아이 사이에 끼어든 엄마는 누가 봐도 비굴할 정도로 고개를 조아리며 아이의 손을 잡았다. 준구는 희번덕거리는 눈으로 여자를 노려보았다.

"애새끼 안보고 잠이 쳐 와요?"

고개를 숙이던 여자의 어깨가 움찔했다. 하지만 그녀는 재차 고개를 숙였다.

"죄송합니다. 재민이 너 말썽 피우면 안 된댔지?"

여자는 아이의 손을 잡고 자신이 앉아있던 자리로 돌아가려 몸을 돌렸다.

"시발. 애새끼 데리고 이 늦은 시간에 왜 쳐 돌아다니는 거야? 꼬락서니 보니 밤일하게 생기지도 않은 것 같은데."

객차 바닥에 침을 퉤 뱉으며 중얼거린 소리를 여자가 들은 모양이었다. 우뚝 멈춰선 여자가 뒤돌아 준구를 노려보았다.

"지금 뭐라고 하셨어요?"

"뭐?"

"다 들었거든요?"

"들었으면 뭐 어쩌라고?"

여자는 아까와는 다르게 똑바로 뜬 눈을 준구에게 박아넣고 있었다.

"지금 하신 말씀 명예훼손이거든요?"

준구는 헛웃음을 터뜨렸다. 가만히 여자를 보자니 아내인 미란이 떠올랐다. 꾸밀 줄도 모르고 여자의 매력도 없는 주제에 말끝마다 아는 척을 해서 고까웠던 일이 한두 번이 아니었다. 그 잘난 대학 좀 다녔다고 꼴값을 떨어댔다. 남편 뒷바라지도 제대로 못하는 주제에 잘났다고 설쳐대는 꼴이 우스웠다. 주먹질로 본 때를 보여줘야 겨우 고개를 숙였다. 여자의 얼굴 위로 미란의 얼굴이 떠오르자 준구는 금세 손이 근질거렸다. 거의 반사적으로 손을 치켜들었다. 여자가 움찔하며 고개를 수그렸다. 어차피 여기서 문제가 일어나 또다시 송주에게 가지 못하게 되더라도 다시 인생을 돌리면 그만이었다.

"저기요, 뭐하시는 거예요?"

느닷없이 날아든 앙칼진 목소리가 준구의 손을 멈춰 세웠다. 객차 중간쯤에 앉아 있던 젊은 여학생이었다. 대학생인지 무릎까지 내려오는 청치마를 입고 두꺼운 노트를 품에 안고 있었다. 여대생은 목소리에 힘을 주어 말했다.

"애한테도 그렇고 아까부터 계속 소란 피우는 거 다 봤거든요? 경찰에 신고할 거예요!"

어이가 없었다. 준구는 고개를 양옆으로 우두둑 소리가 나게 꺾으며 여학생을 노려보았다.

"와나, 이 년이나 저년이나 왜 이렇게 잘난 년들밖에 없어."

준구는 여학생 쪽으로 발을 디뎠다. 눈에 띄게 겁먹은 듯

한 안색이 되었으나 여대생은 입술에 힘을 주고 준구를 향해 일어섰다. 한주먹거리도 안될 것들이 기어오를 때는 어떻게 되는지 보여줄 필요가 있었다.

그러나 준구는 여학생 쪽으로 더 다가가지 않았다. 자신에게로 꽂히는 시선들을 느꼈기 때문이었다. 곱지 않은 시선들 속에서 준구를 향해 일어나려는 몇몇 남자들이 보였다. 준구는 짜증스럽게 입술을 질끈 물었다.

그때 전철이 멈췄다. 어느새 다음 역에 도착한 모양이었다. 치익 소리를 내며 열린 문으로 아이의 손을 잡은 여자가 도망치듯 내렸다. 뒤늦게 알아차린 준구가 매서운 시선을 보냈지만 전철의 문이 이미 닫히고 있었다. 열이 머리끝까지 치솟았다. 준구는 손에 잡히는 대로 주머니에 들어 있던 것을 아이에게로 던졌다. 그러나 그것은 아이에게 채 닿지도 못한 채 맥없이 바닥에 떨어졌다. 뒤늦게 보니 구멍 뚫린 전철 표였다. 그 사이 전철문은 다시 닫혀 버렸다. 문에 달린 유리창 너머에서 아이가 엉덩이를 흔들며 혀를 날름거렸다. 준구가 욕지거리를 했지만 창 너머의 아이에게는 전해지지도 않을 터였다. 전철이 다시 출발했다.

"시발."

이를 갈며 돌아서자 아직도 그를 노려보고 있던 여대생과 눈이 마주쳤다. 준구는 주변을 둘러보았다. 남자들이 적대적인 눈빛을 보내고 있었다.

"운 좋은 줄 알아."

준구는 낮게 뇌까리고는 구석으로 가 털썩 자리에 앉았다. 전철 안에는 무거운 침묵이 가라앉았다.

—다음 역은 청량리, 청량리역입니다. 내리실문은 오른쪽입니다.

방송이 들려온 순간 준구는 벌떡 일어섰다. 조금 전까지의 분노가 모두 씻겨나가고 그 자리를 쾌감이 차지했다. 드디어, 인생을 바꾼다.

준구는 가만히 앉아 있지를 못하고 벌떡 일어나 문 앞에 바짝 다가섰다. 왠지 지하철이 더 늦어진 것만 같았다. 애타는 마음을 알겠다는 듯 잠시 뒤 지하철이 플랫폼 안으로 들어갔다. 창밖으로 보이는 청량리역이라고 쓰인 푯말이 그의 가슴을 일렁이게 했다. 문이 열림과 동시에 그는 쏜살같이 달려 나갔다.

"이봐요, 잠깐만요!"

다급히 뛰어 개찰구를 벗어나는 순간 누군가 그를 불러 세웠다. 돌아보니 푸른 정복을 입은 남자가 미간을 찌푸리고 그를 보고 있었다. 조금 전 준구가 지나친 역무원이었다. 그는 빠르게 다가와 준구를 향해 손을 내밀었다.

"표 내셔야죠."

"예?"

"전철 표요. 내릴 때도 확인시켜 주셔야 하는데요?"

준구는 역무원이 못 알아들을 소리를 한다는 듯 멍해진 눈으로 그의 손을 들여다보았다. 깨달음이 찾아온 것은 몇 초 지나지 않아서였다. 그랬다. 기계화되기 이전에는 검표원들에게 지하철 표를 탈 때와 내릴 때 모두 확인 시켜야 했다. 무임승차 객들을 잡기 위한 것이었다.

준구는 주머니에 손을 집어넣었다. 잡히는 것은 아무것도 없었다. 아차 싶은 듯 준구의 얼굴이 일그러졌다. 아까 지하철 안에서 놀리는 남자 아이를 향해 집어던진 것이 티켓이었다는 것을 뒤늦게 깨달았다.

"아까 좀 무슨 일이 있어서 잃어버렸는데."

역무원의 입가가 가볍게 씰룩였다. 많이 들어본 소리라는 듯한 얼굴이었다. 비웃고 있는 것이다.

"진짜예요. 어차피 탈 때 확인했으니까 상관없잖아요!"

"탈 때 몰래 타는 사람들도 많아서 두 번 확인하는 거 모르세요? 없으면 사무실 가서 운임 내셔야 해요."

돈이 있을 리가 없었다. 그럴 돈이 있었으면 이 지긋지긋한 지하철은 타지도 않았을 것이었다.

"지금 돈 없어요. 못 믿겠으면 아까 내가 내린 지하철 안을 찾아보든가."

던지듯 말해놓고 준구는 휙하니 돌아섰다. 역무원이 그의 팔을 잡았다.

"아뇨, 그러시면 안 되고요…."

순간 신경 줄이 툭 끊어져버렸다. 아까부터 쌓여온 화가 순식간에 폭발했다. 별 같지도 않은 것들이 자신의 앞을 막아서는 것을 용서할 수가 없었다. 눈이 뒤집힌 준구가 팔을 휘둘러 자신을 잡고 있는 역무원의 손을 간단히 떨쳐내고는 동시에 양손으로 그의 어깨를 힘껏 밀쳐버렸다.

"시발, 건드리지 말라고!"

순간적으로 당한 일에 역무원이 뒤로 벌러덩 자빠졌다. 실수했다는 생각은 들었지만 그것은 찰나일 뿐이었다. 그까짓 돈으로 남의 앞길을 막아서 왜 그런 꼴을 당하는가 싶었다. 넘어졌던 역무원이 휘둥그레진 눈으로 준구를 보다가 벌떡 일어나 벽에 붙은 버튼을 눌렀다. 그 버튼이 무슨 역할을 하는지는 오래 지나지 않아 알 수 있었다. 꺾어진 복도 쪽에서 남자들 세 명이 이쪽을 향해 다가오고 있었다.

모르겠다. 될 대로 되라.

그렇게 생각하며 준구는 자신을 도망치지 못하게 다시 잡으려 일어나는 역무원의 얼굴에 주먹을 꽂았다. 역무원은 비명도 지르지 못한 채 얼굴을 감싸며 주저앉았다. 손가락 사이에서 검붉은 피가 흘러나왔다.

"뭐야!"

다가오던 세 명 중 한 남자가 외치기 무섭게 나머지 사람들이 달려오기 시작했다. 준구는 몸을 홱 돌려 달렸다. 역사를 벗어나 계단을 뛰어내린 다음 인적 없는 시장골목을 가로지른 뒤에야 남자들을 따돌릴 수 있었다. 준구는 거친 호흡을 몰아쉬면서도 비릿한 웃음을 흘렸다. 질질 흐르는 피를 훔치는 모습을 떠올리자 꼴좋다는 생각이 들었다. 시답잖은 일로 남의 발목을 잡으면 어떻게 되는지 제대로 보여췄다고 생각했다.

거기서 더 오래 있을 수는 없었다. 준구는 송주가 있을 모텔을 향해 달리기 시작했다.

모텔이 눈앞에 보인 순간 역시 하늘은 자신의 편이라고 생각했다. 잔뜩 어깨가 처진 송주가 모텔 계단에서 내려오고 있는 것을 발견했기 때문이었다. 그녀는 준구에게 버림받았다고 생각했는지 한손을 들어 눈물을 훔치고 있었다.

"송주야!"

고개를 들던 송주가 이내 준구를 발견하고는 걸음을 우뚝 멈춰 세웠다. 그녀는 놀란 눈을 하고 준구를 보고 있었다. 멀리서도 그녀의 아름다운 얼굴이 그의 심장을 두근거리게 했다. 준구는 박힌 듯 서있는 송주를 향해 달려갔다. 그러고는 송주가 어떤 말을 하기도 전에 그녀를 당겨 품에 안았다. 그녀의 여리한 몸이 준구의 품속으로 들어왔다. 처음부터 하나였던 듯이 두 사람의 몸이 꼭 맞물렸다. 준구의 가슴이 성취감으로 가득 채워졌다.

6

무릎이 꺾였다. 온몸의 피가 일순간에 발끝으로 빠져나가는 기분이었다. 호흡이 멈춤과 동시에, 관자놀이에 날카로운 통증이 엄습했다. 빠르게 돌던 놀이기구에서 튕겨나간 것처럼 눈앞이 휘돌았다.

"여보, 괜찮아?"

간신히 무릎을 짚고 중심을 잡고 있던 준구의 팔을 부드럽게 잡는 손길이 있었다. 그 목소리에 준구는 잠에서 깨어난 듯 정신 차렸다. 부옇던 시야가 점점 밝아졌다. 천천히 호흡이 돌아왔고 통증도 사그라졌다. 준구는 눈을 깜박였다. 걱정하는 듯한 목소리는 준구를 들뜨게 했다. 준구는 천천히 자신을 잡은 팔을 따라 시선을 옮겼다. 스웨터를 입은 가슴을 지나, 작은 어깨, 귀 아래로 언뜻 언뜻 보이는 새치, 그리고 얼굴을 보았다. 순간 준구는 환호성을 지를 뻔했다.

송주였다. 벌써 오십대 후반에 들어서서 피부의 탄력을 조금 잃기는 했으나 그가 사랑했던 아름다운 얼굴을 고스란히 간직하고 있었다.

"잠깐 어지러웠어."

송주는 준구를 부축해 의자에 앉혔다. 준구는 깊은 호흡을 내쉬며 주변을 둘러보았다. 오가는 사람들과, 링거 대를 끌고 다니는 무기력한 표정의 환자들, 너스스테이션 안쪽으로 바쁘게 움직이는 간호사들, 소변 통을 들고 화장실로 향하는 간병인들. 그곳은 병원의 복도였다. 그제야 자신이 입고 있는 것이 환자복이라는 것을 깨달았다.

준구는 벽에 머리를 기댔다. 눈을 감고 정신을 모았다. 천천히 기억을 되짚으려 하자 흐트러져 있던 조각들이 제자리를 찾아갔다.

모든 것은 준구의 뜻대로 이루어졌다. 그날 준구는 송주를 놓치지 않았다. 결혼을 약속했다. 송주의 아버지도 외동

딸의 고집을 꺾어놓지 못했다. 그로부터 1주일쯤 후, 그날 청량리역 검표원 폭행사건의 용의자로 준구를 특정한 형사들이 찾아왔지만, 대법관인 송주 아버지의 오랜 친구가 정리하는 것은 그리 어려운 일이 아니었다.

결혼식은 성대했다. 뉴스에서 가끔 보던 지역의원도 하객으로 와서 그의 어깨를 으쓱하게 만들었다. 결혼 일 년 만에 송주가 임신할 수 없는 몸이라는 것을 알게 되었지만 그것은 준구의 인생에 큰 굴곡은 아니었다. 오히려 준구는 아이를 갖기 원하지 않았다. 자식이라는 것은 어차피 머리가 크면 부모의 뒤통수나 친다는 것을 이미 지난 생에서 알고 있었으니까. 하지만 상심한 모습을 드러내는데 집중했다. 덕분에 장인의 원조를 받아 사업을 크게 시작할 수 있었다.

하지만 첫 사업은 실패로 돌아갔다. 이후 송주의 반대도 무릅쓰고 또다시 사업에 손을 댔지만 그마저도 제대로 손에 쥔 것 없이 끝났다. 송주는 그가 사업을 하기 보다는 아버지의 회사에 들어가 먼저 일을 익히기를 바랐다. 하지만 준구는 고집을 꺾지 않았다. 어떻게든 보여주겠다고 마음먹었다. 얼마 되지도 않는 돈 좀 대준다고 그를 곱지 않게 보는 장인의 속내를 알고 있기 때문이었다. 아기도 가질 수 없는 하자 있는 여자를 데리고 살아주는 것만도 감지덕지할 판에 유세까지 부리고 있으니 고깝기만 했다.

제대로 한번 콧대를 눌러 놓겠다는 그의 다짐은 이루어지지 못했다. 그가 마흔셋이 되었을 때 장인은 뇌경색으로 쓰러져 세 달이나 침대 신세를 지다 기저귀를 차고 죽었다. 그의 장례식장에서 남몰래 웃은 것은 송주도 알지 못하는 일이었다.

당연하게도 회사는 준구가 물려받았다. 하지만 그 자리도 오래 앉아 있지 못했다. 그는 포부가 있는 남자였다. 콧구멍만 한 회사의 회장으로 만족할 수는 없었다. 그가 이미 알고 있었다. 그가 돌이킨 지난 생에서 이 회사는 전자, 의류, 통신, 유통을 아우르는 SJ그룹으로 성장했다. 장인은 없었지만 자신이 못할 리가 없었다. 주주들의 만류에도 사업을 확장하려 했으나 실패했다. 튼튼하던 제지사업에서 벌어들인 수익이 전부 들어간 리조트사업은 그대로 좌초됐다. 긴급하게 열린 주주총회에서 그는 회장 자리를 내놓아야 했다. 주주들이 입을 모으면 회장도 자를 수 있다는 것을 처음 알았다.

부자는 망해도 삼 년은 살 수 있다고 했다. 당연히 꽤 되는 돈이 남아 있었다. 송주는 말렸지만 그는 그 돈을 원유개발사업에 투자했다. 당시 뉴스에서도 언급된 사업이었다. 대통령이 직접 나이지리아 대통령과 원유개발사업에 합의했고, 그 사업권을 국내 기업 한국에너지개발 주식회사에서 따냈다. 준구는 한국에너지개발의 상무로 재직하던 선배 석호에게 사정해 운 좋게 투자금을 넣을 수 있었다.

하느님 같던 선배 석호는 지금 교도소에 수감되어 있었다. 사기꾼이었다.

나이지리아 대통령과의 원유개발 사업합의도 사실이었

고, 사업권을 한국에너지개발 주식회사에서 따낸 것도 맞지만, 결정적이게도 석호는 그 회사에 존재하는 인물이 아니었다.

3대에 걸쳐 살던 장인의 집을 팔아 빚을 갚고 남은 돈으로 임대 아파트의 보증금을 댔다. 송주는 친구에게 부탁해 취직했다. 말이 좋아 보험사 FC지 결국 보험 파는 영업원이었다. 일 년쯤 지나서는 저녁에 갈빗집 홀 서빙도 다녔다. 준구는 일하지 않았다. 사업의 실패를 연이어 맛본 충격을 다스릴 시간도 부족했다. 비록 결과는 좋지 않았지만 여태껏 이리 저리 뛰어다니며 자신이 일을 했으니 그동안 편히 살아온 아내가 일을 할 차례라고 생각했다. 가끔 자식에게 효도받으며 외제차를 몰고 다니는 사람들을 보면 화가 불끈 치솟아 손찌검하기도 했지만, 그런 허물들을 감싸 안아주니 자신만한 남편도 없다고 생각했다.

그렇게 살던 일주일 전쯤, 그는 돌연 쓰러졌다. 옮겨진 병원에서 뇌경색 진단을 받았다. 수술은 성공적이었다. 재활만 잘하면 장애도 남지 않을 거라고 했다.

"여보 시원한 것 좀 사올까?"

송주가 그의 안색을 살폈다. 준구는 송주를 물끄러미 들여다보았다. 송주는 준구의 입원기간 내내 그를 극진히 보살폈다. 나쁘지 않은 선택이었다고 생각한다. 그리고 나쁘지 않은 삶이었다. 잘난 척하던 장인은 재수 없었고, 사업이 고꾸라질 때마다 스트레스도 있었지만, 자신이 하고 싶은 것은 다 해봤고, 룸살롱 상석에 앉아 굽실거리는 놈들의 정수리를 일상처럼 내려다보던 삶이었다. 여자 맛도 남부럽지 않게 봤다.

"괜찮아. 잠깐 어지러웠어."

"괜히 운동 하자고 했나봐."

"아냐."

준구는 송주의 부축을 받아 자리에서 일어섰다. 그러던 준구의 시선을 벽에 붙은 알림게시판이 붙잡았다. 준구는 자신을 붙잡고 있던 송주의 팔을 밀어내고 뭔가에 홀린 듯 게시판 앞으로 갔다. 거기에는 잡지에서 스크랩한 기사가 붙어 있었다. 제일 윗단에는 병원을 배경에 두고 환하게 웃으며 포즈를 취하고 있는 세 사람이 있었다.

—미혼모 가정 지원재단 설립을 발표한 주미란 원장과 최준혁 이사장 부부

심장이 쿵, 하고 떨어졌다. 잠깐 알아보지 못할 뻔 했다. 우아하게 웨이브를 준 머리가 아주 잘 어울리는 지성적인 모습의 여성은 분명 미란이었다. 미란이 이 병원 원장이라고? 가만히 생각해보니 자신의 아이를 임신하기 전 미란은 의대를 다니고 있었다. 하지만 임신하면서 학업을 포기했다. 다시 대학이라도 들어간 건가? 애를 데리고 재혼했다는 것인가? 어떤 돈 많은 놈을 만났기에? 곧장 사진속의 남자를 봤다. 준구는 남자의 얼굴을 한참이나 들여다보다가 소스라치게 놀랐다. 남자의 모습 위로 겹쳐 보이는 사람이 있

었기 때문이었다. 미란을 버리던 1호선 전철역에서 그를 잡으려 하던 그 청년. 준구가 발로 차 밀어버렸던 그 청년이었다.

그렇다면 미란이 저 새끼를 만나서 다시 공부를 해 의사가 됐다는 건가?

지하철역에서 산모인 미란을 도와주다 눈이 맞은 건지도 모른다는 생각이 들었다. 준구는 미란과 남자의 사이에서 환하게 웃고 있는 또 다른 남자를 보았다. 한눈에 알아볼 수 있었다. 그는 준구의 아들인 재준이었다. 엄마를 때린다고 대들던 악에 바친 모습은 온데간데없고 편안하고 느긋한 미소로 카메라를 바라보고 있었다.

"여보, 왜 그래요?"

"아니, 잠깐만."

자신의 팔을 두드리는 송주에게서 한 발짝 떨어지며 준구는 만지지 말라는 듯 양손을 들어올렸다. 그리고는 빠른 걸음으로 엘리베이터로 향했다.

"계단 운동하기로 했잖아요. 어디 가는 거예요?"

황급히 따라온 송주가 준구를 따라 엘리베이터에 올라탔다. 운동은 무슨 얼어 죽을 운동인가. 지금은 상황을 정리할 시간이 필요했다.

눈치 없는 송주는 준구 뒤를 졸졸 쫓아 옥상까지 따라왔다.

"내려가. 금방이면 되니까."

"무슨 일 있는 거 아니죠? 정말 금방 내려와야 돼요?"

"알았다니까."

준구는 몇 번이나 약속한 뒤에야 걱정이 가득한 얼굴의 송주를 내려 보냈다. 송주가 사라진 뒤 준구는 옥상의 맨 앞으로 걸어갔다. 그리고는 눈앞에 펼쳐진 서울 도심을 내려다보았다. 총 10층 규모의 대형병원 꼭대기에서 내려다보는 탁 트인 서울 한복판은 그의 머리를 시원하게 만들었다. 그러자 새로운 생각들이 머리를 채워나갔다. 좋은 생각이 떠올랐다. 역시 사람이 죽으라는 법은 없다고 생각했다.

일단 미란과 그놈에게 연락해 돈을 뜯어낼 생각이었다. 친자확인 소송을 진행한다고 하면 세간의 눈을 의식해서라도 안 줄 수는 없을 것이다. 주지 않아도 상관없다. 아까 잡지에서 아들인 재준은 병원을 물려받지 않을 생각으로 현재 대형 요양원을 운영하고 있다고 했다. 자식은 친부를 부양해야 할 의무가 있다. 돈이 좀 있을 테니 제대로 된 집부터 마련해달라고 할 생각이었다. 자기가 누구 덕분에 세상에 나와 인간구실을 하고 사는지를 생각하면 마땅히 해야 하는 일이라는 것을 알 것이었다.

그래, 일은 생각났을 때 빠르게 처리해야 한다. 준구는 곧장 원장실로 쳐들어갈 생각이었다. 하지만 몸을 돌리던 그 순간 무언가가 그의 몸을 강하게 부딪쳐 왔다. 돌아서던 준구의 몸이 휘청하더니 중심을 잡기도 전에 옥상 난간 밖으로 고꾸라졌다. 부지불식간에 당한 일에 준구는 비명도 지르지 못한 채 허공으로 빨려들었다. 그런 그의 눈에 들어온 것은 송주였다. 멀어지는 준구를 보며 그녀는 웃고 있었다.

문득 준구는 반년 전쯤 실적을 채워야 한다며 송주가 내밀던 보험서류에 사인하던 자신의 모습을 떠올렸다. 그리고 자신의 선택이 잘못된 것임을 깨달았다. 아주 짧은 순간 그는 다시 인생을 선택할 수 있는 기회가 주어지지 않을까 기대했다. 하지만 그에게 주어진 것은 땅에 부딪는 엄청난 충격과 깊은 어둠뿐이었다.

작가 후기

자주 그런 질문을 듣습니다.

다시 예전으로 돌아간다면 언제로 돌아가서 어떻게 할래?

저는 다시 돌아가고 싶지 않다고 하면서도, 만약 돌아간다고 해도 똑같이 행동했을 거라고 대답해왔습니다. 인생을 돌이킨다고 해도 사람의 본성은 그대로일 것이기 때문입니다.

그 질문에서 이 이야기가 시작됐습니다. 만약 현실에 대한 기억을 갖고 있는 상태에서 시간을 되돌린다면, 과연 그 인생은 달라질 수 있을까?

저는 그렇지 않다고 생각했습니다. 사람의 본성이 그대로이기 때문입니다. 사람의 악의적인 마음은 주변을 상처와 피로 물들게 하고 종국에는 자신 스스로를 무너뜨리기까지 합니다.

네, 이건 어쩌면 본성에 관한 이야기인지도 모르겠네요.

이야기의 배경을 창동역으로 정한 것은, 이 소설을 집필할 당시 이 역에는 아직 스크린 도어가 없었기 때문입니다. 그래서 주인공인 준구가 몇 번이고 인생을 리셋할 기회를 얻을 수 있었긴 합니다만, 이 이야기를 적는 동안 창동역에서 안 좋은 사건이 발생했다는 것을 뉴스로 접했습니다.

그 동안 어떤 사정이 있어서 스크린도어가 설치되지 않았는지는 알 수 없으나, 이 후기를 쓰는 지금 검색하여 보니 창동역에도 스크린 도어가 설치되었다고 합니다. 기쁜 일입니다.

3호선

쇠의 길_정명섭

어린 동민은 재작년에 고향을 떠나 서울로 올라오면서 불행이 시작되었다고 믿었다. 서울은 도로를 가득 메운 자동차와 높다란 아파트, 온갖 물건을 파는 상점들이 가득했다. 그러나 어디에도 동민 가족의 것은 없었다. 아빠는 지하철 3호선이 있는 연신내역 근처에 좁은 계단을 한참 올라가야 하는 달동네에 거처를 정했다. 아빠는 공사장에서 겨우 일을 구했다. 하지만 며칠 만에 다쳐서 약값만 날렸다. 고향을 떠나고 싶어 하지 않았던 엄마는 도시의 낯선 환경에 쉽게 적응하지 못했다. 학교에 갔다 온 동민은 부엌에 쭈그리고 앉아 우는 엄마의 모습을 본 게 한두 번이 아니었다.

동민 역시 서울에 쉽게 적응하지 못했다. 꾀죄죄한 옷차림과 사투리 때문에 놀림거리가 되기 일쑤였다. 고향과는 너무나 다른 아이들의 학구열에 성적도 바닥을 기었다. 서울에서의 삶에 지친 엄마가 밤마다 아빠를 붙잡고 고향으로 돌아가자고 울먹거리며 말하는 걸 들으면서 잠들곤 했다. 엄마는 안 된다고 하는 아빠에게 이렇게 말했다.

"서울은 괴물이라고요. 사람을 잡아먹는 괴물."

아빠가 고향으로 돌아가지 않겠다고 언성을 높이면 엄마가 우는 것으로 말다툼은 끝났다. 아빠는 어떻게든 일자리를 찾으려고 했지만 다친 허리 때문에 쉽지 않았다. 허탕 치는 날이 늘어날수록 아빠는 점점 술독에 빠져 화를 냈다. 얼마 전부터는 일자리를 찾기 위해 아침 일찍 나간 아빠가 달동네 입구에 있는 구멍가게에 혼자 앉아서 술로 시름을 달래는 모습이 보였다. 동민은 그런 아빠의 모습이 보기 싫었다. 괜히 만나면 혼 날 것 같아서 멀찌감치 돌아갔다.

그러던 아빠가 며칠 전부터 갑자기 변했다. 무뚝뚝하던 얼굴에 미소가 피어났고, 화도 잘 내지 않았다. 동네 구멍가게에서 더 이상 술도 마시지 않았다. 매일 아빠와 싸우던 엄마도 어리둥절해하면서 물었다.

"공사판에서 만난 황 씨라는 사람이 일자리를 소개해주기로 했어."

엄마는 서울 사람은 믿는 거 아니라고 의심했지만 아빠는 좋은 사람이라며 잘 될 거라고 했다. 동민은 일단 아빠가 좋아졌다는 사실이 행복했다.

하지만 행복은 오래가지 않았다. 황 씨를 만나러 나갔다 온 아빠가 술에 흠뻑 취해서 돌아온 것이다. 엄마는 내일부

터 일을 나갈 사람이 이렇게 취하면 어떡하느냐고 걱정하면
서 아빠를 안방에 눕혔다. 엄마와 함께 아빠를 이불로 덮은
동민은 밖으로 나가면서 술주정을 들었다.

"황 씨! 이 나쁜 새끼! 사기꾼 같으니."

뭔가 엄청 잘못 되어만 가고 있는 느낌이었다. 저녁 무렵
술에서 깬 아빠는 침묵으로 일관했다. 엄마가 차려준 저녁
을 말없이 먹은 아빠는 일하는 게 하루 미뤄졌다고 말하고
는 동민을 바라봤다.

"내일 쟤 좀 데리고 나가서 신발이랑 옷 좀 사줘야겠어."

얘기를 들은 엄마가 같이 나가자고 했다. 잠시 생각하던
아빠는 황 씨와 잠깐 만나기로 했다면서 동민을 데리고 먼
저 나갈 테니까 뒤따라오라고 했다.

동네 구멍가게까지 나온 아빠는 지갑을 가져 온다면서 집
에 들렀다 왔다. 그리고는 서둘러 동민의 손을 잡고 연신내
역으로 향했다. 동민이 서울에 와서 가장 신기했던 것이 바
로 지하철이었다. 땅속으로 열차가 다니는 것도 신기했고,
김밥처럼 긴 열차가 저 혼자서 움직이는 것도 놀랄 일이었
다. 지하로 내려가는 입구에 있는 테이프 노점상에서는 가
요 톱 텐에서 봤던 김건모의 '핑계'가 신나게 흘러나왔다.
동민은 아빠가 창구로 가서 표를 사는 걸 지켜보다가 함께
개찰구를 통해 승강장으로 갔다. 계속 주변을 두리번거리던
아빠는 제일 끝으로 가더니 아래쪽으로 훌쩍 뛰어내렸다.
놀란 동민이 물었다.

"아빠?"

"어서 내려와라. 괜찮아. 무서워하지 말고."

주저하던 동민은 두 팔을 벌리는 아빠 품으로 뛰어내렸다. 빛이 환한 승강장보다는 훨씬 어두웠지만 대신 몹시 시원했다. 군데군데 불이 켜져 있었다. 콘크리트로 만든 기둥 사이에 두 개의 줄이 쭉 이어졌다. 그쪽으로 껑충 뛰어간 동민은 그 줄의 정체를 깨닫고는 입을 다물지 못했다.

"어, 쇠로 된 길이 있어요."

어린 동민의 물음에 넋이 나간 표정을 짓고 있던 아빠는 힘없이 고개를 끄덕거렸다.

"이건 선로라는 거야. 전철이 지나가는 길이지."

대답을 하면서도 아빠는 계속 앞뒤를 살폈다. 동민은 여전히 신기한 눈으로 선로에서 눈을 떼지 못했다. 주변에는 자갈이 깔려 있어서 밟을 때 마다 바스락거리는 소리가 났다. 콘크리트와 시멘트 투성이 서울에서는 좀처럼 맛 볼 수 없는 느낌이었다. 동민은 잠깐 동안 신나게 자갈을 밟았다. 그러다 아빠에게 물었다.

"근데 엄마는 어디 있어요?"

"어, 여기서 좀 기다리면 올 거야."

"진짜?"

비로소 미심쩍은 생각이 든 동민은 아빠의 손을 잡았다. 땀에 흠뻑 젖은 아빠의 손이 미끌거렸다. 아빠의 손이 손목을 세게 움켜쥐었다. 동민은 저도 모르게 비명을 질렀다.

"아파도 좀 만 참아. 이제 안 아픈 곳으로 갈 거니까."

거기가 어디냐고 물어보려던 동민은 아빠를 보고는 질문을 삼켰다. 핏기 하나 없는 아빠의 얼굴이 너무나 무서웠다. 겁을 먹은 동민은 슬슬 팔을 빼려고 하자 아빠는 힘을 줘서 손목을 비틀었다.

"너도 나 때문이라고 생각하니?"

"네?"

"우리가 불행해진 게 나 때문이라고 생각하냐고?"

흥분한 아빠의 목소리가 어두운 지하철 선로를 따라 울려 퍼졌다. 그리고 거기에 반응하듯 선로 끝에서 한 쌍의 빛이 나타났다. 그 빛의 정체가 전철의 라이트라는 사실을 깨달은 동민은 아빠에게 외쳤다.

"아빠! 전철이 와요!"

"잠깐만 참으면 된단다. 잠깐만."

흥분한 아빠의 목소리를 들은 동민은 무슨 일이 벌어질지 짐작했다. 아빠는 스스로 자처한 서울행이 불행의 구렁텅이에 빠지자 극단적인 결심을 한 것이다.

"아빠! 제발!"

"가만 있으라니까."

아빠의 목소리가 점차 커져가는 가운데 전철에서 내뿜는 빛이 한층 더 가까워졌다. 기적 소리가 울렸지만 아빠는 선로 한 가운데서 꼼짝도 하지 않았다.

"빌어먹을 서울! 난 잘 살고 싶었는데."

아빠의 절규가 울려 퍼지는 가운데 동민은 뒤쪽에서 낯선 소리를 들었다. 전철의 기계음이나 바람 소리가 아니라 동물이 내는 울음이었다. 먹잇감을 앞에 둔 맹수가 내는 낮고 신경질적인 굉음이었다. 소리는 점점 가까워졌다.

뒤를 돌아보니 두 눈에서 빛을 뿜어내는 짐승이 있었다. 전철의 하얀 빛과 대비되는 핏빛 눈동자였다.

"아빠!"

동민은 다급하게 불렀지만 아빠는 점점 다가오는 전철만 바라보고 있었다. 보다 못한 동민이 뒤쪽을 보라고 외치는 순간 핏빛 눈동자가 달려들었다. 놀란 동민은 아빠에게 잡힌 손목을 필사적으로 뿌리쳤다. 순간적으로 날아오른 핏빛 눈동자는 여전히 앞쪽만 바라보고 있던 아빠를 덮쳤다.

"살려줘!"

핏빛 눈동자에 깔린 아버지가 발버둥을 치면서 동민에게 손을 내밀었다. 겁에 질린 동민은 아빠의 외침을 무시하고 선로 사이의 기둥으로 뛰어갔다. 건너편으로 도망쳐 승강장으로 올라가야했다. 기둥 사이를 지나려는 찰나, 귀를 찢어버릴 것 같은 소리가 들렸다.

기둥 너머의 맞은편 선로에서 오는 전철을 생각하지 못했다. 간신히 피했지만 어마어마한 속도로 지나간 전철이 일으킨 바람 덕분에 눈을 제대로 뜰 수 없었다. 그나마 기둥에 있는 쇠로 된 손잡이를 잡을 수 있어서 바람에 날아가지 않았다. 그 사이, 아빠가 있던 선로 쪽으로도 전철이 지나갔다.

전철 바퀴에 뭔가 깔리면서 부서지는 소리와 숨넘어가는 소리가 함께 들렸다. 양쪽으로 지나가던 전철이 급정거하면서 엄청난 굉음과 먼지를 뿌렸다. 눈을 감은 채 버티던 동민은 겨우 눈을 떴다. 전철이 서서히 정차하고 있었다.

동민은 어둠 속으로 사라지는 핏빛 눈동자를 보고는 그대로 정신을 잃었다.

"아저씨! 아저씨!"

까무룩 잠들어있던 동민은 낯익은 목소리에 눈을 떴다. 눈앞에는 일주일에 한 두 번씩 만나는 예인이 보였다. 노란 모자를 쓴 예인이 한손을 내밀면서 물었다.

"아저씨! 나쁜 꿈 꿨어요?"

예인이가 건넨 박하사탕을 받은 동민은 이마에 땀이 송글송글 맺힌 깨닫고는 황급히 한 손으로 훔쳤다.

"아, 아니야. 그냥 더워서 그랬나봐."

"암튼 아프면 안 돼요. 아저씨."

예인이가 준 박하사탕을 움켜쥔 동민은 고개를 끄덕거렸다.

"아저씨 아프지 않을 거니까 걱정 마."

"그럼 다음에 또 봐요. 아저씨."

예의바르게 배꼽인사를 한 예인이 깡총 거리며 엄마에게 다가갔다. 파란색 원피스 차림의 엄마는 멀리서 봐도 눈살을 찌푸리고 있었다. 예인과 엄마가 인파 사이로 사라지자 동민은 박하사탕의 껍질을 까서 입에 넣었다. 맞은편 의자에 누워있던 박 목사가 말을 건넸다.

"전생에 부모 자식이었나, 왜 쟤는 맨날 동민 씨한테만 오는 거야?"

동민이 쑥스러워하면서 대답하지 못하자 옆에 앉아 있던 최 사장이 삿대질을 하면서 얘기했다.

"그것도 몰라? 작년에 이상한 놈이 쟤를 끌고 가려고 하는 걸 강 씨가 막았잖아. 그때 그 이상한 놈이 칼을 휘둘러서 몇 군데나 찔렀는데."

최 사장의 삿대질에 얼굴이 벌게진 박 목사가 벌떡 일어났다.

"모를 수도 있지. 왜 이렇게 큰소리야!"

"목사라는 놈이 무식하니까 그렇지."

둘이 서로 삿대질을 하며 싸우자 지나가던 사람들이 힐끔거리며 발걸음을 빨리했다. 연신내역은 6호선까지 같이 지나가는 바람에 사람들로 붐볐다. 주변에 재래시장이 있고, 은평 뉴타운이 조성된 덕분이었다. 연신내역 안에 조성된 쉼터에는 인근 교회에서 기증한 긴 의자와 테이블, 그리고 낡은 TV와 오래된 책들이 진열된 책장이 전부였다. 화장실 근처라서 그곳을 차지한 것은 동민 같은 반숙인들이었다. 노숙과 찜질방, 싸구려 원룸을 오가며 생활하는 그들은 자신들이 노숙인과 다르다는 의미로 반숙인이라고 했다. 아빠의 죽음 이후 정착을 하지 못한 동민 역시 자연스럽게 반숙인의 대열에 합류했다. 그나마 종종 일을 해서 번 돈으로 방이라도 얻었지만 일거리가 끊기면 연신내역으로 나와야만 했다. 쉼터에는 터줏대감을 자처하는 박 목사와 항상 그에게 시비를 거는 최 사장, 그리고 둘 사이를 중재하는 것을 숙명처럼 여기는 함 대령이 머물고 있었다. 그들이 과거에 목사였는지, 사장이었는지, 대령이었는지는 알 수 없었다. 다만 서로 그렇게 불렀다.

책을 읽고 있던 함 대령이 헛기침했다.

"어이구, 무식하게 사람들 앞에서 좀 싸우지들 마. 우리를 뭐라고 보겠어."

"보긴 뭘로 봐요. 노숙인으로 보겠죠."

애국자를 자처하는 최 사장은 묘하게 함 대령에게 약했다. 혀를 차며 책을 덮은 함 대령이 일어나서 허리춤에 손을 얹었다.

"우리가 무료 급식을 먹기 쉬운 서울역이나 영등포로 안 가고 여기에 남아있는 이유를 생각해봐. 사람은 며칠 굶어도 살지만 자존심을 잃어버리면 살아도 죽는 거나 마찬가지야. 내가 대대장일 때 이렇게 구는 부하들이 있으면 말이야."

함 대령의 말이 길어질 기미가 보이자 동민은 슬슬 자리를 떴다. 주머니에 두 손을 찔러 넣고 슬리퍼를 질질 끌며 계단을 올랐다. 지상은 여전히 시끄럽고, 바쁘게 돌아갔다. 장사가 안 돼서 문을 닫은 카페 앞 계단에 쪼그리고 앉은 동민은 지나가는 사람들을 구경하면서 꿈을 털어버리려고 노력했다.

지갑을 가지러 간다던 아빠는 집에 돌아가 엄마를 죽였다. 부엌칼로 여러 번 천천히 찔러서 숨통을 끊은 다음 수돗가에서 손과 팔에 묻은 피를 깨끗하게 닦아내고 동민을 연신내역으로 데려갔다. 그리고 동반 자살을 하러 선로로 내려갔다. 그때는 스크린도어가 없었고, CCTV 같은 것도 설치되기 전이었다. 전철에 치이기 직전 뭔가의 습격을 받았고 동민만 살아남았다. 구조된 동민은 구급대원에게 울먹거리며 말했다.

"아, 아빠가 괴물한테 공격 받았어요."

하지만 전철에 깔려 으깨진 아빠의 시신에서는 별다른 흔적을 찾을 수 없었다고 구급대원이 털어놨다. 졸지에 동민은 보호자를 잃었다. 친척들마저 양육을 거부하자 동민은 고아원으로 보내졌다.

고등학교 졸업과 동시에 고아원을 나온 동민은 마치 운명이 이끌리듯 연신내로 돌아왔다. 돈을 벌려고 했지만 사회에 적응하지 못한 그가 할 수 있는 일은 극히 적었다. 결국 자연스럽게 가난이 몸에 배인 삶을 살아야만 했다. 동민을 내내 괴롭혔던 것은 아빠를 공격한 괴물이었다.

"핏빛 눈동자를 하고 있었죠."

어둠 속에서 흔적을 감춘 채 접근했고, 크지 않은 덩치였지만 아빠를 뒤에서 덮쳐서 넘어뜨린 다음에 잔인하게 물어

뜬었다. 그는 괴물이라고 불렀고, 지하철을 타고 다니면서 몇 번이고 더 목격했다. 하지만 연신내에서 함께 반숙을 하는 친구들은 믿지 않았다. 박 목사는 안수 기도를 시켜주겠다고 했고, 함 대령은 유격과 혹한기를 같이 받으면 헛소리를 하지 않을 것이라고 말했다. 강 사장은 돈이 되는 일을 해야지 쓸데없는 일을 한다고 입을 삐죽 내밀었다.

"분명히 지하철에 괴물이 있어. 내 눈으로 똑똑히 봤다고."

그가 중얼거리는 소리에 핸드폰을 귓가에 대고 통화를 하며 지나가던 젊은 대학생이 놀라서 뒤로 잠깐 물러났다. 허름한 차림의 동민을 위 아래로 노려보던 대학생은 도로 핸드폰을 귓가에 가져가며 발걸음을 옮겼다. 그렇게 멍하게 앉아 있던 동민은 마음이 진정되자 엉덩이를 털고 일어났다. 다시 연신내역으로 들어가서 쉼터로 가던 동민은 낯선 사람들이 있는 것을 보고 발걸음을 멈췄다.

"누구지?"

낯선 사람들이 동민을 돌아봤다. 그 중 몇 명이 아는 사람이라는 걸 깨달은 동민은 그나마 안심이 되었다. 신참 역무원이자 반숙인들에게 호의적인 이안나와 황 과장이 보였기 때문이다. 황 과장은 원리 원칙대로만 굴지만 어느 정도는 융통성을 발휘할 줄 아는 사람이었다. 나머지 두 남자는 지하철 수사대 점퍼를 입고 있었고, 다른 한명은 파란색 원피스 차림의 여성이었다.

"예인이 엄마?"

동민의 목소리를 들은 파란색 원피스의 여성이 지하철 수사대 점퍼를 입은 두 남자를 바라봤다.

"강동민 씨 되십니까?"

"그, 그런데요?"

심상치 않은 분위기에 주눅이 된 동민이 더듬거리는 목소리로 대답하면서 이안나를 바라봤다. 그의 애처로운 눈빛을 본 이안나가 무전기를 든 채 다가왔다.

"물어볼 게 좀 있어서 왔어요?"

"나는 잘못한 거 없어요."

여차하면 도망치려고 했지만 건장한 지하철 수사대 요원을 보고는 포기했다. 함 대령을 비롯한 반숙인들의 걱정스러운 눈길이 멀리서 느껴졌다. 황 과장이 그의 어깨에 손을 올렸다.

"잠깐 사무실로 가서 얘기하지."

"무슨 일인데요?"

동민이 목소리를 높이자 함 대령을 필두로 한 반숙인들이 하나 둘 씩 일어났다. 그때 이안나가 속삭였다.

"예인이가 없어졌어요."

"걔가 왜…?"

놀란 동민의 물음에 이안나가 몇 발자국 떨어진 곳에 서 있던 파란색 원피스를 입은 여성을 바라봤다.

"예인이가 엄마랑 승강장에 내려갔는데 감쪽같이 사라졌

데요. 그래서 조사 중이에요. 직전에 만나셨다면서요?"

"걔가 사탕을 줬어. 박하사탕."

동민이 이미 오래전에 녹아서 사라진 박하사탕을 보여주려고 입을 벌리며 말했다. 뒤로 살짝 물러난 이안나가 차분하게 말했다.

"무슨 얘기를 했고, 그 동안 어디 있었는지만 물을게요. 그러니까 우리랑 잠깐 가시죠."

예인이가 사라졌다는 얘기를 듣고 다급해진 동민은 고개를 끄덕거렸다.

"알겠어."

"따라오세요."

동민은 엉거주춤 서 있는 반숙인 동료들에게 괜찮다는 손짓을 하고는 이안나를 따라갔다.

역무실에 들어간 동민은 지하철 수사대 요원들과 함께 제일 안쪽 방에 들어갔다. 문을 닫은 황 과장이 헛기침을 했다.

"예인이랑 무슨 얘기 했어?"

"아프지 말라고 해서 알았다고 했어요. 그리고 사탕을 하나 건네줬고요. 그게 답니다."

"승강장으로 따라가지 않았지?"

"밖에 나갔다 왔어요. 머리가 좀 아파서요."

동민이 손가락으로 머리를 가리키면서 말하자 황 과장이 뒤에 서 있던 지하철 수사대 요원들을 바라봤다.

"아까 얘기한 것처럼 남을 해칠 만한 사람은 아닙니다. 더

군다나 이 사람은 예전에 그 아이를 구해준 적이 있어요."

얘기를 들은 두 명의 지하철 수사대 요원 중 선임으로 보이는 쪽이 난감한 표정을 지었다.

"일단 실종된 아이 엄마가 강력하게 조사를 요구한 상황이라서 말입니다."

대답을 들은 황 과장이 살짝 짜증나는 표정을 지었다.

"아니, 자기가 딸내미를 제대로 간수했어야지."

양쪽의 얘기를 듣던 동민이 조심스럽게 물었다.

"예인이가 다시 올라온 건 아니죠?"

문가에 서 있던 이안나가 대답했다.

"아뇨. 개찰구 쪽 CCTV를 다 봤는데 없었어요."

"스크린도어가 있으니까 선로 쪽으로도 떨어질 일도 없잖아."

팔짱을 낀 황 과장의 말을 듣던 동민이 벌떡 일어났다.

"한 군데 확인 좀 해봐요."

"어디를?"

"승강장 끝에 기관사가 대기했다가 타는 곳이요. 거긴 스크린 도어가 없잖아요."

"거긴 잠겨 있어."

"아뇨. 예인이가 엄마랑 타는 대화행 승강장 쪽은 손으로 당기면 열려요."

동민이 손으로 문을 여는 시늉을 했다.

이안나가 황 과장에게 귓속말을 했다. 그러자 얼굴을 찌푸린 황 과장이 대꾸했다.

"그쪽에 CCTV 있지?"

"안 그래도 좀 전에 확인해보라고 카톡 보냈어요."

이안나의 말이 끝나기 무섭게 누군가 문을 두드렸다. 그리고 반쯤 열린 문으로 역무원이 머리를 내밀었다. 황 과장이 다가가자 낮게 속삭였는데 확인이라는 단어가 동민의 귀에 들렸다. 황 과장이 두 지하철 수사대 요원에게 말했다.

"아이를 확인했답니다. 강동민 씨는 보내도 될 거 같습니다."

두 사람이 거의 동시에 고개를 끄덕거리자 황 과장이 문을 열면서 동민에게 말했다.

"귀찮게 해서 미안해."

"그럼 저도 보게 해주세요."

예상 밖의 대답을 들었는지 황 과장이 눈만 껌뻑거렸다. 그때 이안나가 잽싸게 끼어들었다.

"따라오세요."

밖으로 나온 황 과장이 예인의 엄마에게 상황을 설명하는 사이, 동민은 이안나를 따라서 CCTV를 보러갔다. 아까 문을 살짝 열고 얘기했던 역무원이 여러 개의 모니터가 있는 CCTV 앞에 앉아 있다가 하나를 가리켰다.

"저깁니다."

위에서 아래로 비스듬하게 찍힌 흑백 화면 한쪽에서 예인이 등장했다. 혼자서 승강장 끝으로 걸어간 예인은 기관사

가 대기하는 곳의 유리문을 살짝 당겼다가 열리는 걸 보고
는 안으로 홀린 듯 걸어 들어갔다. 그걸 본 황 과장이 탄식
했다.

"고장 난 걸 귀신같이 알아차렸네."

어두운 조명과 카메라 각도 때문에 안에 있던 예인의 모
습은 잘 보이지 않았다. 그러나 사람들은 들어간 걸 확신하
고는 화면에서 눈을 뗐다.

동민은 뭔가 이상한 느낌에 계속 화면을 바라봤다. 그리
고 마침내 발견했다.

"빨간 눈동자!"

동민이 갑자기 소리를 지르자 다들 놀라서 바라봤다. 이
안나가 무슨 일이냐고 묻자 동민은 화면을 가리켰다.

"여기 빨간 눈동자 보이지? 지하철에 사는 괴물이야. 우리
아빠를 죽인 괴물."

"지하철에는 괴물 같은 거 없어요."

이안나의 말에 동민은 거칠게 고개를 저었다.

"우리 아빠를 물어 죽인 놈을 내가 봤다니까. 승강장 끝에
숨어 있다가 예인이를 물어간 거야. 틀림없어."

동민이 흥분한 목소리로 떠들어대자 황 과장이 이안나에
게 어서 내보내라고 눈짓했다. 그는 지하철 수사대 요원을
바라봤다.

"선로로 내려간 거 같은데 수색해봐야 하지 않겠습니까?"

"본부에 보고하고 인원을 동원해야겠네요."

"얼마나 걸립니까?"

불쑥 끼어든 동민의 질문에 난감한 표정으로 서로를 바라보던 지하철 수사대 요원 중 한 명이 입을 열었다.

"일단 지하철 운행이 중단되는 걸 기다렸다가 내려갈 생각입니다."

"그럼 늦어요!"

"알고 있지만 안전이 우선입니다. 인원을 모으려면 시간도 좀 걸리고요. 우리가 알아서 할 테니 나가주십시오."

"괴물한테 잡혀갔는데 한가롭게 그런 얘기가 나옵니까?"

흥분한 동민이 달려들 기미를 보이자 황 과장이 얼른 막아섰다. 이안나가 팔을 잡아끌었다.

"아저씨! 여기서 이러시면 안 돼요!"

"예인이가 잡혀갔잖아! 늦으면 괴물이 죽일 거라고!"

"제발, 아저씨."

이안나가 땀을 뻘뻘 흘리며 애원하자 동민도 더 이상 고집부리지 못했다. 포기하고 역무실을 나오던 동민은 뒤에서 부르는 소리에 고개를 돌렸다. 파란색 원피스 차림의 예인의 엄마가 울기 일보직전의 표정으로 동민을 바라봤다.

"저, 죄송합니다. 아저씨."

"괜찮아요."

짧게 대꾸한 뒤 돌아서려고 했다. 예인의 엄마가 흐느꼈다. 그 소리에 아까부터 생각하고 있던 결심을 굳힌 동민은 곧장 쉼터로 향했다. 함 대령을 중심으로 쑥덕거리고 있던 반숙인 동료들은 동민이 나타나자 반색했다. 동민은 반가워하는 그들을 지나쳐 자기 자리로 갔다. 의자 아래 눕혀놨던 낡은 캐리어를 꺼내 지퍼를 열었다. 엉거주춤 다가온 최 사장이 물었다.

"어디… 가?"

낡은 옷가지를 뒤적거리던 동민이 고개를 저었다.

"아뇨. 찾으러 가게요."

"누굴?"

"예인이요. 지하철에 사는 괴물에게 끌려갔어요."

확신에 찬 동민의 말에 듣고 있던 함 대령이 끼어들었다.

"자네 아버지를 잡아먹었다는 빨간 눈의 그 괴물 말이지."

"네. 승강장 끝에 있다가 예인이를 물고 갔어요."

"그럼 벌써 죽었겠네."

혀를 차는 함 대령에게 동민은 벌컥 화를 냈다.

"아직 괜찮을 거예요. 함부로 죽었다는 얘기 하지 마세요."

"냉정하게 생각해봐야지. 소수의 부하를 살리자고 부대 전체를 위험에 처하게 할 수는 없잖아."

함 대령의 말을 들으면서 계속 캐리어를 뒤지고 있던 동민은 드디어 손전등을 찾았다. 몇 년 전 건네받은 군용 랜턴이었는데 빛줄기가 강렬했다. 하지만 오래 처박아둔 탓인지 어떻게 작동하는지 알 수 없었다. 답답해진 동민이 이리저리 흔들어봤지만 요지부동이었다. 지켜보던 함 대령이 혀를

차며 빼앗아가더니 꼬리부분을 돌렸다. 그러자 하얀 빛이
나왔다.

"오른쪽에서 왼쪽으로 힘을 줘서 돌리면 불빛이 나와. 슈
어파이어 제품 같은데 어디서 난 거야?"

"제대한 부사관 후임에게 선물로 받았습니다."

"좋은 제품이야. 빛이 나오는 라이트 앞쪽 둘레가 뾰족하
게 튀어나왔잖아. 그걸로 대가리를 꽉 찍을 수도 있지."

함 대령의 말을 들은 동민은 군용 랜턴을 거꾸로 쥐고 내
리찍는 시늉을 했다. 함 대령이 고개를 끄덕거리자 동민은
고맙다는 표시로 목례했다. 동민이 가방에서 장갑까지 챙기
자 지켜보던 박 목사가 물었다.

"진짜 예인이 찾으러 가는 거야?"

"그럼요. 괴물한테 잡혀 갔으니까 빨리 찾아야 해요."

"경찰한테 맡기지?"

"아까 들었는데 밤중에나 들어갈 수 있답니다. 그때까지
기다렸다가는 예인이는 죽고 말겁니다."

"그 껌껌한 곳에서 어떻게 찾을 건데?"

"손 놓고 있는 것보다는 낫죠."

동민은 장갑을 끼고 랜턴을 챙겼다. 그러자 지켜보던 함
대령이 일어났다.

"진정한 군인은 적진에 동료만 보내지 않아."

함 대령이 일어나자 최 사장이 비꼬는 말투로 물었다.

"부하들이라도 부르시게요?"

최 사장의 물음에 함 대령은 대답 대신 입고 있던 조끼 안에서 뭔가를 뽑았다. 바로 옆에서 그걸 본 박 목사가 화들짝 놀랐다.

"초, 총이네?

"진짜 총이 아니라 가스총이긴 하지만 한방 먹일 수는 있지."

"그건 대체 어디서 난 겁니까?"

"호신용으로 하나 장만한 거야. 나의 안전은 내가 지켜야지. 안 그래?"

함 대령의 말에 박 목사가 지기 싫다는 듯 가지고 다니는 백팩에서 십자가를 꺼냈다.

"난 이거면 충분해."

"그거 휘두르면 하느님이 번개를 쏴주시나?"

함 대령의 물음에 박 목사가 십자가를 움켜쥐고 곤봉처럼 휘둘렀다. 생각보다 날렵한 모습에 다들 입을 다물지 못하는데 박 목사가 숨을 헐떡거리며 대답했다.

"이래 봬도 어릴 때 쌍절곤 좀 휘둘렀지."

"십자가를 무기로 삼다니, 너무 불경스러운 거 아니야?"

최 사장이 장난스럽게 묻자 박 목사가 십자가를 두 손으로 쥐면서 대답했다.

"하나님은 죄 지은 자에게 천벌을 내릴 때 망설이지 않으셨어."

"그럼 난 빈 손으로 가도 되겠네."

최 사장이 장난스럽게 대꾸하자 박 목사가 핀잔을 줬다.

"화장실 가면 부러진 대걸레 자루 있으니까 그거라도 가져와."

반숙인들의 얘기를 듣던 동민이 물었다.

"뭐하시려고요?"

"군인은 동료를 버리지 않는다고 했잖아."

함 대령의 말에 박 목사가 고개를 끄덕거렸다.

"위험해요."

동민의 말에 함 대령이 주변을 돌아봤다.

"어디가? 나는 여기가 전쟁터보다 더 위험한 거 같은데?"

그때 화장실에서 최 사장이 부러진 대걸레 자루를 들고 헐레벌떡 뛰어왔다.

"같이 가!"

그들의 눈빛을 본 동민은 눈물이 왈칵 나왔다.

"고맙습니다."

동민의 얘기를 들은 최 사장이 씩 웃었다.

"예인이 그 계집애가 동민 씨한테만 사탕을 주는 게 괘씸하지만 나한테도 웃어줬으니까 가줘야지."

동민을 선두로 해서 반숙인 동료들은 개찰구를 통과해 아래층 승강장으로 내려갔다. 오후 늦은 시간이라 그런지 사람들이 그다지 많지 않았다. 동민과 동료들은 사람들의 눈치를 보면서 슬금슬금 끝으로 향했다. 그곳에는 기관사들이 교대하기 위해 만들어놓은 공간이 보였다. 원래는 잠겨야

했지만 문고리가 고장 나서 틈이 벌어져 있었다. 심호흡을
한 동민이 살짝 열고 안으로 들어갔다. 그리고 모서리에 서
서 어둠에 쌓인 선로를 내려다봤다. 군데군데 불이 켜져 있
긴 했지만 어둠을 몰아내기에는 역부족이었다. 어린 시절의
악몽이 떠오른 동민은 어둠 앞에서 쉽사리 움직이지 못했
다. 그러자 뒤에 있던 함 대령이 속삭였다.

"힘들면 돌아갈까?"

그 말에 정신이 번쩍 든 동민은 고개를 저으며 어둠 속으
로 뛰어내렸다. 동료들이 혀 차는 소리가 났다. 곧이어 한 명
씩 뛰어내렸다. 제일 먼저 뛰어내린 함 대령은 유격이라고
외쳤고, 박 목사는 하나님을, 최 사장은 어이구 어머니라고
했다. 동민은 선로로 내려온 동료들에게 벽쪽으로 바짝 붙
으라고 말했다. 최 사장이 투덜거렸다.

"엄청 어둡네."

최 사장의 투덜거림에 박 목사가 대꾸했다.

"발밑 조심해."

군용 랜턴을 켠 동민은 앞쪽을 비췄다. 자갈에서 콘크리
트로 교체한 바닥 위로 두 줄의 선로가 지나가는 게 보였다.
어릴 때 처음 봤을 때의 광경을 떠올린 그가 중얼거렸다.

"쇠의 길."

"뭐라고?"

바로 뒤에 있던 함 대령의 물음에 동민은 선로를 비추면
서 대답했다.

"어릴 때 저걸 보면서 쇠의 길이라고 했던 기억이 나서요."

"틀린 얘기는 아니지. 우린 어디를 찾아봐야 하지?"

함 대령의 물음에 동민은 선로 옆 구석을 가리켰다.

"괴물의 정체가 뭐든, 전철을 피해서 숨어 다녀야할 겁니다. 그러니까 이렇게 구석구석을 살펴보면서 천천히 앞으로 가시죠."

"앞장서게. 내가 뒤에서 엄호하겠네."

가스총을 움켜쥔 함 대령이 말했다.

"그나저나 그 괴물의 정체는 뭐야? 얘기는 많이 들었는데 도통 뭔지 모르겠어. 실제로 있기는 한 거야?"

뒤에서 최 사장과 티격태격하던 박 목사의 물음에 동민은 어둠 속에 펼쳐진 쇠의 길을 바라봤다.

"저는 똑똑히 봤어요. 아버지를 습격해서 죽였고, 예인이를 납치한 게 분명해요. 눈이 빨갛고, 꼬리 같은 게 있었습니다. 체구는 큰 편이 아니었고요."

"호랑이 같은 건가?"

듣고 있던 최 사장의 반문에 박 목사가 코웃음을 쳤다.

"지하철 선로 안에 무슨 놈의 호랑이야! 말이 되는 소리를 해라."

"그런 걸로 따지면 괴물이 있다고 하는 게 말이 안 되는 얘기지."

다시 티격태격하는 두 사람을 놔두고 주변을 살피던 동민은 쇠의 길에서 오는 진동을 느꼈다. 어떤 일이 벌어질지 눈치 챈 동민이 군용 랜턴을 끄면서 외쳤다.

"지하철이 옵니다. 다들 구석으로 숨으세요."

선로 옆 빈 공간으로 허겁지겁 피한 일행은 다가오는 빛을 피해 몸을 웅크렸다. 제일 앞에 있던 동민은 물이 지나가는 송수관을 움켜잡았다. 잠시 후, 굽은 그들의 등 위에 지하철의 불빛이 스쳐지나갔다. 지하철이 지나가자 바퀴의 굉음과 뜨거운 열기가 훅 날아와 최 사장이 비명을 질렀다.

"앗! 뜨거워!"

털컹거리며 지하철이 지나가는 내내 뜨겁고 눅눅한 바람이 불어왔다. 입을 꾹 다물고 견딘 동민은 지하철이 지나가자 고개를 들었다.

"다들 괜찮아요?"

함 대령이 손가락으로 오케이 표시를 했고, 박 목사와 최 사장 역시 괜찮다는 손짓을 했다. 허리를 편 동민이 군용 랜턴을 다시 켰다. 기둥과 주변을 이리저리 살펴보면서 조금씩 앞으로 나아갔다. 하지만 어둠과 눅눅한 공기, 울퉁불퉁한 바닥은 앞으로 나아가려는 그들의 발목을 잡았다. 그러다 박 목사가 비명을 질렀다.

"저, 저기."

그가 가리킨 곳에는 붉은색 눈동자가 희미하게 보였다. 일행의 시선이 일제히 모이자 붉은색 눈동자는 좌우로 심하게 흔들리다가 사라졌다.

"잡아!"

함 대령의 외침에 다들 붉은색 눈동자가 사라진 곳으로 뛰었다. 그러다 제일 앞장섰던 최 사장이 갑자기 비명을 질렀다.

"어이쿠!"

박 목사가 쓰러진 최 사장을 부축하면서 외쳤다.

"괴물이 이 근처에 있나 봐, 다들 조심해."

그 얘기를 들은 함 대령이 리볼버 권총처럼 생긴 가스총을 이리저리 겨눴다. 그러다가 한곳에 고정시키고 외쳤다.

"저쪽 비춰봐!"

동민은 함 대령이 가리킨 곳을 비췄다. 어둠을 파고든 둥그런 빛 안에 뭔가가 스쳐지나갔다,

"저게 뭐야!"

함 대령의 외침에 동민은 고개를 저었다. 괴물인 것 같았지만 그렇지 않은 것 같기도 했기 때문이다. 그 사이, 주변에 이상한 소리들이 들렸다. 함 대령이 당황한 표정으로 가스총을 이리저리 겨눴다.

"매복이다!"

그 얘기를 들은 박 목사가 십자가를 꺼내서 움켜쥐었다. 동민도 군용 랜턴을 거꾸로 쥔 채 몸을 바짝 낮췄다. 어둠 속에서 이빨을 가는 것 같은 기분 나쁜 소리가 들렸다. 바짝 긴장하고 있던 동민은 바닥이 우르릉 울리는 소리를 듣고는 황급히 외쳤다.

"전철! 피해요."

세 사람이 허겁지겁 옆으로 몸을 피하는 걸 본 동민은 지하철 소리가 생각보다 빨리 커지는 걸 보고는 기둥 사이로 몸을 날렸다. 잠시 후, 엄청난 속도로 지하철이 통과했다. 어릴 때처럼 쇠로 된 손잡이를 움켜잡은 동민은 몸에 힘을 잔뜩 주며 버텼다. 엄청난 바람에 못 이겨 쥐고 있던 군용 랜턴을 떨어뜨리고 말았다. 입고 있던 옷도 찢어버릴 것처럼 펄럭거렸다. 바람은 지하철이 사라진 이후에도 계속 불어왔다. 이리저리 휘청거리던 동민은 낯선 존재들이 주변을 배회하는 것을 느꼈다. 머리카락이 곤두설 것 같은 공포감이 들었다.

"뭐지?"

지하철이 완전히 사라지고 나서 한숨을 돌린 동민은 일단 떨어뜨린 군용 랜턴을 찾았다. 다행히 랜턴은 부서지지 않고 선로 가장자리에 놓여 있었다. 허리를 굽혀서 손을 뻗는 순간, 뭔가가 동민의 얼굴을 스치고 지나갔다.

"아얏!"

왼쪽 뺨에 화끈거리는 통증을 느낀 동민이 순간적으로 비명을 질렀다. 그러자 함 대령이 다가왔다.

"무슨 일이야?"

"뭔가 제 뺨을 치고 지나갔습니다."

바닥에 떨어진 군용 랜턴을 찾은 동민이 서둘러 켜서 상처가 난 곳을 비췄다. 눈을 찡그린 채 살펴본 함 대령이 대꾸했다.

"뺨에 살짝 긁힌 상처가 났어. 뭔가가 공격을 한 모양인데?"

최 사장을 부축해주고 있던 박 목사가 넌지시 물었다.

"그 괴물의 소행일까?"

잠시 고민하던 동민이 고개를 저었다.

"느낌이 달랐어요."

동민이 군용 랜턴을 손보는 사이, 함 대령이 발을 잘못 디뎌서 삐끗한 최 사장에게 갔다.

"다리 괜찮아?"

"발목이 돌아갔나 봐요. 걸을 때 마다 시큰거려요."

"칠칠치 못하게 중요한 작전을 앞두고 다치다니…."

"아니, 내가 다치고 싶어서 다쳤습니까? 이 와중에 잔소리하고는."

두 사람이 싸울 기미를 보이자 박 목사가 끼어들어 뜯어말렸다. 그 사이, 지하철이 다시 오는지 선로를 살펴보던 동민은 아까 봤던 붉은색 눈동자와 마주쳤다. 그쪽으로 군용 랜턴을 비추자 붉은색 눈동자가 순식간에 사라지면서 회색 털로 뒤덮인 존재가 드러났다.

"쥐였네요."

다소 허망해진 동민의 말에 함 대령이 쥐들이 사라진 방향을 바라봤다.

"쟤들이 괴물은 아니고?"

"아닙니다. 덩치랑 소리가 달랐어요."

"알겠네. 일단 전진하면서 더 찾아보지."

동민에게 말한 함 대령이 뒤에 있던 최 사장과 박 목사를 바라봤다.

"따라올 수 있겠어?"

서로의 얼굴을 바라보던 두 사람이 거의 동시에 고개를 끄덕거렸다. 숨을 고른 박 목사가 대답했다.

"여기 둘이 남아 있는 게 더 무서워요."

"그럼 아래 잘 내려다보면서 따라와."

움직이려는 찰나, 전철이 오는 소리가 들렸다. 일행은 알아서 몸을 피했다. 마침 곡선구간이라 전철은 엄청난 굉음을 냈다. 전철이 지나간 후에도 바람이 심하게 불어서 한동안 고개를 숙이고 있어야 했다. 바람이 잠잠해지자 고개를 든 동민의 눈앞으로 뭔가가 펄럭거리며 날아갔다. 반사적으로 손을 뻗었지만 아슬아슬하게 놓치고 말았다. 뒤에 있던 함 대령이 손을 뻗어서 날아가는 걸 움켜잡았다. 함 대령이 손에 쥔 모자를 이리저리 살폈다.

"어디서 본 것 같은데?"

군용 랜턴을 비춘 동민의 표정이 굳어졌다. 예인이 사탕을 줄 때 쓰고 있던 노란색 모자였기 때문이다.

"예인이 겁니다."

"확실해?"

손을 뻗어서 모자를 건네받은 동민이 함 대령의 물음에

고개를 끄덕거렸다.

"제 눈으로 똑똑히 봤어요."

"그럼 그 아이가 여기에 있는 건 확실하군. 자기 발로 들어오지는 않았을 거고."

"괴물의 소행이 틀림없다니까요."

확신에 가득 찬 동민의 말에 함 대령이 고개를 끄덕거렸다.

"일단 좀 더 전진해서 살펴보도록 해야겠어. 출발하자고."

군용 랜턴을 앞쪽으로 비춘 동민을 선두로 일행은 다시 선로가 깔린 어둠 속으로 걸어갔다.

"대체 얼마나 찾아봐야 하는 거야?"

발목이 좀 나아지면서 혼자 걸을 수 있게 된 최 사장의 물음이 앞장 서 걷던 동민에게까지 들려왔다. 그러자 옆에서 걷던 박 목사가 퉁명스럽게 대답했다.

"자기 발로 따라와 놓고서는 왜 자꾸 그래?"

"사람도 아니고 짐승한테 잡혀갔으니까 그렇죠. 걔들이 인질극을 벌일 것도 아니고…."

무슨 뜻인지 대번에 눈치 챈 동민이 돌아서서 대답했다.

"죽었으면 시체라도 찾아서 돌아갈 겁니다. 괴물의 뱃속이 있다면 갈라서라도요."

동민의 말에 머쓱해진 최 사장이 중얼거렸다.

"그런 뜻이 아니라, 이렇게 무작정 통로를 뒤질 일이 아니라는 얘기지."

최 사장의 중얼거림에 함 대령이 쏘아붙였다.

"다른 뾰족한 수는 있고?"

"아니, 왜 다들 나한테만 그래요!"

확 신경질을 낸 최 사장이 딴 곳을 바라보며 걷다가 또 비틀거렸다.

"아이쿠!"

비명을 지르며 주저앉은 최 사장을 본 박 목사가 혀를 찼다.

"어째 한 번도 아니고 두 번이나 넘어져."

발목을 부여잡고 있던 박 목사는 최 사장에게 하소연했다.

"이번은 그냥 바닥이 푹 꺼져서 그런 거란 말이야."

투덕거리는 두 사람을 말리기 위해 다가간 함 대령이 뭔가를 보고는 동민에게 손짓했다. 동민이 다가가자 최 사장의 발밑을 가리켰다.

"여기 비춰봐."

동민이 군용 랜턴으로 비춰보자 구멍이 뚫린 바닥이 보였다. 함 대령이 속삭였다.

"바닥이 아니라 먼지 같은 게 덮인 것 같아. 그러다 사람이 밟으니까 부서진 거고."

구멍을 살펴보던 동민이 박 목사에게 말했다.

"십자가 좀 줘보세요."

박 목사가 십자가를 건네자 동민은 그걸 받아서 구멍이

난 바닥 주변을 내리쳤다. 그러자 퍽퍽거리는 소리와 함께 바닥이 부서져나갔다. 십자가를 내려놓고 바닥에 엎드린 동민은 군용 랜턴으로 안쪽을 살폈다.

"뭐가 보여?"

함 대령의 물음에 동민이 대답했다.

"배수로 같은데 바닥에 뭔가 끌린 흔적이 있습니다." 동민이 군용 랜턴을 넘겼다. 함 대령이 꼼꼼히 살피다가 말했다.

"뒤쪽이 연신내역이니까 앞쪽으로 끌고 간 모양이야. 여길 따라가 보자고."

활기를 띤 일행은 먼지에 덮힌 배수구를 따라 걸었다. 기둥을 따라 곧장 뻗어 있던 배수구는 기둥 옆으로 난 공간으로 휘어졌다. 선로가 깔리지 않은 기둥 옆의 빈 공간을 본 최 사장이 어리둥절해했다.

"여긴 뭐야?"

군용 랜턴으로 앞쪽을 비춘 동민이 대답했다.

"대피선을 깔려고 만든 공간 같아요."

"대피선?"

"열차끼리 충돌하는 걸 막기 위해 옆으로 빠지는 선이요. 3호선은 없는 줄 알았는데 만들다 말았던 모양이네요."

대화는 전철이 다시 오면서 중단되었다. 기둥 뒤에 엎드린 동민과 일행은 전철이 멀어지자 일어나서 대피선을 깔려고 했던 공간으로 들어갔다. 바닥이 콘크리트이긴 했지만 오랜 기간 먼지가 쌓인 탓에 마치 갯벌에 들어선 것처럼 푸석푸석했다. 자욱하게 일어난 먼지에 손으로 부채질하던 동민이 군용 랜턴으로 안쪽을 비췄다. 파이프가 어지럽게 지나가는 벽 역시 시커먼 먼지가 덮여 있었다. 한 손으로 입을 가리고 있던 박 목사가 투덜거렸다.

"완전 먼지투성이구만."

"스크린도어가 설치되면서 먼지가 빠져나가지 못해서 그런 것 같아요. 그 전에도 많이 쌓였겠지만요."

동민의 대답을 들은 박 목사가 이리저리 둘러보며 덧붙였다.

"이런 데 뭐가 살 수 있을까? 쥐나 바퀴벌레 말고는 숨도 못 쉴 거 같은데 말이야."

박 목사의 말을 들은 함 대령이 얘기했다.

"말을 자꾸 하면 입에 먼지가 들어갈 거야. 입 다물고 주변 잘 살펴봐. 여기 뭔가 있을 거 같아."

알겠다고 투덜거린 박 목사가 핸드폰을 꺼내 조명 모드를 켜고는 구석구석을 살폈다. 동민은 함 대령과 함께 파이프가 지나가는 벽 쪽을 눈으로 더듬었다. 파이프에서 떨어진 물이 먼지와 섞이면서 고드름처럼 매달려 있는 게 보였다. 고드름 끝에 맺힌 물은 벽을 따라 바닥으로 흘려 내렸는데 아까 최 사장이 빠졌던 그 배수로였다. 동민은 이상한 것을 발견했다.

"이게 뭘까요?"

배수로가 지나가는 벽에 사람이 기어서 나갈 정도로 작은 구멍이 보였다. 허리를 굽힌 동민 뒤에 서 있던 함 대령이 말했다.

"네모 반듯 한 걸로 봐서는 사람이 만든 모양인데?"

"무슨 목적일까요?"

"모르겠어."

동민과 함 대령이 얘기를 주고받자 다른 곳을 살피던 박 목사와 최 사장이 다가왔다. 그들은 동민이 군용 랜턴으로 비춘 구멍을 보고는 호들갑을 떨었다.

"저게 뭐야?"

"뭐긴, 구멍이지."

두 사람이 얘기를 주고받는 사이, 동민이 함 대령에게 군용 랜턴을 넘겼다.

"들어가 봐야겠어요."

"위험하지 않을까?"

"그래도 살펴봐야죠."

짧게 대꾸한 동민이 몸을 굽힌 채 안쪽을 살폈다. 어둠뿐이라 아무것도 보이지 않았다. 안쪽을 살펴보며 들어가려고 하는 동민에게 함 대령이 가스총을 건넸다.

"방아쇠만 당기면 돼."

"고맙습니다."

가스총을 바지 뒷주머니에 찔러 넣고 안으로 기어들어간 동민은 가늠할 수 없는 어둠과 맞닥뜨렸다. 거기다 숨쉬기가 어려울 정도로 먼지가 두텁게 쌓여서 잠시 멈칫했다. 가까스로 정신을 차린 동민이 있는 함 대령에게 소리쳤다.

"랜턴 좀 주세요."

함 대령이 불이 켜진 랜턴을 던졌다. 손으로 잡으려고 하다가 동민이 툭 쳐버리는 바람에 랜턴은 빙글빙글 돌면서 안쪽으로 굴러갔다. 허리를 편 동민이 랜턴의 불빛을 무심코 쳐다보다가 핏빛 눈동자와 마주쳤다. 동민은 그것이 아까 봤던 쥐라는 것을 깨닫고는 한숨을 돌렸다.

"놀랐네."

동민의 중얼거림이 채 끝나기도 전에 더 큰 핏빛 눈동자가 쥐를 덥석 물었다. 가까스로 랜턴을 움켜쥔 동민은 그쪽을 비췄다. 개보다는 크고 늑대보다는 작아 보이는 짐승이 쥐를 입에 물고 있었다. 얼굴과 몸은 온통 먼지에 덮여 있었는데 특이하게도 꼬리가 굉장히 길었다. 실물은 처음이었지만 그걸 본 순간, 동민은 오래 전 선로에서 자신의 아버지를 물었던 것이 바로 이 놈이라는 걸 깨달았다.

"너로구나. 괴물."

쥐를 입에 물고 있던 괴물은 동민을 보더니 낮게 으르렁거리며 몸을 낮췄다. 놈이 곧 덤벼들 것이라는 생각이 들자 동민은 뒷주머니에 넣어뒀던 가스총을 꺼내서 겨눴다. 쥐를 뱉은 괴물이 좌우로 움직이면서 틈을 노렸다. 그 움직임을 따라 랜턴을 이리저리 비추면서 가스총을 겨눴다. 그때 뒤에서 바스락거리는 소리가 들렸다. 힐끔 돌아보니 박 목사가 안으로 기어들어오면서 물었다.

"뭐 있어?"

조심하라고 외치는 순간, 틈을 노린 괴물이 짧은 괴성과 함께 달려들었다. 동민은 손에 쥔 가스총의 방아쇠를 연달아 당겼다. 총성 비슷한 소리가 들리면서 가스가 어둠 속으로 날아갔다. 하지만 괴물은 가볍게 피하고는 훌쩍 날아올라서 가스총을 든 동민의 손목을 물었다.

비명을 지르며 가스총을 떨어뜨린 동민은 뒤로 넘어졌다. 그때 다른 괴물이 어둠 속에서 불쑥 나타나서는 넘어진 동민의 발목을 물었다.

"이, 이게 뭐야!"

놀란 박 목사가 다가와서 십자가를 곤봉처럼 휘두르며 발목을 문 괴물을 내리쳤다. 동민은 다른 손에 쥐고 있던 군용 랜턴으로 손목을 문 괴물의 머리를 찍었다. 함 대령 말대로 뾰족한 돌기 같은 것이 제대로 타격을 줬는지 괴물은 비명을 지르며 손목을 뱉어냈다. 그 틈에 몸을 일으킨 동민은 십자가를 휘두르며 싸우던 박 목사를 바라봤다. 벽을 등지고 서서 괴물에게 십자가를 휘두르던 박 목사는 뭔가에 걸렸는지 비틀거리다가 넘어졌다. 괴물이 목을 노리고 접근하는 걸 본 동민은 재빨리 가스총을 쐈다. 이번에는 제대로 몸통을 맞췄다. 꼬리 쪽에 맞은 괴물은 제자리에서 빙빙 돌면서 깨갱거리는 소리를 냈다. 그 틈에 함 대령과 최 사장이 구멍으로 들어섰다. 최 사장이 부러진 대걸레 자루를 붕붕 휘두르는 사이, 동민이 함 대령에게 가스총을 건네줬다.

"이거 쓰세요."

가스총을 건네 준 동민은 군용 랜턴을 곤봉처럼 휘두르면서 앞쪽으로 나갔다. 가스총을 재장전한 함 대령이 외쳤다.

"뒤쪽은 우리가 맡을게."

공간은 길쭉하게 이어졌다. 중간 중간 괴물들이 나타났지만 뒤에 있던 일행들이 소리를 지르며 주의를 끌었고, 동민이 군용 랜턴으로 눈을 비추자 다들 피했다. 그렇게 안쪽으로 들어가는데 어둠 속에서 목소리가 들렸다.

"아저씨!"

힘이 쫙 빠진 목소리였지만 예인의 목소리가 틀림없었다.

"그래! 아저씨야! 어디 있니!"

"여기 있어요. 아저씨!"

동민은 목소리가 들리는 곳으로 정신없이 들어갔다. 벽과 벽이 만나는 모서리에 둥지 같은 것이 보였고, 그 안에 웅크린 예인이 보였다.

"예인아!"

지치고 겁에 질린 예인은 동민을 보더니 눈물을 주르륵 흘렸다. 단숨에 다가간 동민의 눈에 예인이 주변에 있는 작은 괴물들이 보였다. 동민이 손을 뻗자 예인이 피로 얼룩진 손으로 잡았다. 예인이 일어나려고 하자 작은 괴물들이 이빨을 드러냈다. 동민이 소리를 지르고, 발을 쿵쿵 굴렀지만 예인을 포기하지 않겠다는 듯 이빨로 물고 늘어졌다. 팔목을 물린 예인이 비명을 지르자 동민은 손으로 움켜쥐고 벽으로 냅다 던져버렸다. 깨갱거리는 비명소리가 들리자 다른 괴물들이 겁을 먹었는지 어둠 속으로 자취를 감췄다. 그 틈에 동민이 말했다.

"예인아. 아저씨한테 매달려!"

예인이 시키는 대로 어깨에 매달리자 동민은 랜턴을 곤봉처럼 휘두르면서 일행이 있는 곳으로 돌아갔다. 어둠 속에서 튀어나온 괴물이 랜턴을 든 손을 물었다. 동민은 아픔을 참으면서 팔을 세차게 흔들어 괴물을 떨어뜨리고는 발로 걷어찼다.

"아저씨! 괜찮아요?"

동민은 고개를 끄덕거리고는 다시 앞으로 나아갔다. 어둠 속으로 사라졌던 괴물이 다시 나타나 허벅지를 물자 군용 랜턴으로 머리를 찍어서 쫓아냈다. 그렇게 괴물들과 혈투를 벌이면서 일행이 있는 곳으로 돌아온 동민이 외쳤다.

"예인이 찾았습니다."

그 얘기를 들은 함 대령이 뒤쪽을 바라보면서 소리쳤다.

"우리가 막을 테니까 어서 나가!"

최 사장과 박 목사가 구멍의 좌우를 지켜주는 사이, 동민은 예인과 함께 구멍을 통해 밖으로 기어나왔다. 최 사장과 박 목사가 뒤따랐고, 가스총을 쏘며 괴물을 쫓아낸 함 대령이 마지막으로 나왔다. 다들 온 몸이 피투성이에 지친 탓인지 숨을 헐떡거리면서 한동안 움직이지 못했다. 그 모습을 본 예인이가 울면서 물었다.

"나 때문에 다친 거에요?"

"아니, 괴물과 싸우다가 다친 거야. 걱정하지 마. 이제 집에 가야지."

그 말을 들은 예인이 눈물을 꾹 참으며 품에 안겼다. 동민은 그런 예인을 끌어안고 연신내 역 방향으로 터덜터덜 걸어갔다. 출발한 지 얼마 되지 않아서 선로를 따라 오는 불빛들과 마주쳤다. 불빛에 반사된 쇠의 길을 바라보면서 동민은 아빠를 떠올렸다. 뒤에서 동민의 어깨를 짚은 함 대령이 중얼거렸다.

"구조대군."

구조대는 전철 기관사들의 신고를 받은 연신내역의 역무원들과 지하철 수사대, 그리고 119 구급대원들로 구성되었다. 승강장에서 돌아오기만을 기다리던 황 과장은 발을 동동 구르면서 덕분에 전철 운행이 스톱되었다면서 화를 내다가 피투성이가 된 예인을 보고는 입을 다물었다. 예인과 네 명의 일행은 모두 구급차에 실려서 병원으로 향했다. 다들 크고 작은 상처를 입었지만 생명에는 지장이 없어서 치료 후에는 느긋하게 병실 생활을 즐겼다. 같은 병실에 머문 탓에 사람들이 보내준 과일을 먹으면서 TV를 통해 자신들의 활약상이 방송되는 걸 지켜볼 수 있었다. 지하철에서 지내는 노숙자들이 실종된 아이를 찾아서 모험을 했다는 내용은 사람들의 흥미를 불러일으켰다. 그리고 뉴스가 나오면서 세

명의 과거가 밝혀졌다.

함 대령은 사실 방위병 출신이었고, 박 목사는 신학대학을 졸업하긴 했지만 목사였던 적은 없었다. 거기다 진짜 사장이라고 큰소리치던 최 사장이 실제로는 세탁소를 운영했다는 사실이 밝혀졌다. 그러자 동민이 한마디 했다.

"몽땅 거짓말을 했군요."

그 얘기를 들은 함 대령이 머쓱한 표정으로 대꾸했다.

"원래 길 위에서 하는 얘기는 믿는 게 아니야."

며칠 후, 이안나가 예인과 함께 병문안을 왔다. 이마와 얼굴에 반창고를 붙이고 있던 예인은 활짝 웃으면서 고맙다는 인사를 하면서 작은 선물꾸러미를 건네줬다. 동민이는 꽃을 건네 준 이안나에게 물었다.

"그 괴물들은요?"

"전철 운행이 멈춘 야간에 119구급대와 경찰들이 들어가서 어미와 새끼들을 몇 마리 데리고 나왔어요. 수의사 얘기로는 삵인 것 같다고 하는데 조사를 더 해봐야 한다고 했어요."

"어떻게 거기서 지낸 거죠?"

"모르겠어요. 공사 중일 때 들어와서 계속 새끼를 낳고 지낸 거 같다고 하더라고요. 쥐 같은 걸 잡아먹으면서 살았는데 배가 고프니까 승강장 근처까지 왔다가 마침 예인이를 보고 물어서 끌고 간 거 같아요."

"예인이가 새끼랑 같이 있었는데…."

동민이 말끝을 흐리자 이안나가 고개를 끄덕거렸다.

"새끼들이 계속 굶주려서 먹잇감을 찾았던 거 같았어요. 굶주린 상태라서 먹이를 주니까 금방 잡혔다고 하더라고요. 그게 혹시 동민 씨 아버님을…."

동민은 대답 대신 고개를 끄덕거렸다. 오랫동안 악몽처럼 남은 기억들을 비로소 털어버렸다는 생각에 홀가분한 마음이 들었다. 예인이 다른 일행들과 까르르 웃으며 얘기를 주고받는 걸 바라보던 동민은 고개를 돌려 햇살이 비추는 창밖을 바라봤다. 그리고 이안나와 자신을 향해 말했다.

"퇴원하면 바깥을 좀 걸어봐야겠어요."

작가 후기

우리 주변에는 분명 존재하지만 존재하지 않는 사람들이 있다. 장애인이나 외국인, 노숙자들이 그들인데 특히 노숙자의 경우 많은 사람들에게 정말로 없는 존재로 취급 받고 있다. 지저분하고, 냄새가 나기 때문이다.

거기다 하루 종일 누워서 잠을 자거나 술만 마시는 인생의 낙오자라는 따가운 시선까지 겹친다. 나 역시 마찬가지라고 할 수 있다. 특히 지하철에서 남루한 차림의 노숙자를 만나게 되면 자리를 뜨거나 다른 칸으로 옮겨가곤 했다.

그러다가 어느 노숙자가 길을 물어보는 할머니에게 대답을 해주기 위해 애를 쓰는 장면을 목격했다. 그들 역시 남에게 친절을 베풀 수 있는 존재라는 것을 알게 되자 차츰 눈에 보이기 시작했다.

그래서 지하철을 주제로 앤솔로지를 해야겠다고 마음먹었을 때 자연스럽게 그들을 주인공으로 써보고 싶었다. 조사를 하면서 흥미로운 걸 알아냈는데 그들 사이에서도 계급이 존재한다는 것이다. 그냥 노숙만 하는 완전 노숙자가 있는 반면, 약간의 여유가 있어서 쪽방에서 일세를 내고 간간히 머물 수 있는 절반만 노숙자가 있다. 후자를 반숙자내지는 반숙인이라고 부른다.

그들은 다양한 사정으로 인해 노숙 혹은 반숙을 한다. 그들을 어떤 생각으로 바라보든, 우리의 이웃이라는 점은 잊지 않았으면 좋겠다.

쇠의 길에 등장하는 정체불명의 괴물은 지하철을 타고 가다가 기둥 사이에서 보았던 뭔가를 모티브 삼았다. 당연히 사람은 아니었고, 동물 같았는데 눈빛만 언뜻 봤기 때문에 지금까지 뭘 봤는지는 모르겠다. 사람도 동물도 다닐 수 없는 '쇠의 길'에 뭔가가 있다는 게 마음에 깊이 담겼다.